MON PREMIER, MON DERNIER

LACEY SILKS

MYLIT PUBLISHING

À M.S. et R.Z.

CHAPITRE 1

Ça faisait vingt ans, presque jour pour jour, que je l'avais vu pour la première fois, à l'autre bout du monde. Et ce n'est pas une façon de parler. Il vivait en Europe et moi à Toronto. Imaginez ma surprise quand je me retrouvai dans un bar, pendant ma soirée entre filles, à moins d'un mètre de l'homme avec qui j'avais perdu ma virginité.

Non, mais pincez-moi, je rêve !

Bouche bée, je l'examinai de pied en cap : même sourire en coin, mêmes yeux verts, même parfum velouté de santal, mais son corps avait changé, de toute évidence. Sa silhouette solide comme un roc tendait l'étoffe de sa chemise sur sa peau. Quant au piercing au sourcil… ça aussi c'était nouveau, et carrément canon. Et ce tatouage de ronces que j'apercevais, dépassant de ses manches courtes, attirait mon regard vers son biceps tandis que je m'interrogeais sur ce qu'il pouvait bien cacher d'autre là-dessous. Quelles courbes inédites avait-il développées sous ses vêtements ? La posture de cet homme qui se tenait devant moi était celle d'un homme mûr, musclé et assuré ; rien à voir avec l'Adrian Reed dont je me souvenais du temps où nous sortions ensemble. Ça faisait vraiment si longtemps ? Et pourquoi mon cœur se mettait-il à battre la chamade, comme s'il cherchait à s'échapper de ma poitrine ? Les bouffées de chaleur et de froid qui m'envahissaient – et la sueur qui dégoulinait dans mon dos – m'interloquèrent : la ménopause, déjà ? Non, j'étais bien trop jeune pour ça.

Peut-être qu'il ne s'agissait pas de lui ? Non, c'était impossible. Je n'étais pas vraiment une grande buveuse, mais peut-être que les deux verres de la soirée m'étaient montés à la tête... Je voulais tendre la main pour le toucher, mais si ce que je voyais était bien vrai, si c'était Adrian, il suffirait qu'il m'effleure du bout des doigts pour que je tombe en morceaux.

— Salut, Poucelina.

Ouaip, c'était bien lui. Personne d'autre ne m'avait jamais donné ce surnom. Lorsque j'entendis ces deux mots, tout mon univers s'écroula et se rebâtit en un instant.

Et non, je ne m'appelle pas Poucelina. Ma mère était un peu fofolle à l'occasion, mais quand même pas à ce point. Mais bon sang, pourquoi n'arrivais-je pas à me rappeler mon nom, au fait ?

Allez, parle ! ordonna mon cerveau, mais ma bouche n'écoutait pas. J'aurais dû me fier à mon instinct : même au bout de dix verres, je l'aurais reconnu quand même. Après tout, suite à notre séparation, je n'étais plus sortie qu'avec des types qui sentaient comme lui, qui lui ressemblaient ou qui avaient la même démarche. Oui, je parle bien de séparation, pas de rupture, parce que nous ne souhaitions rompre ni l'un ni l'autre : nous n'avions pas eu le choix. Nous vivions sur deux continents différents. Nous n'avions jamais pu triompher de l'ennemi qu'était la distance... jusqu'à ce jour.

Et voilà que mon premier petit copain, amant et meilleur ami se retrouvait assis devant moi, encore plus splendide que dans mon souvenir. La chaleur se répandit dans tout mon corps. Sa mâchoire carrée paraissait encore plus volontaire. Il portait les cheveux un peu plus courts, mais suffisamment longs pour retomber légèrement du côté gauche. Les mèches ébouriffées formaient de profonds sillons, comme s'il venait juste d'y passer les doigts. Cette coiffure lui allait bien mieux que cet hybride de coupe punk et de nuque longue qu'il arborait quand je l'avais rencontré. Adrian avait désormais un look mûr, mais il avait conservé une sorte d'étincelle juvénile. Ses yeux verts, plus sombres que des émeraudes, invitaient à l'audace et à l'aventure. Sa posture déterminée laissait entendre qu'il savait exactement quel effet allait me faire sa visite inattendue… et Dieu sait qu'elle me faisait de l'effet, un peu partout dans le corps.

Mon Dieu ! Qu'est-ce qu'il est en train de penser ? Ça va, mes cheveux ? Mon maquillage ? Et cet air ahuri que je dois avoir en ce moment !

— Bois un peu d'eau, je te prie, dit-il en poussant un verre dans ma direction.

Sa voix plus grave, redoutable, fit frémir tous les nerfs qui venaient de se réveiller en moi à l'idée qu'un mec canon ait pu me repérer. Des vagues électriques me titillaient. Je n'avais pas ressenti ça depuis des années.

Des gouttes de condensation coulaient sur le verre, mais j'étais paralysée. Nous restâmes face à face, figés, dans l'alcôve du bar. Je ne me rappelais pas comment nous étions arrivés là. Au milieu du vacarme, j'expliquai vaguement qui il était à mes amies abasourdies, qui ne manqueraient pas d'exiger tous les détails de notre conversation par la suite. Ma meilleure amie, Isabelle, m'avait prise par le coude pour m'attirer jusqu'à cette place… Enfin… J'imagine que c'est comme ça que je m'étais retrouvée assise. Elle m'accompagnait ce soir pour rendre visite à de vieilles amies qui étaient assises au box voisin, derrière moi, et probablement occupées à dresser l'oreille.

Mon sang déferlait dans mes veines comme un tsunami. Des sentiments enfouis, si anciens, pouvaient-ils vraiment renaître en quelques secondes ? Les réactions de mon corps me rappelaient ce que j'avais éprouvé vingt ans auparavant : ce trouble lancinant qui m'émoustillait, me faisait me languir de la moindre caresse…

et tout mon sang qui se mettait à palpiter comme si on m'avait fixé une pompe accélératrice dans une artère. Ce recoin de mon cœur où j'avais remisé son souvenir s'était ouvert au moment même où je l'avais aperçu, pour s'abandonner à lui sans retenue, une fois encore.

Je recouvrai petit à petit la capacité d'entendre ce qui se passait autour de moi. Le bavardage des clients, les verres qui tintaient et sa respiration profonde. Le mouvement de sa vaste poitrine, de l'autre côté de la table, me rappelait simplement toutes les fois où j'y avais posé la tête, au milieu d'un champ de coquelicots en fleur. Tandis que mon esprit vagabondait, je ne pus m'empêcher de le fixer, les yeux ronds, et je me décidai enfin à boire une gorgée d'eau. Après avoir reposé le verre d'une main qui tremblait visiblement, j'essayai désespérément de me remplir les poumons. Mais respirer son odeur était une grossière erreur. Sous l'effet du parfum enivrant et d'un afflux d'air trop soudain, la pièce se mit de nouveau à tourner.

— Salut, lâchai-je enfin.

Un sourire se dessina sur ses lèvres, comme si je venais de dire la plus merveilleuse chose au monde.

— Ça va, P. ?

Il se pencha en tendant le bras pour me prendre la main, mais hésita. Je lui en fus reconnaissante, parce que j'ignorais comment je réagirais s'il me touchait. En fait, je serais sans doute tombée dans les pommes. C'était à la fois trop et trop peu. Ce qu'il me fallait à présent, c'était ses bras forts pour me serrer contre lui. J'avais besoin d'oublier tout le temps qui s'était écoulé. J'avais besoin de mon ami d'autrefois, à qui j'avais ouvert mon âme. Et au lieu de ça, je me retrouvais à baver face à ce type dangereusement sexy, comme devant un amuse-gueule.

Était-ce ainsi que je l'avais considéré, à l'époque ? Certainement pas. Il avait été mien et j'avais été sienne : deux gamins idiots et amoureux, qui respiraient les mêmes odeurs, qui échangeaient leur nourriture et qui se tripotaient pour découvrir les premiers émois de la chair. Mais vingt ans avaient beau s'être écoulés, j'avais toujours au creux de l'estomac le même nœud que si tout ça s'était passé la veille.

J'entendis derrière moi les gloussements de ces femmes que je regrettais, sur le moment, de considérer comme des amies. Elles se conduisaient comme des fouines qui se mêlaient de ce qui ne les regardait pas, mais comment leur en vouloir ? Maintenant que j'avais repris mes esprits, je saisissais mieux leurs gestes puérils et leurs petits bruits de bouche. Est-ce qu'elles avaient fait ça depuis le début ? Impossible de tenir une vraie conversation avec Adrian dans cet endroit, je le savais. Il y avait bien trop à dire, et je ne savais pas par où commencer.

— Allons faire un tour, murmurai-je en me levant.

— D'accord, P.

Lorsqu'il se redressa, je me rappelai soudain l'origine de ce surnom idiot. À côté de moi, il paraissait géant. Mon menton culminait à hauteur de sa poitrine, comme vingt ans auparavant, à l'époque où je devais lever la tête pour le regarder en face et me dresser sur la pointe des pieds pour que nos lèvres se touchent. Même à présent, après avoir été prof de Pilates, mon corps paraissait menu par rapport à sa silhouette robuste. Je m'étais déjà imaginé sa musculature compacte ondulant sous son tee-shirt léger, mais l'étoffe serrée soulignait encore plus ces muscles tendus que j'avais envie de toucher.

Je ne pouvais pas me permettre de penser à son corps désormais, pas de cette façon.

— Ça va aller ? demanda Isabelle. Tu le connais *vraiment* ?

L'inquiétude sincère de mon amie me fit sourire, mais s'il y avait bien quelqu'un auprès de qui je me sentais en sécurité, c'était Adrian.

— Oui, je te rappelle demain.

— Mia, tu es à plus de cent kilomètres de chez toi et à mon avis, tu devrais éviter de prendre le volant.

— Je la reconduirai chez elle, déclara Adrian.

Je me doutais qu'il allait dire ça.

— Ne t'inquiète pas, Isabelle.

J'embrassai mon amie et reportai mon attention sur Adrian.

D'une douce pression contre mon dos, il me guida vers la sortie. J'appréciai tellement ce geste que je me demandai comment ce simple contact pouvait me faire autant de bien, me rendre si heureuse. Et cerise sur le gâteau, nous allions enfin avoir une chance de parler en privé et de nous raconter ce qui nous était arrivé pendant ces vingt dernières années.

CHAPITRE 2

*D*ehors, l'air tiède agitait délicatement les branches des arbres. Comme Adrian ne connaissait sans doute pas bien le port, ce fut moi qui nous guidai. Comment avait-il donc fait pour me retrouver ? Je n'habitais plus ici. En fait, je vivais même dans une autre ville. Mais c'était dans ce quartier que j'avais grandi.

À une rue de là, la lune se reflétait dans le lac Ontario. On pouvait se rendre directement sur les rives par la promenade longeant la rivière, et c'était l'endroit idéal pour avoir la paix.

Mes mèches lissées s'agitaient dans le vent. À l'époque, j'avais été blonde ; à présent, j'étais brune. La couleur lui plaisait-elle ? Et pourquoi me souciais-je tellement de son avis ?

Adrian cheminait à côté de moi, sans un mot. De quoi pouvions-nous parler après tant d'années ? Je n'aurais sans doute pas su quoi dire même si sa visite n'avait pas été une surprise. Et puis, s'agissait-il d'une visite ? Qu'est-ce qui l'amenait ici ? Pourquoi maintenant ?

Sur la pelouse, à gauche de la promenade, des oies dormaient, la tête sous l'aile. À ma droite, des yachts et des bateaux de tailles variées oscillaient doucement sur la rivière, la Credit. Le tintement léger des mâts et des gréements résonnait comme une mélodie. Au firmament, les étoiles brillaient comme si elles étaient sorties tout spécialement pour nous. Ce décor ressemblait trop à un autre paysage, dont le souvenir remontait à des années. Peut-être parce qu'Adrian s'y trouvait avec moi ?

La nuit où nous avions pris l'affreuse décision de rompre, nous étions venus sur le pont qui séparait la maison de ma tante de la sienne. Il me suffisait de traverser un verger de pommiers et de monter la colline pour me retrouver chez moi. Ou du moins dans ce que je considérais comme mon chez-moi. C'était le deuxième été où je rendais visite à ma tante en Europe, et nos deuxièmes et dernières vacances ensemble, à Adrian et à moi. La vie aurait été absolument parfaite si j'avais pu habiter là pour toujours. Mais bien sûr, ce n'était pas vraiment chez moi. Comme toutes les nuits, nous étions restés debout, les bras calés sur la rambarde, mais toujours l'un contre l'autre. J'étais en train d'observer l'eau en contrebas quand il m'avait demandé de lever les yeux pour regarder le ciel.

— Nous verrons les mêmes étoiles, le même soleil, le même ciel, mais nous serons toujours tellement loin l'un de l'autre.

Je me rappelai avoir pensé combien il était agréable d'avoir encore l'univers en commun, comme s'il nous reliait d'une certaine façon. Mais l'univers était encore plus vaste que le monde, un monde au sein duquel nous allions rester séparés pendant vingt ans. Qu'est-ce qui m'était passé par la tête ? Je savais bien que cette séparation allait me briser, me déchirer. Je ne pouvais pas retourner chez ma tante l'été suivant. Il fallait que je travaille pour me payer l'université. Il comprenait. Il avait toujours compris. Nous nous étions donc séparés en espérant qu'un jour nos chemins se croiseraient de nouveau.

Et voilà que c'était le cas. Il était là, si près de moi et si distant à la fois. L'écho de nos pas se mêlait au clapotis des vagues contre les berges. Le bras d'Adrian effleura le mien et mon cœur s'arrêta. Le contact délicat de sa peau me fit frémir tout entière lorsqu'il prit ma main dans la sienne, entremêlant nos doigts. Ma paume semblait perdue dans la sienne, immense, et pourtant elle y était à sa place. Nous poursuivîmes notre chemin comme si nous avions remonté le temps, vingt ans auparavant, la main dans la main, jusqu'à ce que nous arrivions au bout de la promenade où nous nous installâmes en silence sur un banc.

Là, la rivière venait se jeter dans le lac Ontario.

— J'aurais dû appeler pour prévenir ? s'enquit-il.

— Tu crois ? fis-je en gloussant, le regard perdu dans l'abysse sombre devant nous.

— Tu n'as pas changé.

— Je crois que si. Et toi aussi.

Je me retournai pour l'examiner de pied en cap. J'en avais l'eau à la bouche. Il était conscient de son charme, et j'aurais manqué de sincérité en essayant de cacher l'effet qu'il me faisait. Et ce courant torride qui passait entre nous me stimulait le bout des seins, les lèvres et des régions de mon corps qu'aucun homme n'avait touchées depuis un bon bout de temps. Mais je ne m'attendais pas à ce que ce soit la même chose pour lui.

Il m'examina minutieusement, en s'attardant sur mon décolleté. À cet instant, je me souvins comment mes seins se perdaient entre ses mains. Cette façon qu'il avait de les pétrir sans jamais paraître rassasié. Et mes tétons qui se dressaient dès que son regard affamé s'y posait… comme à l'instant. Mais ça, c'était avant que j'aie des enfants. À présent, ma poitrine abondante avait besoin d'un peu de soutien pour garder une jolie forme.

— Eh bien dans ce domaine, ce n'est pas moi qui vais m'en plaindre, déclara-t-il avec le regard sulfureux d'un homme résolu.

Il lui suffit de me décocher ce regard sexy pour que je sois prête à accéder à tous ses désirs… que j'espérais excitants en diable, voire un peu pervers.

L'obscurité devait dissimuler le rouge qui me montait aux joues. Ça n'avait pas vraiment d'importance. Auprès d'Adrian, je me sentais toujours à l'aise, mais d'une façon curieusement gênante.

Il entrouvrit la bouche comme pour dire quelque chose, mais se reprit aussitôt. La situation le rendait-elle aussi nerveux que moi ? Je penchai la tête en arrière pour lever les yeux vers le firmament. On voyait rarement autant d'étoiles ici : la pollution lumineuse de la ville empêchait de bien distinguer le ciel, mais la promenade nous avait suffisamment rapprochés du lac pour que nous laissions derrière nous l'éclairage artificiel.

— C'est notre univers, dit-il comme s'il lisait mes pensées.

— C'est bien le nôtre, oui. Et tu m'as retrouvée.

— Chaque fois que je regardais le ciel, je pensais à toi, surtout quand je regardais la Petite Ourse, ajouta-t-il en désignant la constellation.

— Pourquoi la Petite Ourse en particulier ?

— Parce que tu es ma petite Poucelina et que la Petite Ourse est… eh bien, petite, conclut-il d'une voix qui tremblait un peu.

Je me mis à glousser. Pourquoi avais-je l'impression d'avoir de nouveau quinze ans ? Avais-je l'air aussi gourde ? Et pourquoi percevais-je avec une acuité bouleversante ses plus petits gestes, son souffle, ses moindres clins d'œil ? Il avait beau me sortir ce discours à l'eau de rose, j'adorais sa façon d'affirmer que j'étais à lui. Nous étions toujours main dans la main. Je ne pensais pas pouvoir réussir à le lâcher à nouveau, quoi qu'il arrive. Rien que d'y penser, mon cœur se serrait.

— Ton rire n'a pas changé.

Il me lâcha la main. J'eus à peine le temps de paniquer qu'il me passait le bras autour des épaules pour m'attirer contre lui : à cet instant, je crus fondre d'extase.

Je ressentais toujours la même chose près de lui : un bonheur euphorique, comme si j'étais capable de m'envoler parmi les étoiles pour en décrocher une, n'importe laquelle. Mais il fallait que je redescende sur Terre, ne fût-ce qu'un instant.

— Comment m'as-tu retrouvée ? lui demandai-je.

— C'est vraiment important ?

— Non, mentis-je.

Il s'en rendit compte. Nos regards se croisèrent. Son sourire décontracté me fit comprendre que ma curiosité l'amusait, et il finit par céder.

— C'est ta mère.

— Ma mère sait que tu es venu ?

— Oui.

— Et elle t'a dit où me trouver ?

— Oui.

Ça n'aurait pas dû me surprendre. C'était une femme romantique qui avait perdu trop tôt son grand amour, mon père. Je l'imaginais déjà me demandant de lui raconter cette soirée en détail… Oh, non, pas question. Pas question de me confier à qui que ce soit… du moins pas tant que je n'aurais pas compris pourquoi mon cœur se mettait à danser, ivre de joie.

— Je suis mariée, annonçai-je en me demandant comment il allait réagir.

Il éclata de rire.

— Tu es divorcée. Je ne serais pas venu si tu étais mariée.

— Qui te l'a dit ?

Il me regarda comme si je plaisantais. J'imagine qu'à force de vivre dans une métropole, on oublie à quoi ressemble la vie dans un village de trois cents habitants. Et mes cousins, auxquels je rendais visite l'été où j'avais rencontré Adrian à l'autre bout du monde, étaient de grands bavards. Bien sûr qu'Adrian était au courant de ma vie. Après tout, ils étaient tous amis.

— Et il t'a fallu toute une année pour me retrouver ? le taquinai-je.

— La vie, les responsabilités… Ce n'est pas aussi simple que je le souhaiterais.

— Tu es marié ?

— Oh non. Tu sais bien que je ne serais pas venu, dans ce cas.

Je souris de soulagement et je dus me pincer pour m'assurer

que je ne rêvais pas. Bien sûr qu'il n'était pas marié. Adrian ne m'aurait jamais fréquentée sinon. Il n'était pas du genre à tromper son épouse ni à venir bouleverser des vies. Et mes cousins m'auraient vendu la mèche au sujet de son mariage, tout comme ils lui avaient révélé mon divorce.

— Qu'est-ce qui t'amène, alors ?

Il prit une profonde inspiration et baissa les yeux, fixant ses pieds. Bon sang qu'ils étaient grands ! *Arrête !* Je me promis de me gifler plus tard pour ce genre de réflexion idiote.

— Le destin. L'espoir d'une deuxième chance. Parce que je ne supporte plus de vivre sans toi. Je n'arrête pas de me dire « et si… ». Et si nous étions restés ensemble, et si je n'étais pas sorti avec une autre quand tu es revenue, l'autre été ? Et si j'avais continué à écrire même quand tu n'as plus donné de nouvelles ? J'en ai accumulé beaucoup, des « et si », au cours de ma vie. Une sacrée collection. Mais j'ai au moins réussi à obtenir la réponse à l'un d'entre eux : et si elle me demandait de repartir d'où je viens, d'entrée de jeu ?

Je souris aussitôt, parce que je n'aurais jamais dit ce genre de chose.

— Et s'il n'y avait plus rien entre nous ? Et s'il s'était écoulé trop de temps pour que nous nous rappelions ce que nous éprouvions alors ? Et pourtant, quand je suis assis là, à côté de toi, ces questions n'ont plus d'importance. Rien n'a plus d'importance tant que tu restes auprès de moi. Avec toi, les longs voyages passent en un clin d'œil, le temps n'existe plus, mon désespoir s'apaise et la vie vaut désormais la peine d'être vécue.

Je le dévisageai en espérant que le petit gémissement que je venais de pousser lui avait échappé. Le reflet de la lune brillait dans ses yeux, éclaircissant leur teinte verte, et le silence qui s'installa me bourdonnait dans les oreilles.

— Même si je ne te revois plus ensuite, cette soirée en valait la peine… vraiment. Mais je veux rester et me battre pour toi, pour nous. Enfin, si tu veux bien.

Ne t'arrête pas de parler, je t'en prie, ne t'arrête pas, parce que si tu le fais, j'ai peur de me réveiller et je crains que la nuit t'arrache à moi une fois encore. Je voulais lui témoigner ma gratitude pour sa présence, lui dire combien il comptait pour moi, combien il me touchait encore, lui dire que j'avais l'impression que le temps n'avait rien changé entre nous. Même un aveugle aurait senti les émotions pures qui nous reliaient l'un à l'autre. Il en resterait toujours quelque chose : ni le temps ni la distance ne pouvaient effacer le souvenir de notre relation d'autrefois. Il était chevillé à mon cerveau, à mon cœur. Au lieu de parler, je le fixai simplement du regard, m'abreuvant au spectacle de l'homme qu'il était devenu, m'interrogeant sur les épreuves qu'il avait pu traverser et regrettant de ne pouvoir effacer ces années qui nous avaient tenus éloignés loin l'un de l'autre.

J'aurais voulu qu'Adrian comprenne à quel point je regrettais de n'avoir plus répondu à ses lettres et d'avoir rompu le contact, mais j'y étais forcée. Sinon, je n'aurais jamais donné sa chance à mon ex-mari, Dan. Ce serait revenu à dire que je regrettais mon mariage, mes deux beaux enfants et une vie agréable en majeure partie. Je ne pouvais pas faire ça. Ça revenait à mentir. Je ne regrettais rien de tout ça.

Je baissai la tête.

— Tu n'as qu'un mot à dire et je disparais.

Le chagrin que je percevais dans sa voix résonna dans tout mon corps.

— Non ! m'écriai-je d'une voix qui ne m'appartenait pas, la voix d'une gamine de quinze ans qui essaie de se raccrocher à l'amour de sa vie.

Ou du moins au premier amour.

— Je suis ravie que tu sois venu. Mais ça fait beaucoup à encaisser sur le moment. Il s'est passé tant de choses…

— Je sais. Je rassemble mon courage pour te rendre visite depuis déjà deux semaines. Deux longues semaines sans sommeil.

Jusqu'alors, je n'avais pas remarqué les cernes sous ses yeux, presque invisibles dans la pénombre.

— Tu es venu t'installer ? demandai-je, craignant sa réponse.

— Ça dépend. J'aimerais bien. Si les étoiles me sourient, je reste.

Qu'entendait-il par là ? N'avait-il pas son mot à dire ? Sa décision dépendait-elle entièrement de ma propre opinion ?

— J'ai la possibilité de vendre mon affaire et de monter une nouvelle société ici.

— Oh.

Je n'osais pas lui demander si l'occasion en question lui paraissait solide, parce que je ne me sentais pas prête à entendre la réponse. D'ailleurs, étais-je en droit d'espérer qu'il prolonge son séjour… pour toujours, par exemple ? Qu'adviendrait-il s'il le faisait ? Je ne serais pas la seule affectée dans ce cas : mes enfants aussi, sans compter mon ex-mari, qui se raccrochait à l'espoir que nous nous remettions ensemble. J'avais besoin de temps pour réfléchir. Je ne disposais pas, dans ma vie actuelle, de la marge de manœuvre nécessaire pour me jeter dans ses bras, pas de la façon dont je me l'imaginais depuis le moment où il avait fait sa réapparition. Mon instinct me soufflait de m'attacher à Adrian, et avec des chaînes solides. À la place, je dérivai vers un sujet moins périlleux.

— Comment va ton fils ?

Il haussa les sourcils, un geste que j'avais toujours trouvé sexy chez lui. Celui qu'ornait un piercing barbell monta un peu plus haut. Les expressions d'Adrian n'avaient pas changé d'un iota… pas plus que la façon dont son regard, la fossette de son menton et son sourire de travers arrêtaient le temps. J'aurais pu le manger des yeux toute la nuit.

— Ça marche dans les deux sens, avec mes cousins, expliquai-je en haussant les épaules.

Je savais naturellement que son fils était un ado à présent, et qu'Adrian ne s'était jamais marié. Mais quant à la relation qu'il entretenait avec la mère du garçon, j'en ignorais tout. Beaucoup de couples vivaient heureux sans jamais se marier. Quelle place occupait-elle dans sa vie ?

— Matt est à la fac, il étudie le design automobile. Il adore les voitures de sport et l'astronomie. Il me dépasse déjà en taille. Il grandit si vite qu'on croirait du pain bourré de levure, ce gosse ! Voilà ce qui arrive quand on s'amuse à droite à gauche dans sa jeunesse : tes gosses poussent et te rappellent sans cesse ce que c'est que d'être jeune.

Adrian rayonnait de fierté. Et je me rappelais tout à fait comment nous nous « amusions » à l'époque… ce qui nous paraissait tout à fait sain et agréable. C'était d'ailleurs un miracle que je ne me sois pas retrouvée avec un polichinelle dans le tiroir. Nous nous *amusions* comme des lapins au printemps.

— Tu ne dis rien, fit Adrian. Dis-moi à quoi tu penses.

— Je pense que ça aurait pu être nous.

— Oui, en effet, hein ? Quel âge ont les tiens à présent ?

— Dix et douze ans. Jonathan adore faire du skateboard ; Christa se montre plus créative. Elle pratique la gymnastique et le karaté. Ils sont dingues de leur Xbox, et je n'arrive pas à me faire à l'idée qu'un de mes gosses soit sur le point d'être ado.

— Je suis sûr que tu t'en tireras à merveille. Ce n'est pas si redoutable. Il suffit d'être honnête avec eux.

— On dirait que tu as déjà eu quelques conversations avec Matt.

— Si je ne l'avais pas fait, je serais déjà grand-père.

J'eus un petit rire.

— Tu n'as pas le physique de l'emploi, en tout cas.

Il inspira à fond, souffla. Voilà, on y était. Quoi qu'il puisse avoir envie de me dire, c'était le moment ou jamais.

— Je voudrais qu'on se donne une seconde chance. Tu crois que c'est possible ?

Ce n'était pas une décision à prendre à la légère, mais je savais dans quel sens pencherait la balance depuis le moment où je l'avais aperçu au bar. Au fond de moi, j'espérais qu'il était venu pour moi, pour nous. Et en toute franchise, il n'était pas question que je le laisse repartir. Il fallait qu'il le sache. S'il remontait dans son avion, je m'écroulerais. Quoi qu'il advienne, je devais nous donner cette chance qu'il demandait.

— Est-ce que tu serais en train de me demander de sortir ensemble ? le taquinai-je.

Il gloussa et passa sa paume le long de mon bras nu.

— Oui, T. Je te demande de sortir avec moi.

— Ce serait compliqué, répondis-je.

— Les complications, ça ne me gêne pas si tu es partante.

— D'accord.

C'était tellement facile de céder et d'accéder à toutes ses requêtes. Je n'avais jamais envisagé de voir quiconque après mon divorce. Qui ne datait que d'un an. Je n'étais pas prête, je ne voulais pas, mais Adrian n'était pas n'importe qui. Et si je refusais, je le regretterais jusqu'à la fin de mes jours. C'était hors de question et nous le savions tous les deux. J'avais déjà pris cette décision au fond de mon cœur avant même d'ouvrir la bouche.

Ce fut la débandade : tous les sentiments me traversèrent de la tête aux pieds. Et je dis bien tous. Les frissons, l'euphorie, l'angoisse, les possibilités… Et si ça fonctionnait ? Et si ça ne fonctionnait pas ? Que dire à Dan, mon ex-mari ? Nous étions encore proches, avec le bagage émotionnel que ça impliquait. Nous nous étions bien débrouillés pour établir le planning commun et la garde des enfants. Comment réagirait-il ? Devais-je seulement lui en parler ? Et quand ?

— Viens par là, dit Adrian en me serrant pour m'attirer contre lui et m'embrasser le sommet du crâne.

C'était un moment de réconfort absolu, comme si nous n'avions pas été séparés plus d'une journée. Je respirai son odeur, m'abandonnant à ce parfum qui me pétrifiait et qui m'avait tant manqué. J'aurais voulu ne plus jamais bouger.

— Ne te retourne pas le cerveau. On va procéder en douceur, petit à petit.

Il me connaît encore si bien.

Sauf qu'à mon grand désarroi, mon corps voulait la totale, et tout de suite. Je brûlais de parler avec lui jusqu'à l'aube, et de continuer le lendemain. J'avais besoin d'effleurer ses lèvres du bout des doigts et d'admirer sa fossette au menton lorsqu'il souriait. L'envie d'explorer sa peau pour savoir comment son corps avait changé me picotait les paumes. J'éprouvais le besoin presque insoutenable de rester près de lui, le plus près possible. Et pourtant, la perspective que ce souhait se réalise m'effrayait, sans parler de tout ce qu'il entraînerait. Je n'avais couché avec personne d'autre que Dan pendant des années. Et même avant, je pouvais compter mes partenaires sur les doigts d'une main. En outre, je n'étais plus une gamine écervelée qui partait explorer le monde de la sexualité : à mon âge, j'étais censée savoir m'y prendre, non ? Et s'il était déçu ? Si je ne me montrais pas à la hauteur de ses attentes ?

— Tu es occupée demain ? demanda Adrian, me ramenant à l'instant présent.

— C'est le week-end où Dan a les petits. Ils doivent aller à un parc aquatique.

— Alors, si je passe te prendre à neuf heures du matin, ça te va ?

— Oui, ça me paraît bien. J'imagine que tu sais où j'habite.

Je me demandai comment ma mère avait bien pu garder un secret de cette envergure. Sans doute s'occupait-elle en réalisant un des souhaits de la liste qu'elle s'était promis de réaliser. Et maintenant qu'elle savait qu'Adrian était revenu dans ma vie, je me demandai combien de temps il lui faudrait pour me cuisiner.

— C'est ta mère qui m'a donné l'adresse, confirma-t-il. Mets quelque chose de confortable.

Pourquoi était-ce si facile de lui parler et de rester assise auprès de lui ? J'avais souvent pensé à d'éventuelles retrouvailles, et mon imagination débridée avait planté un décor de plage où nous nous précipitions l'un vers l'autre en courant sur le sable fin pour qu'enfin je me jette dans ses bras. Bon, peut-être avais-je hérité en partie de la personnalité romantique de ma mère. Mais c'était bien réel : il était là, en chair et en os, et j'étais au comble du ravissement.

— Tu ne veux pas me dire où nous allons ?

— Non, mais tu vas adorer.

Adrian me serra la main et s'approcha encore. L'espace d'un instant, je crus qu'il allait m'embrasser, mais il se contenta d'effleurer mon nez du bout des lèvres, et je sentis son souffle chaud. Et Dieu merci, il s'arrêta là. Je ne me sentais pas prête à toucher ses lèvres, parce que je n'aurais jamais pu m'en détacher ensuite.

Cela faisait vingt ans qu'il ne m'avait pas revue, qu'il ne m'avait plus parlé, mais il manifestait une telle assurance... Je savais que j'allais adorer notre balade, simplement parce que je serais à ses côtés. Enfin réunie avec l'homme qui avait un jour possédé la clef de mon cœur.

CHAPITRE 3

Dan avait garé sa voiture dans l'allée. Quand la Jeep d'Adrian s'éloigna dans la nuit, je fixai les feux arrière jusqu'à ce qu'ils disparaissent tout à fait. Regrettant de ne plus avoir ce cran de la jeunesse qui m'aurait permis de lui dire *emmène-moi avec toi*, je lâchai un soupir trop longtemps retenu. À vrai dire, Adrian faisait irruption dans ma vie au moment où je me sentais enfin à l'aise dans mon rôle de mère célibataire. Les attentes et les nouvelles responsabilités qui accompagnaient le divorce m'avaient donné le tournis pendant des mois, et je m'étais longtemps demandé si je faisais le bon choix en me séparant de Dan. L'échec de mon mariage m'avait hantée des mois : c'était à peine si j'arrivais à manger ou à dormir, incapable d'accepter que c'était terminé. Avais-je vraiment pris la bonne décision pour ma famille ? Aurais-je mieux fait de mettre mes sentiments personnels de côté et, pour le bien de nos enfants, de rester auprès d'un homme auquel je ne pouvais plus faire confiance ?

Mon regard dériva vers la Miata rouge garée devant chez moi. Tout me hérissait dans cette voiture : la couleur, les formes élégantes, la vitesse… Surtout la vitesse. Je sentis mon estomac se nouer. J'ouvris la barrière latérale et traversai le chemin pour regagner ma cour.

Allongée dans un fauteuil relax, j'étendis les jambes. Le chant des criquets, au loin, couvrait plus ou moins les coassements des grenouilles de la petite mare voisine. La sérénité du quartier apaisait le trouble que je ressentais. Mon cœur s'était mis à battre la chamade dès que j'avais vu Adrian. Des hormones que je croyais mortes et enterrées depuis mon divorce s'étaient réveillées. Un curieux élan vers l'inconnu me transportait, mais était-ce vraiment ce que je voulais ? J'étais tellement habituée à ma vie calme et pantouflarde… Adrian venait de bouleverser tout mon univers, de le renverser cul par-dessus tête… À moins qu'il ne l'ait en réalité remis dans le bon sens ?

Je respirai à fond et l'air frais de la campagne m'emplit les poumons. En passant par la porte de derrière, je me faufilai à l'intérieur. La maison embaumait la pizza et le popcorn : mes gosses et leur père s'étaient donc fait une soirée ciné sympa. En posant mon sac à main sur le comptoir de la cuisine, je faillis renverser une bouteille de bière vide.

Merde !

Je la jetai dans la poubelle de recyclage, qui contenait déjà quatre de ses homologues.

Fronçant les sourcils, je montai l'escalier à pas de loup pour me diriger vers les chambres des petits. Les draps impeccables que j'avais mis le matin n'avaient pas bougé d'un millimètre depuis mon départ. Un léger ronflement m'attira vers ma propre chambre. Là, la veilleuse illuminait les deux répliques de mon ex-mari encadrant leur père. Ils dormaient la bouche ouverte. Je m'approchai du bout du lit pour embrasser ma fille en lui chuchotant :

— Tu es mon univers.

Ensuite, je me dirigeai vers l'autre côté pour déposer un baiser sur le front de mon fils.

— Je t'aime, ouistiti, murmurai-je à voix basse.

Lorsque je levai la tête, une main chaude me saisit le poignet et me surprit.

— Pas de bisou pour moi ?

La voix rauque et basse de Dan ne laissait aucun doute quant à ses intentions. Nous avions couché ensemble quelques fois après le divorce, avant que je ne découvre le monde du plaisir solitaire et des merveilleux jouets pour adultes. Mais ce soir, ses susurrements ne le mèneraient nulle part. Il avait toujours eu le chic pour me refaire craquer sournoisement, mais à présent, mes émotions faisaient le grand huit et j'avais intérêt à attacher ma ceinture. Ce soir, le souvenir des ébats passés m'avait donné une furieuse envie de sexe. La vision de Dan dans mon lit, que nous avions occupé tous les deux, fit naître entre mes jambes une chaleur familière. Cette chambre abritait trop de souvenirs, de lui, de moi, de nous quand tout allait encore bien. À vrai dire, tout s'était toujours bien passé en matière de sexe, et je ne pouvais nier que mon corps réagissait toujours à son contact, comme des années auparavant. Mais coucher ne suffisait pas à nous maintenir ensemble en tant que couple.

— Je suis crevée, Dan, répondis-je.

— Il t'est arrivé quelque chose ? s'enquit-il en levant la tête.

— Chut, tu vas réveiller les enfants.

Je bordai ma fille, qui rejetait régulièrement son duvet à coups de pied pendant la nuit, puis je redescendis. D'ordinaire, Dan rentrait chez lui à cette heure, mais comme ils devaient aller ensemble au parc aquatique le lendemain, il était censé loger pour la nuit dans la chambre d'amis.

Après m'être préparé une infusion de camomille, je me laissai tomber sur le siège côté fenêtre du séjour. Au travers de la baie vitrée, les lucioles dansaient dans le noir. Comment ma vie avait-elle pu être chamboulée à ce point en deux heures à peine ?

— Ça va ?

Le chuchotement de Dan me fit sursauter. D'ordinaire, mon ex ne se montrait jamais discret quand d'autres dormaient. Ça faisait partie des trucs qui m'exaspéraient. Alors qu'est-ce qui lui prenait cette fois, de se faufiler en douce dans mon dos ?

— Je ne sais pas. J'ai croisé quelqu'un aujourd'hui.

— Oh-oh. On dirait que j'ai de la concurrence.

Il se laissa tomber de l'autre côté, en face de moi.

— Qu'est-ce qui te fait dire ça ? demandai-je.

— Tu plisses le front d'une manière particulière quand tu penses à quelqu'un de spécial.

Je bus une autre gorgée.

— Et depuis quand te sens-tu en situation de concurrence ?

— J'ai toujours l'impression que tu es à moi.

— Arrête avec ça, Dan. Tu sais que c'est faux.

— En effet. Mais ça me fait mal de savoir qu'il y a peut-être un autre homme dans ta vie.

Pourquoi diable était-il si perspicace ?

— Je ne veux pas te blesser, mais nous savions tous deux qu'il s'agissait d'une possibilité après le divorce. Tu as bien dû sortir avec d'autres femmes.

Avant, je n'aurais jamais voulu l'apprendre, mais à présent, savoir que ça lui était arrivé justifierait que je sorte avec Adrian. Peut-être que je ne me sentirais pas coupable de m'être emballée pour quelqu'un d'autre que le père de mes enfants.

— Quelques rencards, mais rien de sérieux. Elles ne t'arrivaient jamais à la cheville.

Mes joues s'empourprèrent.

— Laisse tomber, Dan. Tu sais que ça ne marchera pas, nous deux. La seule chose qu'on ait réussie, ce sont les deux petits loirs qui ronflent à l'étage.

— Pas la seule, à mon souvenir. On s'est quand même bien éclatés lors de la conception, par exemple.

Il se pencha pour boire une gorgée de mon thé.

On en revenait encore au sexe.

Je poussai un gros soupir. Peut-être qu'il s'agissait d'une erreur, que je n'étais pas prête à tourner la page comme je me l'étais figuré. Divorcer était une chose, mais accueillir réellement quelqu'un d'autre que Dan dans ma vie et celle des enfants en était une autre.

— Comment ça s'est passé, ces rencards après notre… enfin, notre séparation ?

— Ce n'est pas à moi qu'il faut poser la question, Mia. J'étais un vrai connard à l'époque, je t'avais trompée, alors voir quelqu'un d'autre ensuite, ça ne paraissait pas vraiment intimidant. Attends… Tu veux dire que tu n'es sortie avec personne d'autre depuis ?

— Tu le sais parfaitement. Entre le travail, les enfants et tout le reste, comment veux-tu que j'aie le temps de rencontrer qui que ce soit ?

— Alors comment fais-tu pour te soulager ?

Son bref sourire ne m'échappa pas. Pas étonnant que les femmes se soient toujours retournées sur son passage… même quand nous étions mariés et qu'il portait son alliance.

— Tu plaisantes ? fis-je en levant les yeux au ciel.

— Allez, ça me fera ma soirée.

— Dan, je suis sérieuse. Comment as-tu su que tu étais prêt ?

— Je ne l'ai jamais su. On saute sur l'occasion, on agit à l'instinct. Je ne m'attends pas à ce que nous restions seuls jusqu'à la fin de nos jours, toi et moi. C'est sûr, on sera toujours liés grâce à Christa et à Jonathan, mais il ne faut pas confondre lien parental et relation. Tu le sais bien.

— Depuis quand es-tu si finaud ? fis-je en gloussant.

— Depuis que je me suis rendu compte qu'il était trop tard et que j'avais fait trop de conneries.

Il cherchait à me réconforter, je le savais, mais sa réponse me serrait le cœur malgré tous mes efforts. C'était pendant des soirées comme celle-là, quand nous étions des amis, et pas seulement des parents, que je me demandais si j'avais pris la bonne décision. Je baissai la tête pour la caler entre mes genoux. Bien sûr, il comprit immédiatement ce que ça signifiait.

— Hé, ne pleure pas. Je déteste quand tu pleures.

Il me prit dans ses bras. J'éprouvai une sensation de confort familière. Je n'avais rêvé d'aucune autre étreinte quand tout allait bien entre nous, peut-être parce que je m'étais conditionnée à oublier une autre paire de bras réconfortants pendant si longtemps, ceux qui avaient été si distants jusqu'à ce jour.

— Je suis juste un peu déboussolée, répondis-je en reniflant.

— Tu veux nous accompagner au parc demain ? Les gosses seraient ravis.

À présent, j'avais l'impression qu'il se servait de ma faiblesse. Les gosses. Comment aurais-je pu refuser la perspective de passer une journée ensemble, en famille ? Sauf que nous n'étions plus la même famille qu'avant. Au bout de quelques jours, les querelles refaisaient surface, et je détestais me disputer, surtout devant les enfants. Toutefois, Dan ignorait que j'avais prévu quelque chose le lendemain. Son offre était sincère et ne visait pas à me blesser.

— J'ai un rendez-vous.

Merde ! Je n'aurais pas pu me contenter de parler de *quelque chose de prévu* ?

Son visage se crispa comme si je venais de le poignarder avec un couteau rouillé.

— C'est pour ça que tu as les nerfs à fleur de peau ! Moi qui croyais que c'était le mauvais moment du mois.

Je lui administrai une petite claque sur la cuisse.

— Espèce d'andouille. Je n'ai jamais pété les plombs à cause de mes règles.

Ce qui était un mensonge éhonté. J'avais déjà fichu Dan à la porte sans aucune raison… ou du moins sans aucune raison qui me revienne à l'esprit.

— Tant pis. On se verra demain soir, alors.

Cherchait-il à savoir si mon rencard se prolongerait la nuit ? Je ne lui devais aucune explication. Pendant mes week-ends, j'étais tout à fait libre de m'absenter et de ne pas remettre les pieds chez moi jusqu'au dimanche soir, mais je voulais que les gosses aient une vie aussi normale que possible, avec leurs deux parents, et je m'étais toujours arrangée pour rester dans le coin. En particulier les dimanches où nous faisions l'effort d'aller à l'église ensemble, qu'il s'agisse de mon week-end ou du sien. Parfois, nous ressemblions à cette charmante famille pleine d'amour des débuts, mais en huis clos, on était loin de rejouer la *Fête à la maison*. Ne fût-ce que pour cette raison, j'étais ravie de notre séparation – avec tout le respect que je pouvais rassembler après avoir été humiliée en public par ses escapades.

— D'accord, on se voit le soir, mais ne m'attends pas.

Étais-je en train de retourner le couteau dans la plaie ? Je ne pouvais pas m'empêcher de jubiler.

— Pas de problème.

La main posée derrière la nuque, il se cala dos à la fenêtre. J'aurais parié qu'il le faisait exprès : il savait parfaitement l'effet qu'il me faisait, dans cette position vulnérable. En le regardant, les bras tendus dans une posture qui surélevait le triangle de son pelvis sous son pantalon de pyjama, je me rappelai pourquoi j'étais tombée amoureuse de lui. Son érection persistait depuis que je l'avais réveillé, ce qui ne le gênait absolument pas. Quand nous étions encore ensemble, ce genre de soirée donnait l'impression que tout se passait à la perfection chez nous.

Sentant une vague de chaleur se répandre dans ma culotte, je bondis de ma place. Si je ne m'arrangeais pas pour bénéficier d'un petit moment d'intimité, j'aurais des ennuis.

— Reste avec les enfants ce soir, je dormirai dans la chambre d'amis, annonçai-je.

— Tu veux que je t'y conduise ? dit-il en agitant les sourcils de façon suggestive.

Je voulais acquiescer, ne fût-ce que pour me débarrasser de cette sensation qui bouillonnait en moi. Adrian avait ranimé tous ces désirs primitifs que j'avais étouffés de force, et tout ce que je souhaitais, c'était une partie de jambes en l'air. Baiser sans tabou et sans scrupules. Et si je n'arrivais pas à assouvir ce désir dans les plus brefs délais, je risquais de sauter sur le propriétaire de la première bite disponible, ce qui, en l'occurrence, ne pouvait que compliquer et détruire ma vie.

Je secouai la tête pour me débarrasser de ces pensées idiotes, reconnaissante au Ciel que Dan ne soit pas télépathe comme le professeur Xavier.

Il avait beau être un ex-mari canon qui partagerait toujours ma vie, je ne pouvais pas le mener en bateau. Pas question de me laisser dominer par mes pulsions sexuelles. Je savais de quoi j'avais besoin, mais tant que j'ignorais ce que je *voulais*, je devrais me contenter de mon vibromasseur ou de la pomme de douche à jets intermittents de ma baignoire.

— Comme tu voudras, répondit Dan avec ce sourire irrésistible qui me donnait envie de me perdre contre ses lèvres et de laisser les siennes s'égarer sur tout mon corps.

En sortant de la pièce, j'étais encore plus troublée qu'avant. Comment pouvais-je considérer mon ex-mari comme… un ex ? Pourquoi ne pouvais-je pas le haïr autant que ce jour, deux ans auparavant, où la nouvelle de son infidélité m'était tombée dessus ? Il m'avait dévastée, mais j'avais réussi à me relever et à me reprendre. Cela dit, il avait changé depuis. Je l'avais constaté de mes yeux. Dan consacrait davantage de temps à nos enfants et semblait plus doux qu'à l'époque où nous nous étions mariés.

Mais s'il y avait bien une chose que je savais, c'est qu'on n'apprend pas à un vieux singe à faire la grimace. Et même si Dan n'était pas un petit chimpanzé, sa conduite n'aurait certainement pas détoné dans un cirque.

CHAPITRE 4

*L*e soleil matinal brillait à la fenêtre. J'arrivai à peine à ouvrir les yeux quand les enfants m'embrassèrent avant de partir, à sept heures du mat', et que Dan en profita pour me rouler une pelle par surprise. Ce baiser volé m'exaspéra. En collant son visage fraîchement rasé contre ma peau, il y avait déposé un parfum musqué qui persista par la suite. C'était comme s'il m'avait marquée volontairement avec son odeur, à la manière d'un chien. Il était certainement ravi de m'imaginer, obligée de penser à lui alors que j'avais rendez-vous avec un autre. Je me précipitai dans la douche pour me débarrasser de ces effluves masculins.

À huit heures, je dévalai les escaliers pour manger un morceau. Un déjeuner préparé avec soin m'attendait sur le comptoir de la cuisine, au milieu duquel trônait un vase plein de roses de notre jardin. Je dus pincer les lèvres pour réprimer un sourire. Dan ne faisait jamais rien sans espérer quelque chose en retour, et je commençais à me demander ce qu'il souhaitait obtenir. La machine à café préprogrammée émit un déclic. De toute évidence, mon ex-mari avait chronométré ma matinée à la perfection, alors qu'il n'était même pas présent.

— Mais à quelle heure t'es-tu levé pour préparer tout ça ? demandai-je dans le vide.

Une curieuse sensation, celle d'être aimée et choyée, me traversa. Dan n'avait jamais été du genre à préparer le petit déjeuner pour la famille le week-end, ni à faire la vaisselle sans qu'on lui demande. Et voilà que je trouvais une cuisine immaculée, sans la moindre trace du repas des petits – qui avaient pourtant mangé, à en croire l'absence d'œufs au frigo. J'avais l'impression de vivre dans la maison de quelqu'un d'autre.

Puisqu'il me restait dix minutes à perdre, je m'installai au salon. C'était à croire qu'on m'avait rouée de coups, parce que je me sentais raide comme une poutre. Je cognai mes genoux l'un contre l'autre en rythme et j'enfonçai les doigts dans les coussins du canapé. Je ruisselais de la tête aux pieds, prise de sueurs froides et brûlantes. Si ça continuait comme ça, j'allais devoir retourner prendre une douche. Et je ne voulais pas me changer. J'avais passé assez de temps la veille à me demander ce que je pourrais bien porter. Mon débardeur blanc associé à un caraco olive alliait confort et chic, du moins à mes yeux. Ce matin, la frousse du premier rencard me tétanisait. J'essuyai mes mains moites sur mon short et je les éventai lorsque la sonnette retentit.

Manquant m'emmêler les pieds lorsque je m'élançai, je m'arrêtai net devant l'entrée, pris une profonde inspiration, puis ouvris la porte.

C'était bien lui. Du haut de son mètre quatre-vingt-huit, Adrian était plus séduisant que jamais. Il portait une chemise de golf unie et un short kaki, radicalement différents des tee-shirts aux couleurs de Metallica ou des Sex Pistols dans lesquels j'avais l'habitude de le voir lorsque nous sortions ensemble. Ses cheveux fraîchement lavés, que la brise agitait, sentaient la pomme et la menthe. Mon regard descendit vers l'unique pâquerette qu'il avait à la main.

Eh bé ! Waou !

Bien sûr, Adrian s'était rappelé que les pâquerettes étaient mes fleurs préférées. Quand l'odeur de son parfum me parvint tout entière, j'eus l'impression que mes bras et mes jambes se liquéfiaient. Je ne savais pas si c'était son eau de Cologne, son savon ou des pastilles mentholées qui lui conféraient ce charme intense, mais j'aurais voulu mettre cette fragrance en bouteille pour la garder rien que pour moi, à jamais.

Combien de temps restâmes-nous face à face, les yeux dans les yeux ? Ou était-ce moi qui m'imaginais que le temps venait de suspendre son vol ?

— Salut, dis-je enfin, avec l'impression que mes tripes se mettaient à danser la samba sous mon débardeur.

— Bonjour, répondit-il en me tendant la fleur et en se penchant pour m'embrasser sur la joue.

Ses lèvres laissèrent une empreinte si brûlante sur ma peau que je craignis qu'elle ne s'enflamme et ne m'embrase tout entière. À cet instant, je n'étais plus une mère, mais une célibataire prête à faire le grand saut, à pieds joints.

— Prête ? demanda-t-il.

Je m'emparai de mon sac et verrouillai la porte. Il me prit par la main, entrelaçant ses doigts avec les miens comme si ce geste coulait de source, et me conduisit à sa voiture. Lui tenir la main de la sorte était presque aussi excitant que de l'embrasser. En imaginant ses lèvres pulpeuses contre les miennes, je sentis une nouvelle vague de chaleur m'envahir. Ça ne faisait que quelques minutes et je risquais déjà la combustion spontanée. Comment allais-je bien pouvoir survivre à cette journée, intoxiquée par sa présence ? Adrian était plus délicieux encore que la première gorgée de café matinal, et j'étais sûre qu'il serait plus savoureux que le meilleur latte italien.

Mais arrête ! pensai-je.

— Bonjour Mia !

Ma voisine était assise devant son porche, comme tous les

matins, occupée à caresser Flocon, son chat persan noir. La vieille dame, qui avait survécu à toute sa famille, avait un sens de l'humour sensationnel.

— Bonjour, Mme Mayfield, répondis-je en lui faisant signe.

— Mais qu'est-ce que je vois là, à ton bras ? s'enquit-elle.

— Adrian, un ami.

— Un élégant jeune homme, on dirait. Prenez soin d'elle, Adrian.

— Oui, madame, répondit-il en lui adressant lui aussi un signe.

J'aurais juré qu'il rougissait. Tous les voisins adoraient Mme Mayfield. Le jour de Thanksgiving, elle confectionnait des tartes à la citrouille pour toute la rue, sans parler de ces gâteaux au pain d'épice bons à se damner, à Noël.

— Tu ne vas pas me dire où on va ? demandai-je.

— Tu n'as jamais vraiment apprécié les surprises, hein ? répondit-il en ouvrant la porte de sa Jeep côté passager.

Ces manières de gentleman étaient inédites pour moi, et j'adorais vraiment ça. Après toutes ces années passées avec Dan, qui avait choisi d'oublier ce genre de politesse, je me serais crue dans un conte de fées.

Adrian finirait-il par tirer un trait sur la courtoisie, lui aussi ? Soudain angoissée à la perspective d'un avenir inconnu, je chassai cette pensée en me promettant de profiter de cette journée pour ce qu'elle était : un simple rendez-vous.

— Si, je les apprécie. Je suis juste un peu impatiente.

— Moi aussi, mais certaines choses valent la peine d'attendre.

Sous son regard qui me transperçait, je sentis tout ce que signifiait cette simple affirmation.

Après avoir de nouveau essuyé mes mains sur mon short, je bouclai ma ceinture et sentis ma tension monter.

— Ça va ? dit Adrian en tendant la main et en décrispant mes doigts. Tu t'agrippais à ta ceinture de sécurité hier aussi. Tu n'as pas de regrets, tout de même ?

— Non, c'est juste que je déteste les voyages en voiture. Et celle-ci est toute neuve…

L'odeur des sièges et de l'intérieur me rappelait un jour funeste.

— Je suis un bon conducteur, P.

— Je sais. J'ai eu un accident il y a quatorze ans. Mon père venait d'acheter notre nouvelle voiture et nous passions prendre ma mère, qui travaillait de nuit, pour lui montrer, quand un conducteur ivre nous est rentré dedans.

— Ah, T., tu m'en vois navré.

— Tu ne pouvais pas savoir. Je crois que mon père à braqué à droite à la dernière minute pour prendre tout l'impact de son côté. Ça m'a sauvé la vie… et ça lui a coûté la sienne. Depuis, les voyages en voiture ne figurent pas vraiment sur ma liste d'activités favorites.

Adrien se rembrunit un instant.

— Tu veux que je passe te prendre en moto, la prochaine fois ?

La proposition avait beau être grisante, j'ignorais si j'étais vraiment prête pour ce genre d'expérience… Peut-être fallait-il faire appel à un côté aventureux que je n'avais jamais pris la peine d'explorer ?

— Non, répondis-je en riant. Ça passera dans quelques instants. C'est moi qui réagis bêtement.

— Tu réagis tout à fait normalement. Si ça peut te rassurer, nous n'allons pas bien loin. Un trajet de dix minutes grand max.

— Oui, ça me rassure.

— Alors en route.

Adrian démarra et le moteur hybride vrombit.

Nous roulâmes vers le nord, sans un mot. Ce n'est pas que je ne voulais pas parler, j'avais juste toujours préféré voyager ainsi. Le silence me permettait de mieux me concentrer sur la route. Je me sentais plus en sécurité, alors que Dan, lui, montait tellement le volume de la musique qu'on aurait pu l'entendre depuis la province voisine. Adrian semblait apprécier la balade silencieuse tout autant que moi.

Étant donné que je vivais à la lisière de la ville, les premières fermes apparurent au bout de quelques minutes, dans un paysage orné de champs de blé jaune et des premières balles de paille. Je baissai la vitre au moment même où Adrian coupait la clim. J'avalais une bonne bouffée d'air frais de la campagne. L'odeur et le décor me rappelaient ma jeunesse, l'époque où je rendais visite à ma tante. Nous jouions à cache-cache, mes cousins et moi, dans les champs de maïs, et Adrian me poursuivait entre les épis. Les vagues odeurs de fumier ne me dégoûtaient pas, ni à l'époque ni maintenant. J'avais toujours rêvé de vivre à la campagne.

Des vibrations inattendues me firent sursauter. Je m'accrochai aux deux côtés de mon siège en me tournant vers Adrian. Il serra fermement le volant et s'efforça de maîtriser l'élan de la voiture tout levant le pied pour ralentir.

— Pas de panique, P. Tout va bien. Je crois qu'on a crevé.

Il se gara sur le côté de la route et sortit pour examiner l'avant de la voiture.

— Merde !

Je le vis passer la main dans ses cheveux et se toucher le menton. À le regarder faire, j'avais l'impression que c'était bien plus grave qu'un pneu crevé, et je descendis donc de voiture pendant qu'il restait figé.

— On a crevé, en effet, confirmai-je.

— Je sais.

— Eh bien changeons-le, ce pneu.

Il cala les mains sur ses hanches et son regard erra de l'avant de la voiture à moi, puis de nouveau au véhicule. Il était l'incarnation de l'hésitation.

— Ne me dis pas que tu n'as jamais changé une roue, m'étonnai-je.

— Eh bien si. C'est Matt qui s'en occupait.

— Ton fils.

Adrian haussa les épaules.

— Il adore ces trucs-là.

— Eh bien heureusement pour nous, ça m'est déjà arrivé, à moi, annonçai-je en me dirigeant vers le coffre. Mon père mettait des pneus d'hiver à sa voiture tous les ans en décembre, et il réinstallait les pneus ordinaires au printemps. J'adorais le voir travailler au garage.

Le souvenir de mon père me fit chaud au cœur.

— Mais je vais avoir besoin de tes muscles.

— Hé, tu peux user de moi comme bon te semble, P.

Je lui jetai un coup d'œil par-dessus mon épaule, ne sachant pas vraiment quoi répondre pendant un instant.

— Je saurai m'en souvenir, dis-je finalement avec un clin d'œil.

Sur mes directives, et pour la première fois de sa vie, Adrian changea un pneu crevé. Au terme de cette prouesse, il était fier comme un lycéen à la remise des diplômes. Comment un homme aussi accompli que lui avait-il pu passer sa vie sans jamais changer une roue ? Matt n'avait quand même pas pu l'aider chaque fois. Et avant sa naissance, alors ? La situation ne s'était-elle jamais présentée ? Découvrir le véritable Adrian, celui qui se tenait devant moi plutôt que celui que j'avais imaginé, constituait une activité fascinante, je venais de m'en rendre compte.

Une demi-heure plus tard, après avoir bifurqué sur une route latérale et roulé quelques kilomètres, nous empruntâmes une allée qui menait à une ferme à étage entourée d'une barrière traditionnelle. Un vaste porche bordait l'entrée et l'un des côtés. Derrière les fenêtres grandes ouvertes, des rideaux blancs flottaient au vent. Devant les trois lucarnes du grenier, sur le toit, j'aperçus des plantes en pot. Des rosiers répartis sans logique particulière sur le gazon lançaient vers le ciel leurs boutons colorés.

Adrian se gara sur le gazon fraîchement tondu, sous un pommier isolé devant l'entrée. L'odeur douce des fruits mûrs et rouges embaumait l'atmosphère. Adrian ouvrit ma portière et me fit signe de l'accompagner. Je descendis de voiture. L'envie de retirer mes chaussures pour sentir la caresse de l'herbe coupée me chatouillait les pieds.

Un aboiement aigu qui venait de la maison me figea sur place. Quand le petit chihuahua sortit en sautant par la fenêtre, je bondis sur le capot de la Jeep comme une acrobate professionnelle et je restai paralysée, dressée sur la pointe des pieds.

Je n'avais pas peur des chiens, mais je m'étais fait mordre le jour où Adrian m'avait emmenée chez lui pour notre premier rendez-vous. Et ce chihuahua ressemblait comme deux gouttes d'eau à son chien de l'époque. Ces bêtes vivaient-elles si longtemps ?

— Dis-lui de partir !

— P., ce n'est pas le même, s'esclaffa-t-il. Allez, viens, Rocky.

— Tu lui as donné le même nom ?

— Oui, mais je te promets que celui-ci est affectueux.

— C'est ce que tu disais déjà la dernière fois.

— La dernière fois, je n'étais qu'un jeune imbécile qui voulait épater une fille. Je t'en prie, fais-moi confiance, insista-t-il en me tendant la main.

Rocky aboya en courant autour de la voiture et d'Adrian. J'attendis qu'il ait ravalé l'écume accumulée aux commissures de ses lèvres pour bouger. Ce petit pitbull en puissance me montra les dents. Il était certainement capable de me déchirer le mollet.

— S'il me mord, ne va pas te plaindre quand je lui aurai tordu le cou, déclarai-je en matière de mise en garde, mais Rocky persista à aboyer en montrant ses crocs, sans reculer.

Bon, on ne pouvait pas vraiment parler de crocs, en réalité, mais j'étais persuadée qu'il pouvait faire autant de dégâts qu'un loup… voire plus.

Dès que je descendis de la voiture, je percutai le corps ferme d'Adrian et le reste du monde cessa d'exister, chihuahua compris. Même si j'avais voulu m'enfuir, pas moyen d'échapper à ses bras. D'une poigne robuste, il m'attira contre son corps dur comme le roc. La mince étoffe qui nous séparait aurait aussi bien pu ne pas exister. Nous en avions fait, du chemin : séparés par des continents entiers, voilà qu'il n'y avait plus entre nous qu'une fine et amovible barrière de textile. Nos cœurs battaient l'un contre l'autre. Le souffle parfumé aux Tic-tac d'Adrian et cette odeur vivifiante que j'aurais voulu mettre en bouteille m'envahirent.

J'inclinai la tête pour contempler ses beaux yeux verts. Sa tête masquait le soleil et me faisait de l'ombre, et les rayons soulignaient sa silhouette. Ses lèvres entrouvertes étaient si proches. Il n'y avait plus que nous, tels que nous étions vingt ans auparavant, hypnotisés l'un par l'autre. Comme si les années ne s'étaient pas écoulées et que nous n'avions pas passé un seul jour séparés. J'éprouvai la tenace impression d'avoir remonté le temps jusqu'à ce jour où, sous le pommier du verger de ma tante, j'attendais le premier baiser de mon premier petit copain, de mon premier amour.

Sauf que cette fois, mon corps désirait davantage qu'un baiser. Il aspirait à une sensation bien plus profonde et rude qu'autrefois. À présent, aucun parent, aucun proche ne pouvait nous empêcher d'être ensemble. Je le respirai, passant mes mains sur ses bras, remontant le long de sa poitrine musclée, jusqu'à son cou. Les mains vigoureuses d'Adrian me soutenaient, et ses doigts suivaient la courbe de mon dos, descendant avec plus d'impatience désormais, me pressant contre lui avec insistance.

— J'ai envie de t'embrasser, dit-il. Vraiment, énormément envie.

Sa bouche restait en suspension au-dessus de la mienne ; la vibration de ses paroles me chatouilla et je sentis son souffle chaud me caresser les lèvres.

— D'accord.

— Mais Rocky est en train d'essayer de me niquer la jambe.

Il baissa les yeux en direction du chien qui s'agrippait à lui.

Je gloussai et repris mes esprits tandis qu'Adrian me lâchait doucement. Il s'accroupit et le petit chien lui sauta sur les genoux, comme pour montrer que son maître n'appartenait qu'à lui.

— Attends un peu qu'une demoiselle te rende visite, le gronda Adrian. Je lui mettrai une ceinture de chasteté et on verra qui est le patron, ici.

Mais Rocky se contenta de sautiller gaiement en se léchant le museau.

— Je crois qu'il préfère les mecs, plaisantai-je.

— Non, il saute sur tout ce qui bouge, répondit Adrian en se relevant et en déposant le chien par terre.

— Ah, ces hommes, dis-je en secouant la tête tandis que Rocky s'en prenait à l'un de ses jouets en plastique. On dirait qu'ils ont besoin de tout marquer comme leur possession.

— Si seulement ! fit Adrian en me prenant la main.

En comprenant ce qu'il sous-entendait, je me sentis envahie par une vague de chaleur. Chacun de mes nerfs réagissait à son contact, et mon cœur faisait de nouveau des siennes, battant à un rythme inédit.

— Attends, tu habites ici ? demandai-je.

Jusqu'alors, j'avais pensé qu'il logeait à l'hôtel.

— Oui. Cette propriété appartient à un ami. Je l'entretiens pendant qu'il s'occupe de ses parents malades, aux États-Unis.

Il me conduisit jusqu'à la maison.

J'ignorais qu'Adrian avait des contacts dans la région. En fait, je m'étais toujours égoïstement figurée qu'il ne connaissait personne d'autre que moi au Canada.

— Nous allons passer presque toute la journée dehors et il faut que j'aille aux toilettes. À moins que tu n'aies l'intention de faire pipi dans les buissons, je te recommande d'en faire autant.

— Ce genre de détail ne t'arrêtait pas, dans le temps, fis-je en gloussant.

À la ferme, on avait l'impression que les garçons pissaient dans tous les coins. C'était à croire qu'ils marquaient leur territoire, comme Rocky.

— Je ne suis plus l'ado de tes souvenirs, P. Et si tu veux que je baisse mon pantalon, tu n'as qu'à demander, ajouta-t-il en clignant de l'œil avec un sourire en coin.

Et voilà que reparaissait ce regard dangereux et excitant, plein de ces promesses et de ces aventures auxquelles j'aspirais tant. Adrian avait peut-être changé, mais pas tant que ça. Cet aspect de lui qui m'émoustillait et m'avait séduite était toujours là.

Sur le chemin de la maison, en avisant le champ de blé jaune qui la bordait, je me figeai. Les tiges dorées qui oscillaient sous le vent me ramenaient vingt ans en arrière. Au milieu du champ, nous nous étions étendus sur une couverture pour contempler le ciel nocturne, seuls nos bras et nos mains restant en contact… jusqu'à ce que nous trouvions le courage de faire le premier pas. Les lucioles dansaient dans le ciel, et nous avions finalement détourné le regard du firmament pour profiter d'un autre spectacle. La séance de baisers avait duré des heures. Ses mains avaient exploré mon corps, et les miennes le sien, jusqu'à ce que nous nous retrouvions nus, jouissant pour la première fois de ce lien privilégié et unique entre un homme et une femme.

Prise de frissons, je tressaillis. Je n'avais vraiment pas l'impression que vingt ans s'étaient envolés depuis que nous avions fait l'amour pour la première fois.

— Tu te rappelles, murmura Adrian d'une voix rauque et pleine de désir, derrière moi.

Je m'appuyai contre son corps musclé. Il m'étreignit de ses bras hâlés. Je m'y accrochai, serrant plus fort tandis que ce souvenir reprenait vie dans ma mémoire. Je sentais ma poitrine enfler et une impatience brûlante me taquiner le ventre. Je me rappelais encore parfaitement la sensation que j'avais éprouvée en le recevant en moi. Un profond désir pour cet homme m'échauffa les sangs.

— Bien sûr que oui, répondis-je en glissant ma joue contre son bras nu avant de l'embrasser. C'était un des jours les plus merveilleux de ma vie.

— De la mienne aussi.

— Même si nous ne savions pas ce que nous étions en train de faire, ajoutai-je.

Nous ne nous étions pas souciés des vers de terre, des bestioles et des dizaines de piqûres de moustiques que j'avais comptées sur mes bras, mes jambes et mes fesses le lendemain. Je me souvenais de la joie, mais aussi de cette crainte que j'avais ressentie en m'imaginant que tout le monde pouvait, rien qu'à nous regarder, deviner ce qui s'était passé entre nous la veille. Mais personne n'avait rien remarqué. C'était entre lui et moi, et les millions d'étoiles au firmament.

Il me serra plus fort.

— Je suis sûr qu'on a appris une ou deux petites choses depuis.

Il parlait d'une voix râpeuse. Je sentais contre ma joue son souffle puissant, et j'oscillais au rythme de sa respiration.

— J'en suis sûre aussi.

Je me nichai tout contre ses pectoraux. L'excitation d'Adrian me démangeait les reins, mais il m'accueillait de façon si naturelle entre ses bras que cet instant me sembla parfait. Il était resté cet homme qui n'éprouvait aucune gêne à l'égard de ce qu'il ressentait en ma présence.

— Tu veux partager tes secrets ? demanda-t-il en m'effleurant l'oreille du bout des lèvres.

Je fermai les yeux. Le souffle chaud s'égara le long de mon cou, de ma poitrine. J'avais oublié combien ces parties de mon corps étaient sensibles.

— Au premier rendez-vous ? Tu me prends pour une fille facile ?

— Sauf qu'il ne s'agit pas de notre premier rendez-vous, me corrigea-t-il.

— Eh bien, peut-être que si tu sais t'y prendre, je t'enseignerai quelques trucs.

Je le repoussai vivement et je m'enfuis vers la maison en courant.

Adrian me rattrapa en quelques secondes et me plaqua dans le gazon tendre. Nous roulâmes jusqu'à ce que son poids m'immobilise et qu'il se retrouve au-dessus de moi, comme cette fameuse nuit. Ses cuisses logées entre les miennes m'écartèrent délicatement les jambes. Il glissa les mains sur mes hanches et remonta le long de mon corps, soulignant la courbe de mes seins, pour venir me caresser le visage. Lorsqu'il me souleva le menton d'un doigt, je retins mon souffle, revoyant ce garçon qui voulait m'embrasser.

Mon corps se collait un peu plus au sien chaque seconde, se moulait contre ses courbes, ses muscles comblant mes vallées. De son autre main, Adrian écarta une mèche de cheveux de mes yeux et s'attarda un instant sur mon visage. Il me caressa doucement la joue avec son pouce.

Les mains remontant le long de ses bras, je m'y accrochai comme si ma vie en dépendait, craignant que le moment ne me file entre les doigts comme vingt ans auparavant.

Je sentis le bout de son nez contre le mien. Nos souffles se mêlèrent. Il hésita et j'entrouvris les lèvres pour l'inviter à m'embrasser. Les yeux clos, j'attendis en respirant son parfum. Au premier contact, très tendre, nos lèvres remuaient à peine. La pression délicate de sa bouche contre ma lèvre inférieure se fit plus définie, plus ferme, mais aussi plus chaude et plus impatiente, exigeante. Je laissai sa langue pénétrer et explorer ma bouche, plongeant moi aussi dans la sienne, souhaitant retrouver cette façon d'embrasser que je partageais avec lui et qui me semblait la chose la plus naturelle au monde. Sans élargir son exploration, il s'engageait plus profondément. Il s'insinua avec plus de force ; c'était son corps, c'étaient ses hanches, c'était lui tout entier et je fondais comme du beurre au milieu d'un muffin chaud. Et j'étais à lui, rien qu'à lui. Perdue dans ses bras puissants, je flottais loin de la Terre pour explorer ces constellations qui nous avaient toujours reliés. Le monde tournoyait en dessous, m'emportant vers cet état d'euphorie où rien n'avait plus d'importance excepté la chaleur de ses lèvres et le contact de sa peau. Un éclair de désir brut me traversa les seins et je sentis la passion s'épanouir en moi, tout au fond. Je passai les doigts dans ses cheveux doux, et lorsqu'il laissa errer sa langue le long de mes gencives avant de mordiller ma lèvre supérieure, je poussai un gémissement tout contre lui, avec l'envie de rire et de pleurer à la fois. Personne ne m'avait jamais embrassée avec autant de fougue qu'Adrian. Je ne parvins pas à mesurer combien de temps dura ce baiser, parce que ça n'avait tout simplement aucune importance.

Une haleine canine nauséabonde nous sépara finalement.

— Rocky, va te taper ton canard ! le tança Adrian.

Devant mon expression perplexe, il expliqua :

— C'est un canard en caoutchouc.

Il traça le contour de ma lèvre inférieure du bout du doigt.

— J'en avais envie depuis…

— … depuis le moment où tu m'as revue ?

— Non, depuis le moment où je t'ai laissée partir, il y a vingt ans.

Wow.

— Et j'en attendrais bien cent de plus s'il le fallait, murmura-t-il tout contre mes lèvres en essuyant la larme qui venait de couler sur ma joue.

Je n'avais pas réalisé que mes émotions me consumaient au point de m'empêcher de retenir quelques larmes.

— Tu es un homme patient.

Il fit non de la tête.

— Seulement quand il s'agit de toi, P. Crois-moi, parfois, je regrette de ne pas aller un peu plus vite en besogne.

— Tu ne devrais pas. C'est agréable.

— C'est vrai, hein ?

J'avais le feu aux joues. J'ignorais ce qui se passait, au juste, dans tout mon corps, mais heureusement que ma culotte n'était pas en papier : elle aurait eu le choix entre se désintégrer à cause de l'humidité et prendre feu entre mes jambes. Comment un petit baiser pouvait-il susciter des émotions si intenses chez une femme ?

CHAPITRE 5

Une fois à l'intérieur, la méticuleuse décoration de la ferme m'abasourdit : elle tranchait avec le décor bucolique des environs. Même les cartons vides entassés près des murs ressemblaient à des rangées de soldats attendant l'inspection. Pendant qu'Adrian était aux toilettes, je me promenai dans la cuisine. Une rangée d'herbes en pot alignées au milieu d'un comptoir en granite apportait une touche végétale naturelle à la pièce. On avait réagencé la maison dans un look éclectique qui mêlait le moderne et le campagnard, associant le passé, le présent et l'avenir.

— Ton ami est du genre obsessionnel compulsif ? demandai-je.

— À vrai dire, tout est à moi. Chris m'a dit que je pouvais faire comme chez moi et, avec sa permission, j'ai fait rénover la maison.

— C'est toi qui as fait faire tout ça ? En deux semaines ?

Il y a vraiment des gens qui rénovent les maisons qu'ils louent ?

— J'envisage de rester un moment, répondit-il en m'enlaçant par-derrière.

— Et si j'avais refusé de te revoir, hier soir ?

— Dans ce cas, mon ami Chris aurait bénéficié d'une restauration intérieure gratuite.

Sa joue s'approcha de la mienne, m'effleura la peau. Il sentait encore l'aftershave.

La rénovation avait dû lui coûter une fortune. Je n'aurais jamais dépensé autant d'argent dans une maison où je n'étais pas sûre de m'installer jusqu'à la fin de mes jours.

— Tu savais que je ne dirais pas non hier soir, pas vrai ? fis-je en baissant les yeux et en rougissant.

— Je priais pour que tu acceptes.

Il me mordilla l'oreille.

Mes seins commençaient à se sentir à l'étroit dans mon débardeur.

— Menteur.

Il gloussa.

— Je savais que si tu ressentais ne serait-ce qu'une fraction de ce que j'ai éprouvé en te voyant, il y avait de grandes chances pour que tu répondes oui.

Une photo disposée sur un bureau, dans un petit recoin, attira mon attention.

— Qu'est-ce que c'est que ça ? demandai-je en me libérant de ses mains et en m'approchant du cadre. Tu l'as gardée ? hoquetai-je en la voyant de près.

— Bien sûr.

Il s'agissait d'une photo de nous deux, la même que celle que je conservais dans mon placard, à l'intérieur d'un carton rempli des lettres d'Adrian. Nous nous y enlacions près d'un feu de joie, non loin de la maison de ma tante. Cette nuit-là, c'était son sweat-shirt que je portais. Ses bras nus étaient épais comme des allumettes à l'époque. Mon regard vagabond s'attarda sur le poignet de l'Adrian de l'époque, et je vis le bracelet que je lui avais tissé cet été.

— Oh, je l'avais oublié, celui-là.

— Pas moi.

Je me retournai en l'entendant ouvrir un tiroir et je le vis en sortir la bande de tissu bleue et verte.

Stupéfaite, j'en eus le souffle coupé et je portai la main à ma bouche.

— Le soir où tu me l'as donné, tu regrettais de ne pas avoir assez de fil pour tisser un pont au-dessus de l'océan.

Ma gorge se serrait, je sentais mes paupières enfler : c'était insupportable.

— Et tu as dit que tu finirais bien par me retrouver un jour, parce que ce bracelet était une alliance à tes yeux. Nous avions plaisanté en faisant semblant d'être mariés tout l'été.

— J'aurais tellement voulu que ce soit vrai, tu n'as pas idée.

Je poussai un soupir, le cœur curieusement serré.

— Peut-être que ça vaut mieux pour toi, ajoutai-je. Tu sais, je n'ai pas vraiment de quoi pavoiser, avec mon mariage.

— Tu crois que ça ne nous aurait pas réussi ? demanda-t-il, sérieux, en se tournant vers moi.

Je levai la tête pour regarder ses yeux où luisait une étincelle d'espoir.

— Je ne prendrais jamais ce risque, déclara-t-il. Je t'ai déjà perdue en tant que petit ami. Te perdre en tant que mari me ravagerait.

— Hmm.

Adrian me fixa. Il fronça les sourcils et je me demandai à quoi il pouvait bien penser. De toute évidence, il n'était pas prêt à partager ses réflexions avec moi.

— Ça te paraît bizarre, P. ? Le fait que nous soyons ici, ensemble après tant d'années, je veux dire ?

— Bizarre, non, fis-je en secouant la tête. Mais extraordinaire et incroyable, oui.

À vrai dire, ça faisait longtemps que je ne m'étais pas sentie autant à ma place.

— Bien, dit-il en souriant. Maintenant, arrête de te dandiner et va aux toilettes, tu veux ? Une longue journée nous attend.

— D'accord.

J'éclatai de rire en pensant que la conversation coulait toujours de source avec Adrian, même quand nous évoquions des sujets qui me serraient encore le cœur.

Après avoir fait une brève pause-pipi et m'être copieusement aspergé le visage d'eau, il était temps de partir en balade. Les couples normaux n'étaient pas censés sortir dîner pendant leur premier rencard ? Au lieu de ça, comme une gamine écervelée, je marchais main dans la main avec l'homme qui avait refait surface dans ma vie de façon si inattendue. Et l'instant me semblait si parfait que je craignais de me réveiller. Rien d'autre n'avait d'importance que nous deux, et je n'avais pas ressenti ce genre d'exaltation depuis bien longtemps.

Nous marchâmes le long d'un sentier forestier. Heureusement, Adrian avait laissé Rocky à la maison, où le petit chien devait sans doute piquer un somme avec ravissement. Dans ces bois, les senteurs de pins, de mousse et de feuilles mortes se mélangeaient, perturbées de temps à autre par une brise fraîche. Au loin, on entendait le crépitement d'un cours d'eau. Le sac à dos et la canne à pêche dont Adrian s'était muni indiquaient clairement que nous partions pêcher. Enfin, surtout lui, parce que j'en aurais bien été incapable. En sortant de la forêt, nous arrivâmes à une zone nettement délimitée que l'on venait de tondre. Je découvris avec surprise des meubles de jardin disposés sous un belvédère de bois, non loin d'un petit foyer plein de cendres.

En levant les yeux, je pus contempler un spectacle qui me coupa le souffle. Une petite rivière limpide étincelait au soleil, et juste derrière, des têtes dorées comme des couronnes oscillaient sous le vent. N'ayant jamais vu de champ de tournesols autrement qu'en photo, j'allais sans doute devoir ramasser ma mâchoire par terre si je continuais à regarder.

— Tu aimes ?

— J'adore. C'est à ton ami, ça aussi ?

Je m'installai sur une des chaises longues et m'étirai les jambes.

— Oui. Ça représente un peu plus d'une centaine d'hectares. Il en loue la majorité à des agriculteurs. Attends-moi ici.

Adrian laissa tomber son sac à dos sur une chaise en se penchant au passage pour m'embrasser, puis il retira ses chaussures et s'avança dans l'eau.

— Mais qu'est-ce que tu fais ? m'écriai-je en riant tandis qu'il marchait prudemment sur les pierres glissantes. Tu n'es pas censé utiliser une canne à pêche pour attraper des poissons ?

— Ce ne sont pas les poissons qui m'intéressent…

Adrian perdit subitement l'équilibre et je crus qu'il allait tomber à l'eau.

— Attention !

Je bondis de ma chaise et me précipitai au bord du ruisseau. Le cours d'eau n'était pas bien large et l'eau ne montait apparemment que jusqu'aux genoux, mais si Adrian tombait, il sortirait trempé comme une soupe. Il parvint toutefois à traverser, coupa un tournesol avec son canif, saisit la tige entre ses dents et entreprit le trajet du retour très lentement, les bras tendus de part et d'autre pour conserver l'équilibre, comme s'il marchait sur une corde raide. À un mètre de la berge, il se mit à tanguer dangereusement. Son pied glissa et il s'effondra, le derrière dans le courant. Je me précipitai vers lui, mais il était trop tard. Il se redressa, de l'eau jusqu'à la poitrine, en brandissant le tournesol qu'il avait sauvé malgré sa chute.

— Tu t'en sors, Casanova ? demandai-je en riant et en lui tendant la main.

— Dans mon souvenir, Casanova s'en prenait à toutes les femmes des environs, alors que je ne désire que toi.

Ne savait-il pas qu'il n'avait pas besoin de m'impressionner ? J'étais déjà sienne… je savais que je le serais toujours. Adrian tenta de faire un pas en avant et glissa de nouveau. J'éclatai de rire à m'en faire mal au ventre.

— Laisse-moi t'aider, dis-je en lui tendant de nouveau la main.

— Ce n'était pas vraiment ce que j'avais prévu.

Il leva le bras, mais avant qu'il parvienne à me toucher, je perdis pied et je m'effondrai dans l'eau tête la première.

En temps normal, j'aurais pleuré. Et pleuré de plus belle. En tant que maman, je ne pouvais pas me permettre ce genre d'incident, parce que nous étions toujours en train de courir d'un point A vers un point B. Les accidents constituaient un luxe interdit. Oh certes, il y en avait toujours, mais depuis que j'avais mes enfants, je préférais m'en tenir à une conduite prudente. Et pourtant, ivre d'un sentiment de liberté tel que je n'en avais jamais connu, assise à côté d'Adrian, de l'eau jusqu'au cou, j'éclatai simplement d'un rire qui se répercuta le long du torrent.

Adrian s'efforça de garder son sérieux, mais je ne pouvais pas réprimer ce fou rire et au bout du compte, il s'esclaffa avec moi, à mon grand ravissement.

— Je suis désolé, P. Je n'aurais vraiment pas dû faire ça. Tout est de ma faute.

Au bout d'un moment, Adrian se leva et m'aida à sortir de l'eau. Complètement trempée, je m'agrippai à sa main et nous émergeâmes de la rivière en titubant et en ruisselant. Sous une petite brise qui s'était levée, je me mis à trembler comme une feuille. Je frissonnais comme si je venais de me retrouver nue, dehors en plein hiver. L'eau n'était pas particulièrement tiède, en particulier à l'ombre.

— Tu agis toujours sans réfléchir, hein ?

Le bruit de mes dents qui claquaient me résonnait aux oreilles.

— Pour toi, oui. Mon point faible, c'est toi. Tiens.

Il posa le tournesol entre nous.

— Merci, bredouillai-je tandis que mon menton tremblait.

— On ferait mieux de se déshabiller.

Adrian ôta sa chemise détrempée et l'essora. L'eau dégoulina dans l'herbe.

Et je restai figée, bouche bée, à contempler le merveilleux spectacle qu'offrait cet homme à demi nu. Le splendide tatouage de ronces que j'avais vu dépasser de sous sa manche se prolongeait jusqu'à son épaule et dans son dos, où le motif principal se transformait en lignes fluides en atteignant les muscles supérieurs. Je me fis la réflexion qu'il s'agissait d'un tracé unique, inimitable. Tandis qu'il tordait sa chemise, les biceps gonflés, des gouttes d'eau roulèrent au ralenti sur ses pectoraux saillants. Je ne savais pas qu'il existait des hommes aussi athlétiques dans ma tranche d'âge. Dan était plutôt mince et prenait soin de lui, mais le corps d'Adrian, musclé et parfaitement sculpté, présentait des courbes, des saillies et des vallées qui me paraissaient complètement incroyables. Grisée et gênée à la fois, l'eau à la bouche, je laissai mon regard vagabonder de ses cuisses robustes jusqu'au short trempé qui moulait la moindre courbe de son anatomie, puis jusqu'à sa poitrine.

Un second tatouage, sous sa poitrine, m'accrocha le regard : *Ich liebe dich über alles*. Je me souvenais d'avoir déjà vu cette phrase, mais je n'arrivais plus à me rappeler où. Comme il avait vécu en Autriche quelques années, je savais qu'Adrian parlait couramment allemand, même s'il ne s'agissait pas de sa langue natale.

Il passa la main dans ses cheveux et secoua sa chemise, répandant des gouttelettes tout autour de lui, avant de l'étendre sur un buisson au soleil. Lorsque je tendis la main vers son torse, il se figea. Sa peau se contracta sous mes doigts et il inspira brusquement. Du bout de l'index, je suivis les lettres le long de ses côtes. On les avait tracées sous son cœur, dans une écriture élégante, aux courbes souples.

— Qu'est-ce que ça signifie ? demandai-je en examinant

chaque lettre et en essayant de remettre l'endroit où je les avais vues.

— « Je t'aime plus que tout », répondit-il.

Il tendit le cou et braqua le regard sur moi.

— Oh, mon Dieu… murmurai-je d'une voix presque inaudible.

Je retirai mon doigt, portai la main à ma bouche et me tournai vers ses yeux verts. Et à cet instant, il comprit que je me souvenais. C'étaient les mots qu'il m'avait écrits dans l'une de ses lettres. Celle que j'avais déchirée parce que je souffrais trop à force de la relire sans cesse, celle qui m'expliquait qu'il m'aimerait et me chérirait toujours. Il disait que je pouvais toujours compter sur notre amitié, où que nous soyons, peu importe combien d'années auraient passé, parce que les sentiments qu'il éprouvait pour moi n'avaient pas de date de péremption. Apparemment, il avait écrit la lettre dans un moment de faiblesse, après avoir été enrôlé dans l'armée pendant deux ans.

Je sentis une boule se former dans ma gorge.

Quand je relisais cette lettre, je me réveillais au beau milieu de la nuit en imaginant sa voix qui prononçait ces mots, comme s'il était là. Son parfum semblait se manifester comme par enchantement. Je regardais autour de moi et je me rendais compte qu'Adrian était à des milliers de kilomètres. Et pourtant, j'avais l'impression que nous étions ensemble, que nous ne nous étions jamais séparés. Je me recroquevillais en position fœtale et je me mettais à sangloter sous les couvertures jusqu'à ce que le soleil matinal me force à me lever. Les nuits étaient toujours les pires. Elles persistaient à me rappeler cette période où nous étions ensemble.

— Désolée, mais c'est trop. Ça me fait trop mal, dis-je en lui tournant le dos, les larmes aux yeux.

— Hé, fit-il en se rapprochant de moi. P., ce qui est fait est fait. Je suis désolé, vraiment désolé.

Posant les mains sur mes épaules, il me retourna vers lui et m'attira contre son torse nu.

Je ne sais pas ce qui me prit, mais je lui étreignis la taille en disant :

— S'il te plaît, ne pars pas. Je ne le supporterais pas.

— Je te promets que je resterai aussi longtemps que tu voudras. Je ne commets pas deux fois les mêmes erreurs. Pardon, P.

Il m'embrassa le sommet du crâne.

— Mais pourquoi ? demandai-je, toujours au bord des larmes, en inclinant la tête pour le regarder en reniflant.

Les rides du sourire qui lui bordaient les yeux se plissèrent dans une expression soucieuse, comme s'il craignait pour mon bien-être.

Adrian passa affectueusement le doigt sur mon front.

— Pour t'avoir laissée partir. Tu as souffert par ma faute. Je n'aurais jamais dû te laisser partir. J'aurais dû te traîner à l'église et t'épouser réellement cet été-là, sans rien dire à personne. Et même si tu avais dû partir, tu serais restée mienne, pour toujours, et quand j'en aurais eu les moyens, je serais venu chercher ma femme.

Wow !

— Ça t'a vraiment travaillé, n'est-ce pas ?

— Oui, et j'aurais voulu savoir à l'époque ce que je sais aujourd'hui, mais on ne change pas le passé. Je suis ici désormais, et je ne vais nulle part. Regarder en arrière ne sert à rien.

Il passa la main sur ma joue et j'y déposai la mienne.

— Nous n'avions pas le choix. Ce n'était pas notre faute. Et ensuite, alors que je n'aurais pas dû, j'ai cessé de t'écrire. J'aurais dû continuer. J'aurais dû être une meilleure amie.

À une époque dépourvue d'ordinateurs et de Skype, il n'existait pas d'autre moyen de rester en contact. J'avais l'habitude de recevoir une lettre d'Adrian tous les deux mois environ.

La chaleur de son corps m'enveloppait. Il me serra dans ses bras tandis que je disais, tout contre sa poitrine :

— Pardon d'avoir cessé d'écrire, mais si je ne l'avais pas fait, je n'aurais pas réussi à tourner la page.

Je me rappelais le jour où j'avais rencontré mon mari comme si c'était hier. Dan était le premier petit ami qui ne me rappelait Adrian ni de près ni de loin. Peut-être l'avais-je épousé pour cette raison. Imaginez un peu une vie passée avec le vivant souvenir de votre grand amour, désormais inaccessible. Essayez un peu de faire fonctionner une relation de ce genre, et vous comprendrez pourquoi les précédentes n'avaient pas duré plus de quelques mois.

Six mois après avoir rencontré Dan, j'avais reçu une autre lettre d'outre-Atlantique. En y répondant, ce jour-là, tandis que je noircissais les feuilles de récits consacrés à ma vie, à mes petits copains, à mes études et à mon travail, quelque chose avait cédé en moi. J'avais compris que je ne pouvais plus répondre à ces lettres. Que mes sentiments ne disparaîtraient jamais si je continuais. Je sortais avec Dan, mais j'aimais toujours Adrian, ce qui me paraissait stupide à l'époque parce que nous ne nous étions plus revus depuis deux ans. Mais ça n'avait pas d'importance. Le temps et l'éloignement ne pouvaient effacer ce que contenait mon cœur. La seule façon de l'oublier consistait à arrêter d'écrire. Il fallait que je lâche prise.

Les yeux pleins de larmes, j'avais chiffonné ma lettre en me promettant de prendre le premier vol pour l'Europe si jamais ça ne marchait pas avec Dan. Des années plus tard, j'avais compris qu'il s'agissait d'une des décisions les plus importantes de toute ma vie. Cet instant unique m'avait changée. J'avais choisi de ne pas écouter mon cœur.

Je tremblais de plus en plus dans mes vêtements mouillés, sous le vent.

— Tu voulais donner une autre chance à l'amour. Il n'y a rien de mal à cela, P. Tu as suivi ton cœur comme il le fallait. Qui sait ce qui serait advenu de nous si nous étions restés ensemble à un âge si fragile ? Je ne doute pas que notre couple aurait subsisté, mais je crois que le destin nous a arrachés l'un à l'autre pour une bonne raison. Comme ça, j'ai pu revenir auprès de toi et t'apprécier d'autant plus.

Il agita les sourcils de haut en bas et je ne pus m'empêcher de sourire.

— Et puis, tu n'aurais pas tes adorables enfants et je n'aurais pas Matt. Je crois que notre passé a fait de nous ce que nous sommes pour que nous puissions être présents l'un pour l'autre, maintenant, de la bonne façon, sans hésitation.

Adrian avait raison. Si je n'avais pas passé le cap, je n'aurais pas donné naissance à mes enfants. Je n'aurais pas connu les pleurs au milieu de la nuit, les rires matinaux lorsque je les chatouillais au lit, et cet amour inconditionnel dont mon cœur débordait pour eux. L'idée de ne jamais les avoir connus m'était insupportable, mais je ne pouvais m'empêcher de songer à ce qui se serait passé si j'avais eu des enfants avec Adrian, et je me sentais coupable de me poser cette question. Aurions-nous été parents ensemble si nous ne nous étions pas séparés ? À une époque, c'était ce que je voulais par-dessus tout, mais à présent, je n'aurais jamais échangé mes enfants contre ceux de quiconque.

— Ne pense pas à ce qu'on a manqué. Réfléchis plutôt à ce qu'on peut faire.

Il tira sur mon chemisier, attirant mon attention sur mes bras et mes jambes trempés et gelés.

— Et si tu ne retires pas ça toute seule, je l'arrache moi-même.

Le grognement qu'il émit me donna la chair de poule, ramenant mon attention sur l'homme qui se tenait devant moi.

— Tu plaisantes, hein ?

Je baissai les yeux. Le chemisier soulignait le bout de mes seins dressés, tout contre sa poitrine.

— Oh, allez, je t'ai déjà vue nue.

Glissant les pouces dans les passants de ceinture de mon

short, il me pressa contre lui. Chacune de ses courbes délicieuses se frottait contre mon ventre.

— Oui, il y a vingt ans, dis-je en déglutissant, la gorge serrée.

— Et alors, fit-il en haussant les épaules. En toute honnêteté, je t'ai déjà imaginée nue aussi. Vraiment, il n'y a rien à cacher.

Ses mains se hasardèrent dans mon dos, plus bas, pour m'agripper doucement les fesses.

— Il y a des tas de choses à cacher.

Je ne reconnaissais plus ma voix. La proximité d'Adrian me faisait tourner la tête, m'excitait et me chauffait les sangs. Depuis quand s'exprimait-il avant tant de franchise ? J'aimais cette spontanéité qui sortait de nulle part. Elle me stimulait, me maintenait sur le qui-vive.

Il examina mon corps, s'attardant sur mon décolleté.

— Tu as peut-être raison. Il y a là bien plus que dans mon souvenir.

Il me dévorait pratiquement des yeux. Le genre de pensées qui lui traversaient l'esprit ne faisait aucun doute, mais même si mon corps était prêt à réagir instinctivement, je n'étais pas sûre de vouloir m'abandonner de la sorte.

— Allez, je ne veux pas que tu tombes malade quand tu es sous ma responsabilité. Tiens.

Sortant une couverture duveteuse de son sac, il m'en drapa les épaules.

— Ce serait une honte de la mouiller elle aussi, alors s'il te plaît, déshabille-toi. Je ne regarderai pas.

— Retourne-toi, murmurai-je en retirant mon haut couleur olive.

J'aperçus son sourire avant qu'il ne s'exécute et n'ôte son short. J'en restai le souffle coupé. Son caleçon lui collait à la peau, soulignant la moindre courbe de ses fesses musclées. Toutes les émotions et les pulsions que je voulais réprimer me traversèrent l'esprit comme un courant électrique en quête d'une prise. J'imaginais ses fesses se crisper tandis que j'enroulerais mes jambes autour de son torse pour l'accueillir au plus profond de moi. Une envie sourde palpita au creux de mon ventre, un désir que je n'avais pas ressenti depuis bien longtemps. Je me rappelais nos ébats comme si c'était hier. La première fois était gravée dans ma mémoire. Et le souvenir de sa présence en moi, le lendemain du jour où je lui avais donné ma virginité, me fit mouiller ma culotte.

— Allez, P.

Sa voix me fit sursauter.

Merde alors !

Je me contorsionnai pour me tourner vers les bois et m'affairai gauchement pour retirer mon débardeur et mon short trempés. J'aurais sans doute choisi des sous-vêtements moins passe-partout si j'avais su que je me retrouverais en train de me déshabiller devant Adrian, mais peut-être parviendrais-je à les sécher en m'étendant au soleil. Je regrettais de ne pas avoir opté pour quelque chose de plus sexy que le soutien-gorge tout simple et le shorty si confortable pour la marche. Il n'y a rien de pire qu'un string qui vous rentre dans le derrière quand on se promène. En tant qu'instructrice de Pilates, je savais que des sous-vêtements confortables pouvaient faire la différence entre une bonne séance et une expérience douloureuse. Ceux-ci étaient jolis malgré tout, mais il ne s'agissait vraiment pas du choix idéal. Et comment pouvais-je m'étendre à côté de lui ? Alors que j'arrivais à peine à réprimer mes pensées impudiques quand j'étais habillée ?

J'enroulai la couverture autour de moi et je m'installai dans la chaise longue.

— Ça y est.

Il se retourna.

Oh, bon sang ! Adrian m'offrit de nouveau un spectacle captivant. Encore à moitié humide, le corps de cet homme alléchant implorait presque qu'on se serve de lui. Le soleil effleurait de ses rayons sa peau bronzée. Mon regard se coula entre ses abdos bien dessinés, le long de la vallée du bonheur, jusqu'à la courbe que moulait son caleçon, lequel ne laissait pas grand-chose à l'imagination.

Il tira sur l'élastique.

— Je le poserais bien aussi, mais je ne veux pas te gêner.

— Il n'y a rien là-dedans que je n'aie déjà vu.

Mes muscles sensibles palpitèrent. Je me rendais compte que je venais de parler comme lui.

— Mais j'ai de nouveaux talents, dit-il avec un clin d'œil.

Ce commentaire malicieux suscita une nouvelle vague de chaleur exquise qui me submergea de l'intérieur. Je ne mis pas un instant sa parole en doute et je m'interrogeai sur les dons inédits qu'il avait pu développer au fil des ans.

Adrian plaça la table au milieu et mit dans une bouteille d'eau le tournesol qu'il m'avait cueilli.

— Tu devrais t'étendre au soleil. De toute façon, il faut que j'aille attraper le déjeuner.

Il ouvrit la petite boîte d'accessoires de pêche qu'il avait apportée.

— Navré, mais je vais devoir concentrer toute mon attention sur les poissons pour le moment.

Il s'accroupit et commença à poser son équipement.

Une fois qu'il eut tourné le dos et installé sa canne à pêche, je déménageai vers la zone où le soleil projetait un ovale de lumière à travers les branches et je m'étendis à plat ventre sur la couverture. Au moins, le devant de mon corps était couvert. D'une façon étrange, je me sentais plus timide encore que lorsque nous sortions ensemble. À l'époque, nous ne refoulions pas notre admiration mutuelle, inspectant la moindre courbe, massant les points les plus sensibles pour la première fois de notre vie.

Les rayons me réchauffèrent aussitôt. Je dégageai mes cheveux pour exposer ma nuque à la chaleur et fermai les yeux. Les bruits de la forêt me bercèrent. Les oiseaux gazouillaient et les feuilles bruissaient sous la brise. Le bruit de l'eau me décrispa peu à peu, et je laissai mes muscles se détendre. Mes bras et mes jambes, étendus au soleil, absorbaient toute la chaleur. La vie avec Adrian pourrait être si simple, comme ce moment, juste nous deux, et je me demandai ce qui pouvait bien me retenir. Pourquoi ne pouvais-je pas foncer tête la première dans cette relation, tout comme j'avais foncé dans la petite rivière ? Parce qu'il ne s'agissait plus exclusivement de nous deux, voilà pourquoi.

Un geai bleu pépia au loin. J'inspirai profondément et je m'assoupis.

CHAPITRE 6

Je fus réveillée par un succulent mélange de parfums de feu de bois, d'épices et de poisson grillé. En ouvrant les paupières, je me retrouvai face aux yeux d'émeraude d'Adrian qui me fixaient. Son regard pénétrant suscitait dans mon ventre des pulsions que je n'aurais pas pu contrôler même si je l'avais souhaité.

Il s'était étendu à mes côtés, sa peau nue à quelques centimètres de la mienne. Ma tête en appui sur mes bras, je constatai que le soleil avait tourné et que j'étais désormais à l'ombre, ce qui m'épargnerait les coups de soleil.

— Hé, Poucelina.

Ses lèvres s'étirèrent presque imperceptiblement. C'était à croire qu'il m'avait regardée dormir tout du long, ce qui était de toute évidence impossible : à en juger par l'odeur alléchante, il avait pris notre déjeuner et l'avait fait cuire pendant mon somme.

— Salut, répondis-je en priant pour ne pas avoir une haleine chargée après ma sieste. Ça fait longtemps que je dors ?

— Près d'une heure, fit-il en me tapotant le nez du bout du doigt.

— Ça sent bon.

— En effet. Et ça m'a l'air délicieux aussi.

Son sourire aguicheur s'épanouit davantage, et quelque chose me dit qu'il ne parlait pas du repas.

Il se cala sur un coude. Je me mordis la lèvre. J'avais l'impression de fondre entièrement, de me liquéfier en une flaque de désir. Sa main m'effleura l'épaule, descendit le long de mon bras, puis remonta en direction de mon menton. Le temps s'arrêta. Les feuilles ne frémissaient plus au-dessus de nos têtes. Les oiseaux s'arrêtèrent de chanter, le ruisseau se tut.

Il me releva délicatement la tête du bout du doigt et son visage s'approcha du mien. Ses lèvres en suspension au-dessus des miennes me chatouillaient, sensation à la fois insoutenable et excitante. Je fermai les yeux. Je sentis son souffle chaud et le chatouillement s'interrompit lorsque nos bouches se rejoignirent. Le baiser se faisait de plus en plus passionné, et j'ouvris la bouche pour laisser sa langue me pénétrer. J'avais du mal à me concentrer sur quoi que ce soit d'autre que le contact insistant de ses lèvres pulpeuses. Il avait un goût si frais, si exotique et alléchant... Chaque détail de ce baiser profond se transforma en une délicieuse surprise tandis que sa bouche se mêlait à la mienne, emprisonnant ma lèvre inférieure entre les siennes avant de se hasarder plus haut et de s'aventurer de plus en plus profondément.

Et cette langue douce et adroite m'explorait comme s'il cherchait à me redécouvrir tout entière. Jusqu'au. Dernier. Recoin. De mon corps. Je me tournai sur le côté pour me presser contre lui. Un petit couinement m'échappa lorsque je saisis ses bras.

Mes mains vagabondèrent jusqu'à sa nuque. Adrian se positionna au-dessus de moi, en appui sur ses coudes. Son poids me dominait et je me collai contre lui pour l'attirer vers le bas. Les paumes plaquées contre mon visage, il me maintint en position, s'emparant de ma bouche, l'inclinant de façon idéale pour un baiser profond. Ma peau cherchait fébrilement la sienne. Nos bras et nos jambes s'agitaient, crépitant d'une passion ardente et juvénile, d'un amour innocent et ravivé. Un contact dur et insistant contre mon os pubien me rappela combien je brûlais de le recevoir en moi. Je me collai contre son érection, effectuant des mouvements circulaires avec les hanches et m'abandonnant à l'excitation qui montait.

Mon cœur battait à tout rompre, frisant de plus en plus la crise cardiaque. Mes tétons frottaient contre lui et je n'avais plus qu'une envie, qu'il les touche et les caresse. Le monde tourbillonna autour de moi et une sensation vertigineuse, comme celle qu'on éprouve lorsqu'on manque d'oxygène, m'arracha au sol, me projetant dans ses bras.

Non, j'étais vraiment dans ses bras, entièrement captive de cet homme qui me donnait l'impression de me retrouver sur une autre planète, et je dus m'en extraire pour avaler autant d'air que je pouvais. La bouche grande ouverte, je me délectai de l'expression sensuelle d'Adrian.

— Désolé, je suis allé trop vite, dit-il en me déposant sur la couverture.

— Non, certainement pas, répondis-je en me dressant sur les coudes, les bouts des seins pointant au travers de mon soutien-gorge.

— Je voudrais t'embrasser toute la journée.

Il s'étendit sur le côté près de moi et son doigt erra depuis mon décolleté jusqu'à la mince vallée de mes abdominaux. C'était dans des moments comme celui-là que j'étais reconnaissante à mon métier de me maintenir en forme. Comprenait-il seulement l'effet qu'il me faisait ? Avec ce genre de caresse, c'était comme s'il me pénétrait déjà avec ses doigts. Tous les muscles de mes cuisses se raidirent.

— M'embrasser, c'est tout ?

Ma poitrine se gonfla d'espoir tandis que j'observai ses doigts qui descendaient.

— Non. Je veux te faire des choses dont je regrette de ne pas avoir connu l'existence quand nous étions jeunes.

Il m'embrassa l'épaule.

Je fermai les paupières et je sentis son souffle qui descendait.

— Je veux te toucher et redécouvrir chaque centimètre carré de ton corps.

Il s'appuya contre ma poitrine et y déposa un baiser.

— Sentir toutes ces régions chaudes, goûter à toutes les nuances de rose de ta peau.

Je retins mon souffle. Il me regarda par en dessous.

— Et te donner le genre de plaisir dont tu n'as pu que rêver jusqu'ici.

Wow ! Personne ne m'avait jamais parlé comme ça.

— On dirait que je ne suis pas le seul à avoir de nouveaux piercings.

Il se pencha au-dessus de mon nombril avant d'embrasser le creux où était fixée la pierre de mon anneau.

Mes abdominaux se raidirent lorsque sa langue traça les contours de la pierre bleue. La merveilleuse tension qu'il imprimait à ma peau contracta tous mes tendons, jusqu'au dernier, et je craignis de me casser en deux s'il continuait. J'avais la chair de poule, mais je brûlais de désir en même temps.

— Ça, c'est trop rapide, dit-il en levant vers moi un regard paisible.

Je ne pouvais pas accéder à la requête de ces yeux suppliants. Je craignais pourtant qu'il ne me fasse basculer plus tôt que je ne l'aurais voulu.

Mais mon corps tout entier se crispa sous la pression. Voilà bien une réaction à laquelle je ne m'attendais pas. Chaque fibre de mon être aspirait à découvrir ce qu'il m'offrait, en avait besoin, mais je ne pouvais pas, c'était plus fort que moi. Je n'étais pas prête. L'envie de me jeter sur lui montait à chaque tendre attouchement, mais la raison m'empêchait de me jeter tête la première dans une relation qui me briserait certainement si elle ne fonctionnait pas. Le temps de l'amour désinvolte était terminé pour moi. Je devais penser à d'autres en plus de ma petite personne ; la vie d'adulte n'était pas aussi simple que lorsque nous étions encore jeunes et frivoles, loin de la moindre responsabilité.

Il me redressa en position assise et se positionna dans mon dos, m'entourant de ses jambes et de ses bras. Sa poitrine nue s'appuya contre mon échine, et j'en éprouvai une sensation si délicieuse que j'aurais voulu oublier toutes ces réflexions raisonnables qui me traversaient l'esprit.

— Non, ce n'est pas toi, dis-je.

— Ah. Le célèbre, *ce n'est pas ta faute, c'est la mienne.*

Je me calai la tête contre les genoux.

— Hé, parle-moi, P.

— J'ai peur de ce que je ressens et de ce que ça signifie. Tu ressembles à une illusion qui disparaîtra au coucher du soleil. J'ai peur que tu finisses tes affaires ici, que tu rentres à Vienne et que je me retrouve obligée de vivre sans toi, ce qui me torturerait. Je crois qu'au fond, j'ai encore du mal à croire que tu es vraiment là. Et puis, il y a mes enfants. Je veux qu'ils t'acceptent, mais je n'ai jamais pensé qu'un autre homme que Dan, qui compte toujours pour moi, pourrait entrer dans leur vie.

Mais d'où ça sortait, tout ça ? Peut-être que j'avais changé pendant toutes ces années de séparation ? Je ne voulais plus m'interroger sur ce que l'avenir me réservait. J'avais besoin de *savoir* s'il serait là pour moi, oui ou non. J'avais besoin de planifier ma vie et de lui permettre d'en faire partie.

— Même si ça ne fonctionne pas, avec mon boulot, je ne repartirai pas. Du moins, tant que tu voudras toujours de moi. Je trouverai un moyen de rester jusqu'à ce que tu me demandes de m'en aller.

— Tu ferais ça pour moi ?

— Je ferais ça pour nous.

Je ne pouvais pas dire n'importe quoi, de crainte qu'il ne le prenne comme une incitation à partir. Et mon cœur ne voulait pas le laisser partir, jamais. Pourtant, mon esprit s'interrogeait sur les aspects concrets de notre relation : mes enfants, Dan, le fils d'Adrian.

— Comment va-t-on faire pour gérer tout ça ? Je te veux, toi, plus que tout au monde désormais. Toi, entièrement. Mais ça me fait peur.

Adrian pinça les lèvres. Je savais qu'il devait rassembler toute sa volonté pour ne pas me prendre sur-le-champ. Je le sentais en voyant palpiter ses veines, je le sentais à son érection qui m'appuyait contre le dos. Mais comme le gentleman qu'il était, il continua à écouter.

— Et si... (Je désignai l'espace entre nous.) ... si ça ne marche pas ?

— C'est normal d'avoir peur, P. Et sans vouloir me jeter des fleurs, jusqu'ici, on se débrouille plutôt pas mal, et ce n'est que le premier jour. Donne-nous une chance. Ne te fais pas de nœuds au cerveau. Oublie le stress et écoute tes tripes.

Il appuya son menton contre mon épaule, par-derrière.

— Tu as toujours eu de bons instincts. Écoute-les.

Ses mains habiles descendirent le long de mes bras, jusqu'à mes côtes, et il se mit à me chatouiller jusqu'à ce que j'éclate de rire et que je me tortille pour lui échapper. Comment diable Adrian s'y prenait-il pour me rendre si insouciante ? Il s'arrêta finalement, en m'étreignant toujours par-derrière. Sérieusement, comme s'il ne venait pas de me chatouiller, il demanda :

— Qu'est-ce qui te fait rire ?

Mes hormones déjantaient complètement et je commençais à me comporter comme une femme enceinte sous stéroïdes. Les sentiments qui déferlaient à l'intérieur de moi passaient d'un extrême à l'autre.

— Il faut qu'on se montre responsables, mais en ta présence, je me sens comme une ado en manque de sexe. Et toi, tu agis comme si tu en étais un.

— Ne me dis pas des choses comme ça. J'ai déjà bien assez de mal à me contrôler.

Son visage se retrouva de nouveau près du mien. Je respirai son parfum, et je souhaitai me perdre contre ses lèvres pulpeuses.

— C'est donc si mal de ma part d'avoir envie de te faire l'amour ? demanda-t-il.

— Non, mais on vient juste de se rencontrer… enfin, de se retrouver.

J'adorais la franchise d'Adrian à mon égard. Pas question de jouer à de petits jeux ni de faire semblant. Les années avaient passé, mais il restait mon meilleur ami, comme il l'avait été autrefois.

— P, je n'étais qu'un gamin quand je t'ai connue, mais ce que je veux par-dessus tout, c'est apprendre à connaître la femme merveilleuse que tu es devenue. Et je prendrai autant de temps qu'il faudra. Je te promets. On voit des tas de gens qui divorcent, se séparent et finissent par se retrouver dans les bras l'un de l'autre. Ça ne marche pas toujours, mais ça arrive. Et je crois qu'on a de bonnes bases sur lesquelles repartir. Si je fais quoi que ce soit qui te met mal à l'aise, dis-le-moi. Je ne vais pas nous forcer la main alors que nous ne sommes pas encore prêts. Pas question que je fasse tout foirer de nouveau, je prendrai le temps qu'il faudra.

— Merci. C'est tellement facile de parler avec toi, répondis-je, et mon estomac émit un gargouillement.

Il m'embrassa la joue.

— De rien. Et c'est pareil pour moi. Tu as faim et le déjeuner refroidit. Viens.

J'aurais voulu pouvoir m'affranchir des nécessités vitales pour que nous restions connectés en permanence. Je ne voulais pas manger, ni boire, ni aller aux toilettes. Je voulais rester dans ses bras aussi longtemps que possible, pour découvrir ses nouveaux talents, mais aussi l'homme qu'il était devenu. Jusqu'ici, il me semblait parfait, mais la vie m'avait appris que les hommes parfaits n'existent pas : même ceux qu'on aime de tout notre cœur ont leurs défauts. Mais mon estomac commençait à se manifester de façon gênante.

— Les vêtements sont secs ? demandai-je.

— Pas encore.

— Alors on mange tout nus ?

— Tu n'es pas nue, mais si tu préfères, je peux m'arranger.

D'un petit geste vif dans mon dos, il dégrafa mon soutien-gorge. Il avait toujours eu un talent hors du commun pour défaire les fermoirs sans prévenir.

— Qu'est-ce que tu fabriques ? Rattache-le, s'il te plaît, demandai-je en me cachant la poitrine avec les mains.

— Le dos est sec, mais je suis sûr que c'est encore mouillé devant.

Comprenant le sous-entendu rien qu'au ton qu'il employait, je serrai les cuisses. Il se redressa en position assise et se mit à fouiller dans le sac à dos, près de la couverture.

Adrian ne portait toujours que son caleçon, dans lequel il devait se sentir à l'étroit si j'en croyais la bosse qui me rentrait dans le dos. Mais je n'avais pas osé regarder sous son nombril, du moins pas tant qu'il risquait de me surprendre à le reluquer.

Lorsqu'il se retourna pour explorer le fond de son sac, j'eus de nouveau l'occasion de l'examiner. À voir les larges muscles puissants de son dos, on aurait cru qu'il passait ses journées à porter des sacs de sable. Sa silhouette mince n'était pas sculptée comme celles que je voyais au gymnase lorsque j'enseignais le Pilates. L'exercice qu'avait fait Adrian provenait d'un dur labeur. La peau se tendait au moindre mouvement, et les muscles jouaient comme des roulements à billes chaque fois qu'il se contorsionnait. Le spectacle de son corps bien fait exerçait sur mon corps la même tension que s'il m'avait touchée. J'en avais la bouche sèche. Il tourna la tête, me regarda droit dans les yeux, et j'eus l'impression de me faire prendre la main dans le bocal de friandises. Je m'accrochai de plus belle à mes genoux.

— Enfile ça, dit-il en me tendant un tee-shirt.

— Tu en avais un de rechange ? Pourquoi ne me l'as-tu pas dit ?

— Et me priver d'admirer ta peau veloutée ?

Il se pencha et m'embrassa tendrement sur la bouche.

Je me remis à fondre de l'intérieur. Après avoir rapidement enfilé le tee-shirt, je retirai mon soutien-gorge par en dessous. Au moment où je le suspendais à une branche, son téléphone sonna.

— Allô, dit-il. Blair, tu sais que je t'ai engagée pour m'éviter de travailler le week-end !

Il leva un doigt pour l'indiquer que l'appel ne prendrait qu'une minute.

— D'accord. Envoie un panier garni de la part de la société et dis à Sharon de prendre sa semaine, à nos frais.

Adrian se tut pour écouter la réponse.

— Merci. Ah, et au fait, Blair ? Toutes mes excuses. Tu peux m'appeler quand tu veux pour ce genre de choses.

Il raccrocha et m'attira vers lui.

— Un problème ? demandai-je.

— Le mari d'une de mes employées vient de faire une crise cardiaque. Il va bien, mais elle a besoin de temps pour prendre soin de lui.

— Oh, eh bien c'est très gentil de ta part.

— Les employés heureux sont des employés compétents, répondit-il en clignant de l'œil avant de me présenter une chaise en osier.

Il dévoila une salade de pommes de terre, une salade de chou et le poisson qu'il avait fait griller sur le feu. La truite fondait dans la bouche, un vrai délice. Nous fîmes descendre le déjeuner avec un verre de vin blanc et nous bavardâmes au sujet de nos enfants durant la majeure partie du repas. Adrian me parla de l'époque où son fils faisait la tournée des casses automobiles en vélo pour chercher des pièces détachées. Lorsqu'il s'était rendu compte de la passion de Matt, il l'avait aidé pour les éléments les plus volumineux et, à quatorze ans, le petit avait déjà monté une voiture entière.

— Mais toi, tu n'as jamais changé une roue, m'esclaffai-je.

— J'ai l'impression que tu vas me le rappeler jusqu'à la fin de mes jours.

Jusqu'à la fin de ses jours, pensai-je. Pouvais-je seulement espérer que nous restions ensemble jusqu'à ce que la mort nous sépare ? Les mots que j'avais autrefois prononcés sous forme de serment résonnèrent dans ma tête. Curieusement, ils ne semblaient toutefois pas avoir le même poids qu'à l'époque où j'avais épousé Dan.

— Pas si compliqué, finalement, non ? s'enquit-il, me tirant de mes pensées.

— Pas quand nous sommes seuls, mais la vie existe aussi en dehors de cette journée idéale.

— J'ai déjà un peu vécu. Je m'estime capable de gérer le quotidien.

Le moment paraissait bien venu pour lui parler de son avenir au Canada.

— Alors, où te vois-tu vivre, si cette occasion que tu as mentionnée se réalise ? demandai-je.

— La question n'est pas de savoir si elle se réalisera, P. Le constructeur Toyota a besoin du genre de verrou de haute sécurité que je peux produire, il ne reste qu'à apposer quelques signatures.

— Qu'est-ce qui te retient, alors ?

— Une belle femme, répondit-il en me regardant droit dans les yeux.

— Je t'ai dit que je voulais que tu restes.

Je devais arborer une expression de totale confusion.

— La vie déçoit parfois les attentes du cœur.

Adrian ne comprenait donc pas de quoi je parlais, au bout du compte. Selon moi, personne ne comprenait aussi bien que nous que la vie nous imposait parfois des choix différents des nôtres. Je le laissai poursuivre.

— Je sais que tu ne l'avoueras pas tout haut, mais tu as du mal à oublier les vingt dernières années de ta vie. Et je ne te le demande pas, du reste. Mais ta vie m'accueillera-t-elle à bras ouverts comme tu l'as fait toi-même ?

On trouve rarement quelqu'un qui nous comprenne mieux que nos plus proches parents. Adrian s'inquiétait autant que moi au sujet de mes enfants et de mon ex-mari. En tant que père lui-même, il se doutait que je ne ferais jamais passer qui que ce soit avant mes petits. Et même si je n'avais nullement l'intention de renouer avec Dan, je sentais bien qu'il ne me faciliterait pas la tâche si je voulais sortir avec quelqu'un d'autre, voire partager ma vie avec lui. Et je ne pouvais pas non plus chasser Dan de ma vie, c'était quelque chose que je ne ferais jamais. Après tout, il restait le père de mes enfants et, tout comme Adrian, il possédait un morceau de mon cœur. Les petits, c'était autre chose. Ils croyaient toujours à notre petite famille heureuse, aveugles à ce qui se passait lorsqu'ils n'étaient pas à la maison ou une fois qu'ils étaient couchés. Pas question pour moi de bouleverser leur enfance, ni de leur imposer davantage que le divorce que nous leur avions déjà fait subir.

La signature des contrats d'Adrian était-elle soumise à une date limite ? Je ne pouvais concevoir qu'il vive si près de chez moi sans que nous soyons en couple. Et c'était bien ce qu'il attendait, pas vrai ? De savoir comment les choses se passeraient entre nous, avant de prendre sa décision ? Je voulais qu'il signe en bas de page, certes, mais je ne souhaitais pas pour autant qu'il sabote son avenir. La date limite approchait-elle ? Mon côté lâche me retenait de poser la question, de crainte des conséquences qu'exercerait cette pression. J'avais du mal à supporter la pression.

J'expirai lentement avant de dire :
— Un pas à la fois ?

— Oui, répondit-il en souriant. Un pas à la fois.

D'accord, je pouvais avancer pas à pas et voir où ça me mènerait. Il devait bien y avoir un moyen de raccommoder mon passé et mon présent.

Nous passâmes le reste de l'après-midi à nous tremper les pieds dans l'eau fraîche. Nous évoquâmes tout ce que nous souhaitions accomplir et la façon dont ces ambitions avaient changé.

— J'ai l'impression d'avoir perdu mon temps en passant mon diplôme d'économie. Je regrette de ne pas avoir découvert ma passion plus tôt.

Après la naissance des enfants, j'avais abandonné une carrière naissante dans la formation des courtiers en bourse pour prendre un job à mi-temps que j'adorais. Je pouvais donner des cours de Pilates organisés en fonction de mon emploi du temps familial, ainsi que des leçons privées dans mon studio au sous-sol.

— Je ne t'ai jamais imaginée finissant derrière un bureau, commenta Adrian. Tu as toujours été du genre casanier.

— Et je n'aurais jamais cru te voir porter un polo. Je te voyais mécano, couvert de graisse et d'huile dans un garage.

L'image que je venais d'invoquer raviva mon désir.

— J'aime bien l'idée de huiler la peau. Peut-être qu'on devrait essayer.

Il me plaqua au sol en riant. Nous roulâmes jusqu'à ce que je me retrouve sous lui.

— Peut-être, en effet.

Il m'embrassa tendrement en disant :

— *Ich liebe dich über alles.*

Mon cœur battait au même rythme que le bec du pivert qui martelait un arbre au-dessus de nous.

CHAPITRE 7

Le temps qu'Adrian me reconduise chez moi, le soleil se couchait. J'eus d'autant plus de mal à lui souhaiter bonne nuit qu'avec le travail, les petits et ses affaires, il me faudrait patienter deux semaines avant de le revoir. Je restai assise dans sa voiture pendant une éternité, incapable de sortir, avant qu'il me laisse partir après un long baiser. La gamine en moi ne voulait plus jamais se laver la bouche, et j'avais du mal à réaliser qu'il n'était revenu dans ma vie que vingt-quatre heures plus tôt.

Sur le chemin de ma maison, je vis les rideaux de la chambre d'ami s'agiter à la fenêtre ouverte. Je me tournai vers les arbres dont les feuilles ne frémissaient pas. Il n'y avait pas le moindre vent, même pas de quoi soulever une plume.

Dès que j'eus ouvert la porte, Christa et Jonathan me percutèrent tous les deux. Apparemment, il était temps de remettre les pieds sur terre.

— Maman, maman, tu aurais dû nous voir ! Papa a descendu cet immense toboggan et Jonathan l'a suivi.

— Et toi ?

— Non, fit Christa en secouant la tête et en m'entraînant vers la cuisine. J'étais pas assez grande.

La photo posée sur le comptoir de la cuisine me fit penser que nous étions toujours cette famille heureuse : elle les représentait descendant le toboggan dans un tube ovale, riant à gorge déployée. Je la pris. Christa et Jonathan aimaient leur père, et je ne ferais jamais rien pour les en dissuader. Pour une fois, j'étais ravie qu'il ait trouvé du temps à passer avec eux. Leurs sourires me rappelaient toujours Dan. Il ferait toujours partie de ma vie, à plus d'un titre.

— J'en déduis que vous avez passé une bonne journée ? demandai-je à Jonathan.

— C'était génial. Je veux y retourner.

Dan croisa les bras sur sa poitrine, adossé au mur, avec un sourire désinvolte. Leur peau avait une teinte bronzée de fin d'été.

— C'était la fermeture aujourd'hui, expliqua-t-il. Mais on pourra y retourner l'été prochain.

— Tu leur as mis de la crème solaire ?

— Bien sûr.

Je haussai les sourcils. Depuis quand Dan se rappelait-il d'emporter de la crème solaire ? En me penchant davantage, je humai les cheveux de Christa.

— Berk, va vite te laver pour te débarrasser du chlore. Tu es déjà assez blonde comme ça.

— J'étais sur le point de les envoyer se doucher. Et toi, ta journée ?

— Impeccable, répondis-je en écarquillant les yeux.

Je n'étais pas disposée à parler de mon rencard avec Adrian, en particulier devant les enfants.

— Mais vous m'avez manqué, mes ouistitis. Je vais vous aider à vous préparer pour aller au lit.

Après avoir bavardé avec les enfants au sujet du parc aquatique et du bon moment qu'ils avaient passé avec leur père, je les mis au lit et je les embrassai.

Je penchai la tête de côté et tendis la main vers la porte du bureau. Elle s'ouvrit lorsque je frappai. Dan était là, simplement vêtu de son pantalon de jogging, occupé à cliquer sur son ordinateur portable. Je m'adossai à l'encadrement de la porte en regardant l'ombre de ses abdos bouger lorsqu'il pivota sur son siège.

Pourquoi ne porte-t-il pas de sweat-shirt ? pensai-je. Ça ne m'avait jamais gêné auparavant, mais désormais, ça me mettait mal à l'aise. J'avais l'impression de reluquer un strip-teaseur en douce.

— Tu restes pour la nuit ? demandai-je en avisant le verre de jus d'orange allongé qu'il avait posé sur son bureau.

Mon humeur, en mode « vacances à Aruba », était en train de changer pour « coincée dans l'Arctique ».

— Ouais, après ça, mieux vaut éviter de conduire, répondit-il en désignant la boisson.

Je haussai un sourcil et pinçai la bouche.

— C'est qu'un verre, Mia. Te bile pas.

— Te bile pas ? On n'est plus au lycée !

Dan avait toujours nié qu'il buvait trop, mais pour moi, c'était évident. Il avait constamment besoin d'un verre après le travail. Et pour moi, quand on en avait *besoin*, c'était une addiction.

Il leva les yeux au ciel.

— Demain, c'est dimanche.

Sauf les fois où Dan était sorti la veille et se remettait d'une cuite chez lui, le dimanche matin, nous nous rendions à l'église ensemble, comme une famille ordinaire. Mais il nous rejoignait généralement dans le parking.

— J'ai apporté des vêtements de rechange. Je ne croyais pas que tu rentrerais si tôt. Ça s'est mal passé ?

Il se mêlait de ce qui ne le regardait pas, mais même si je brûlais de me vanter, je ne voulais pas pour autant le blesser.

— Ça s'est bien passé. Tu travailles ?

J'avais remarqué les photos de maison sur son ordinateur. Le travail de Dan lui tenait lieu de troisième enfant et parfois, il le traitait même comme son premier-né. Le métier d'agent immobilier lui imposait d'être disponible vingt-quatre heures sur vingt-quatre pour ses clients, quitte à annuler les sorties en famille à la dernière minute. Le stress qui accompagnait ce boulot nous avait pesé avant la séparation.

Quand Dan répondait à l'appel de son travail, il ne se préoccupait pas de savoir si j'avais un cours à donner ou s'il fallait appeler une baby-sitter pour les enfants. Je me retrouvais avec un tout petit dans les bras, forcée d'installer un parc au coin de ma classe. Heureusement, la plus jeune appréciait de dormir dans son siège auto, à condition qu'elle soit au chaud et emmitouflée. Je n'en étais qu'au début de ma carrière d'instructrice de Pilates, et bâtir une réputation dans ces conditions ressemblait à une vraie escalade en terrain accidenté. Non : en fait, ça tenait plutôt d'une ascension quotidienne de l'Everest. Au bout du compte, j'avais fini par enseigner dans des salles pleines de tout petits et de nouveau-nés, où les mamans pouvaient s'entraîner tout en s'occupant de leurs bébés. Ce qui m'avait valu un immense succès.

Entre mon emploi du temps bondé de jeune maman, les tâches ménagères, mon job et deux enfants en bas âge, il ne me restait guère d'énergie le soir. Au début, je m'en voulais de creuser le fossé entre Dan et moi. Peut-être aurions-nous pu travailler sur cette difficulté à nous accorder du temps, ou sur le fait que son travail l'emportait toujours sur le mien. J'aurais pu le soutenir dans ses choix de carrière et grappiller les rares minutes nécessaires pour préserver notre mariage. J'aurais pu être là pour lui, mais il m'avait blessée d'une façon impardonnable à mes yeux.

Une de ses collègues m'avait envoyé un texto au beau milieu de la nuit, un message contenant des informations dont je me serais bien passée, mais qui m'avait immédiatement déculpabilisée. Elle avait confondu mon numéro avec le sien, du moins selon ce qu'elle avait tenté de m'expliquer par la suite. Bref, au bout du compte, je m'étais retrouvée en train de jeter les vêtements de Dan sur le porche et de le mettre à la porte de chez nous une bonne fois pour toutes. J'avais dû lutter contre l'envie de poster sur Facebook les photos de la collègue nue.

Il avait nié m'avoir trompée pendant des semaines. Sur le point de le pardonner, je m'étais rendue à son bureau pour lui parler. Entrant sans frapper, je m'étais retrouvée face au spectacle des fesses de Dan qui se contractaient en rythme pendant qu'il sautait la collègue en question sur son bureau. Les talons de ses Louboutin calés sur les épaules de mon mari, elle gémissait : « Plus fort, bébé. Baise-moi fort. » Incapable de chasser cette image de mon esprit, j'avais prié pour que Dan débande de frustration et de surprise, au point qu'il s'en fasse péter les couilles, quand je les avais salués tous les deux.

En essayant de se couvrir, Amanda avait malencontreusement pressé le bouton interphone du téléphone de Dan. Notre conversation on ne peut moins plaisante s'était répandue dans le bureau comme une traînée de poudre.

À dater de ce jour, ma maison n'était plus la sienne. Au moment où il avait décidé de me tromper, de me mentir et de me faire me sentir comme une idiote, il m'avait perdue.

— Ouais, je viens de recevoir un appel pour une nouvelle annonce, au nord. Une belle propriété.

Sa réponse me ramena au moment présent.

— Super. Je suis ravie que les affaires reprennent.

C'était vrai. Il avait réduit son nombre d'heures et coupé les ponts avec sa maîtresse au bureau (laquelle maîtresse avait eu l'aplomb de m'envoyer, par la suite, des photos d'eux couchant ensemble). Il fallait vraiment qu'elle ait envie de retourner le couteau dans la plaie… Mais ça, c'était Amanda toute crachée. Pour se faire pardonner, Dan avait commencé à passer plus de temps avec les petits, ce que j'avais toujours souhaité. Mais pour nous deux, il était trop tard. Pendant qu'il faisait le point sur sa vie et s'habituait à l'idée qu'il ne regagnerait jamais ma confiance, j'avais appris à gérer ma situation de mère isolée. Et au bout d'un temps, j'avais enfin obtenu le respect dont j'avais besoin en tant que femme, de la part de Dan, mais aussi de moi-même.

— Moi aussi. Alors…

— Alors ? répétai-je.

— Qui c'est ? demanda-t-il.

Je voulais répondre en chantonnant *souvenirs, souvenirs*, mais il aurait compris qu'il s'agissait de quelqu'un que je connaissais bien. Et je n'avais aucune envie de l'encourager à engloutir le reste de son verre. Il aurait pu nier autant qu'il le voulait, jouer les blasés, je savais qu'il aurait été blessé. Les années passées ensemble nous relieraient toujours, et Dan ne faisait pas mystère de l'amour qu'il éprouvait toujours pour moi.

— Hum… il faut que je prépare les vêtements des enfants pour demain matin.

Je me retournai vers la porte, mais il se leva, soudain dégrisé, et me saisit le poignet.

— Mia, laisse-moi m'en occuper.

Lâchant ma main, il me frôla en se faufilant dans le couloir. Son pantalon ample frotta contre moi, m'émoustillant malgré moi. Il haussa le torse, me forçant à fixer les pectoraux que j'avais autrefois caressés du bout des doigts et des lèvres.

Qu'est-ce qui m'arrivait ?

— Toi ? demandai-je, réalisant que ma voix me trahissait.

— C'est mon week-end. Pourquoi tu n'irais pas te détendre dans un bon bain ? Ou en lisant un livre ?

Mais qu'est-ce qui t'est arrivé, bon sang ? pensai-je. *Et où est passé le Dan que j'ai épousé ?*

— Bon, d'accord, répondis-je.

Malgré l'apparente sincérité de son sourire, je subodorais une raison cachée. Nous fîmes un pas de côté, simultanément, puis reculâmes ensemble de nouveau.

— Qu'est-ce que tu fabriques ?

Je fronçai les sourcils, calai mes mains sur mes hanches.

— Rien.

Il leva les bras dans un geste défensif, ce qui ne fit que tendre élégamment les muscles de sa poitrine.

Je fermai les yeux. Peut-être que le bain était une bonne idée. Ma tête débordait de… de toutes sortes de choses.

Après m'être glissée dehors, je montai à l'étage. Je pouvais presque le sentir sourire derrière moi, et j'ignorais pourquoi.

Quelques minutes plus tard, une mousse parfumée à la lavande flottait dans la baignoire. Je me glissai dans le cocon de bulles. J'avais presque l'impression qu'il me protégeait du monde extérieur. Instantanément détendue par l'eau chaude, je sentis mes épaules se décrisper tandis que je me demandais comment présenter Adrian à ma famille. Est-ce que je ne me triturais pas le cerveau pour rien ?

Les volutes de buée montaient autour de moi. La vision fugace d'un corps musculeux me traversa l'esprit, et je souris au souvenir des bras robustes d'Adrian qui me maintenaient contre lui. Je songeai qu'il n'existait rien de mieux que ce contact entre nous. Ma main vagabonda en direction de mon ventre et je me rappelai sa bouche qui me happait délicieusement les lèvres, ses lèvres que je voulais sentir sur mon cou, mes seins, mes hanches, à l'intérieur de mes cuisses. Le besoin lancinant s'intensifia. Je glissai la main entre mes jambes et je me touchai en pensant à la sensation que j'aurais éprouvée si les doigts d'Adrian s'étaient mis à me caresser là, sur ce monticule charnu. Seraient-ils aussi impatients que dans mon souvenir, ou plus assurés, explorant avec confiance ? Prendrait-il plutôt son temps pour m'émoustiller et me faire languir ?

J'entrouvris la bouche, exhalant un souffle chaud. J'écartai les jambes. Ça faisait si longtemps que je ne n'avais pas assouvi ce désir. Glissant les doigts entre mes grandes lèvres, je les écartai en descendant, puis je remontai. Les petits cercles que j'effectuais avec les doigts faisaient peu à peu effet, stimulant mon clitoris. Serrant les fesses, j'appuyai plus haut. Une musique ténue se fit entendre à travers le mur. Les épaules détendues, je laissai ma tête retomber sur le côté et ma main activa son rythme. Sous cet assaut, les premiers éclairs me traversèrent. Une nouvelle chanson commença. C'était ma playlist favorite. Dan mettait toujours ce morceau quand nous... Oh mon Dieu, est-ce qu'il espérait *quelque chose* ce soir ?

Je retirai aussitôt la main, interrompant net l'orgasme qui s'annonçait.

Un léger coup frappé à la porte me fit sursauter.

— Je peux entrer ? s'enquit Dan.

— Je suis dans la baignoire.

— Et je t'apporte un verre de vin. Je te promets de ne pas regarder.

Je rassemblai la mousse pour dissimuler mon corps en émoi avant de répondre :

— D'accord.

Mais bien sûr, Dan était déjà en train d'entrer. Toujours torse nu, il me jeta un coup d'œil. Je ne manquai pas de remarquer la petite bosse dans son pantalon.

— Ne va pas te faire d'idées, l'avertis-je.

— Trop tard.

Au son de sa voix, descendue d'un ton, je sentis une vague électrisante me traverser. Dan m'avait acculée. J'étais nue, dans la baignoire, et passablement excitée.

Il me tendit le verre. Lorsque je m'apprêtai à le prendre, il recula pour me forcer à me hausser davantage. Je m'arrêtai juste avant que mes seins ne remontent à la surface.

— Tu plaisantes ? fis-je.

— Tu ne peux pas m'en vouloir d'avoir essayé, répondit-il en haussant les épaules.

— Il faut arrêter d'essayer. Ta petite amie ne serait pas jalouse de te savoir dans la salle de bains avec ton ex-femme nue ?

— Je n'ai pas de petite amie.

— Que des maîtresses et des coups d'un soir, alors ?

Il se rembrunit et se frappa la poitrine du poing, simulant un coup de poignard mélodramatique. Puis il s'assit sur le rebord de la baignoire et me regarda d'un air insistant. Je me glissai dans l'eau, regrettant de ne pas pouvoir couler jusqu'au fond pour me cacher et priant pour que le bouchon ne cède pas.

— Désolé, c'était un coup au-dessous de la ceinture, dis-je.

— Mais mérité. Je sais ce que j'ai fait et je sais que rien ne changera tes sentiments à notre sujet. Je ferai des efforts…

— Dan, on ne se remettra pas ensemble. Si je t'ai donné cette fausse impression…

— Pas du tout. Je voulais dire que je ferai des efforts pour être le père que tu as toujours voulu que je sois. Celui que j'aurais dû être dès le début plutôt que de me réfugier au bureau.

Il s'interrompit un instant avant de reprendre :

— À faire semblant de bosser, alors que tout ce que je faisais, c'était salir ton nom.

Il s'agissait des excuses les plus sincères de sa part depuis qu'il m'avait trompée, et je regrettai de ne pas pouvoir me lever pour l'étreindre. La mousse commençait à se déliter et l'espace d'un instant, je crus surprendre un regard en coin de sa part, ce qui me fit monter le rouge aux joues. Ça faisait plusieurs mois que nous n'avions pas couché ensemble et malgré mes hormones déchaînées depuis vingt-quatre heures, à cet instant, Dan était la dernière personne avec qui j'aurais voulu soulager la tension entre mes jambes.

— Je crois que je ferais mieux d'aller me coucher, dit-il avant que j'aie l'occasion de parler.

Il s'arrêta sur le seuil et se retourna pour me dire :

— Je suis là pour toi, Mia. Tu sais, si tu as besoin de parler. Ce type a l'air de compter pour toi. Je ne pourrai jamais cesser d'espérer, mais on s'entend bien mieux comme ça, en amis. Je veux que tu saches que je te soutiens totalement.

Wow ! Mais qu'est-ce que tu as mis dans ton jus d'orange, ce soir ? J'avalai une généreuse gorgée de vin blanc avant de lui dire :

— Merci. Bonne nuit.

— Bonne nuit. Dors bien, et moi je mords bien, ajouta-t-il avec un clin d'œil avant de partir.

Je crachai un peu de vin en gloussant. Nous avions l'habitude de remplacer le traditionnel *fais de beaux rêves* par cette phrase pour plaisanter. Sauf que nous voulions dire exactement le contraire. Dan voulait-il toujours me mordiller ? Le souvenir de ses dents m'effleurant la peau était encore frais. Je posai de côté le vin, qui me grisait déjà. Un verre suffisait pour que la pièce tourne et que je me mette à bredouiller.

Connaître son partenaire comme je connaissais Dan avait quelque chose de réconfortant. Bon, bien sûr, il m'avait quand même prise par surprise en me trompant. Mais si ce qu'il prétendait était vrai, s'il voulait vraiment me voir heureuse, j'avais peut-être une chance avec Adrian au bout du compte.

Alors pourquoi avais-je l'impression d'être toujours l'épouse de Dan ? Comme si je lui devais encore fidélité et amour ? Il affirmant nourrir à jamais l'espoir que nous nous remettrions ensemble, mais il le savait vain. Les hommes ne changeaient pas. Ils voulaient en donner l'impression, mais ils prenaient plutôt leurs désirs pour des réalités. Je l'avais appris à la dure durant nos quelques tentatives pour sauver notre mariage en consultant un conseiller. Et ça, ça ne passait pas. Si je ne pouvais plus lui faire confiance, ça ne pouvait pas marcher entre nous.

Je secouai la tête.

À quoi rimait tout ce chambardement ? Je me retrouvais coincée entre deux hommes, chacun m'offrant des options dont j'avais besoin, mais radicalement différentes : le confort rassurant d'une relation connue pour le premier, aussi imparfait fût-il, et tout ce que j'avais toujours espéré de l'amour pour le second.

Mais j'ignorais totalement si ma famille accepterait aussi bien Adrian que je le souhaitais. J'ignorais si le genre de relation que je pouvais lui proposer lui suffirait. Et je n'avais connu qu'Adrian l'adolescent, pas Adrian l'homme. Je me demandai quel bagage de problèmes il apportait avec lui, et aussi si je serais capable d'en supporter le poids.

<h1 style="text-align:center">CHAPITRE 8</h1>

près l'église, ce dimanche-là, je trouvai Isabelle qui me guettait devant mon porche. Après avoir négligé de répondre à son cinquième texto, j'aurais dû m'attendre à ce qu'elle me cuisine. Je me sentis rougir, coupable, mais en même temps, mon cœur se mit à battre : j'allais enfin avoir la chance de parler d'Adrian à quelqu'un. Son retour dans ma vie ne datait-il vraiment que de deux jours ?

— Tu te dégotes un nouvel amant et tu ne m'appelles même pas ? C'est quoi, ce délire ? dit-elle dès que nous fûmes hors de portée de voix, dans le jardin.

Dan jouait au football avec les enfants.

— Désolée. J'étais occupée, chamboulée et sous le charme à la fois. Par moments, je suis sur mon petit nuage, et c'est là que la réalité me tombe dessus, et je me retrouve sur terre à penser à toute la logistique que ça implique.

— Tu es vraiment sortie avec cet étalon ? Tu es toujours avec lui ?

— Oui, et ne l'appelle pas comme ça. Il n'avait que seize ans quand on sortait ensemble. Et maintenant... Eh bien, c'est un homme.

— Ah ouais, j'avais remarqué !

— Chuuut ! murmurai-je en jetant un coup d'œil à Christa et Jonathan, toujours occupés à shooter dans le ballon. Écoute, oui, il est canon et charmant, et je ne sais pas où il est allé chercher ces abdos…

— Attends, tu l'as vu à poil ?

— Oui, enfin non. Je l'ai vu il y a longtemps, mais hier, il était en caleçon.

— Ben merde ! C'est le gars avec qui tu as perdu ta virginité ?

— Oui, c'est lui, le seul et unique. Iz, je l'aimais tellement que j'avais peur de ne pas pouvoir m'engager avec Dan, alors qu'il vivait à des milliers de kilomètres. On vivait quelque chose de tellement intense que je ne peux le comparer qu'à une sorte de démence incurable. J'ai coupé les ponts, cessé d'écrire, et la vie m'a forcée à tourner la page. Mais maintenant, tout me fiche les chocottes. J'ai peur de ne pas arriver à penser logiquement en sa présence. Et mes décisions n'affectent pas que moi, cette fois.

— Ouais, d'accord. Bon, quand vas-tu vérifier si le matos n'a pas passé la date de péremption ?

— Iz ! grondai-je.

— Allez ! Casanova vient juste de rappliquer et voilà que tu planifies déjà le reste de ta vie. Profite un peu. Lâche prise et vois où ça t'emmène. Je n'ai jamais vu un homme regarder une femme comme il te regardait. Franchement, ça m'a donné envie de balancer ma culotte dehors et de baiser, ce soir-là !

Rien qu'à l'écouter, j'éprouvais un élancement lancinant entre les cuisses.

— Retrouve-le. Et retrouve-le *vraiment* ! Tu as enfin quelqu'un avec qui te lâcher un peu, alors écarte les jambes et profite ! fit-elle avec un clin d'œil.

— Pour une femme mariée qui fait ça quand ça lui chante, je te trouve drôlement excitée.

— Ce n'est pas parce que je fais ça quand ça me chante que je ne peux pas m'imaginer ma copine en train de se faire sauter.

Je me cachai la tête entre les mains.

— Oh non, ne me dis pas que tu me visualises en train de baiser.

— Non, mais je prie pour que ça arrive. Écoute, ce n'est pas comme s'il te demandait ta main. Et tu ne peux pas rester seule jusqu'à la fin de tes jours. Il faudra bien que tu donnes sa chance à quelqu'un.

Dan leva la tête comme s'il venait d'entendre cette réplique. Il nous fit signe après avoir shooté dans le ballon. Mon téléphone sonna et je jetai un coup d'œil à l'écran.

— Merde, c'est ma mère. Elle a expliqué à Adrian où me trouver et elle va vouloir savoir ce qui se mijote.

Posant le téléphone sur la table du patio, je tendis la main vers une autre fraise. Qu'est-ce qu'ils avaient, tous, à me sauter dessus comme ça ?

— Elle veut probablement te donner des astuces romantiques. Tu n'as pas envie d'énerver une femme capable d'entrer avec une canne à pêche à Marineland juste pour rigoler.

Je tendis la main vers le téléphone, mais Isabelle m'arrêta.

— Mais pas question que tu l'appelles avant de m'avoir raconté tous les détails. Bon, qu'est-ce qu'il lui restait sur le dos, hier ?

— Juste son caleçon mouillé. Il était tombé dans la rivière, ajoutai-je, l'air songeur.

— Et tu n'as même pas proposé de le sécher pour lui ? fit Iz en agitant les sourcils.

Elle avait épousé son copain du lycée et vivait ce que je considérais comme le mariage idéal. Sauf qu'après avoir tenté de tomber enceinte depuis des années, elle avait finalement décidé de faire une pause de quelques mois. Les médecins les avaient encouragés, elle et son mari, à prendre une période de détente avant d'envisager d'autres options. Et pour ne plus penser à l'impératif de reproduction, Iz et son mari Tyler s'essayaient manifestement à quelques méthodes olé olé pour lâcher la pression. Jusqu'ici, chaque fois qu'elle évoquait les cravaches, les plugs anaux et les bandeaux pour les yeux, elle me mettait mal à l'aise.

— J'ai l'impression d'être redevenue ado, avec lui. J'ai gloussé comme une dinde, Iz.

— Parfait.

— Mais je ne suis pas une gamine.

— La ferme ! On s'en fiche. Quand as-tu fait l'amour pour la dernière fois ?

— Ça ne te regarde pas.

J'aurais voulu pouvoir me réfugier sous un rocher.

— Et avec qui ?

Mon regard s'égara évidemment en direction de mon ex-mari.

— Sans déconner ? Tu vaux mieux que ça. J'espère que tu n'as pas cédé aux avances de Dan depuis quelques mois, au moins. Tu crois qu'il joue les célibataires, lui ?

— Je ne veux pas y penser.

— Eh bien je vais te dire, moi. Ce type, là-bas, (elle le pointa du doigt), tu ferais mieux de le considérer comme un chien qui remue la queue – et je parle de sa bite – pour tout ce qui se balade avec deux jambes et une jupe, parce que dans sa tête, il considère qu'il ne te doit plus rien. Je peux te garantir qu'il a baisé bien plus souvent que toi depuis votre divorce.

— Ce n'est pas un concours, Iz.

Et si c'en était un, j'aurais perdu, parce que je n'avais couché avec personne d'autre que Dan, même après le divorce.

— Non, c'est une intervention, pour te débarrasser de ta culpabilité. Je te connais. Tu crois encore que tu lui dois fidélité. Tu te sentiras coupable de t'engager avec n'importe qui à cause de tes gosses, mais laisse-moi te poser une question : si Adrian devait partir demain, que ressentirais-tu ?

Comme si un gros nuage noir venait de se matérialiser au-dessus de ma tête, je m'avachis sur ma chaise.

— Voilà. Cet homme a traversé un océan pour toi, pour que tu lui donnes sa chance.

Elle prit sa main dans la mienne.

— Et ne me dis pas que tu n'as pas pensé à ce corps parfait. Je l'ai vu dans ce bar, vendredi soir, et j'étais prête à repartir avec lui si tu ne le faisais pas.

— N'importe quoi !

— En tout cas, c'est ce que je me suis imaginé.

— Arrête, dis-je en éclatant de rire.

— Quand est-ce que tu le revois ?

— Dans deux semaines.

— Pourquoi attendre si longtemps ?

— Il s'occupe de ses affaires pendant la semaine. Le temps est long avant qu'il signe le contrat qu'il envisage. Et je ne peux quand même pas le faire venir après le travail ! D'autant que le week-end prochain, c'est moi qui ai les enfants.

— Je ne vois vraiment pas pourquoi il ne pourrait pas passer pendant la semaine ou le week-end. Réfléchis un peu. Il faudra bien présenter l'étalon à la famille à un moment ou à un autre, non ?

— Ben, je ne suis pas sûre de savoir comment m'y prendre.

— Lentement, mais avec assurance. Tu es une maman formidable. Tes enfants t'adorent et ils sont futés. Tu as essayé de les protéger d'un mariage bancal pendant des années, alors que Dan s'en tamponnait complètement.

Elle avait raison. J'avais tenté d'oublier toutes les fois où mon ex-mari était rentré du « travail » avec une odeur de parfum floral et où j'avais agi comme si de rien n'était. Comme si les traces de rouge à lèvres sur son col venaient d'un fruit qu'il avait mangé le midi, et comme si sa façon de flirter pendant les soirées et les fêtes n'était qu'un moyen de se montrer aimable. J'avais porté des œillères pendant des années, en refusant de m'avouer que j'avais épousé un homme infidèle, et au bout du compte, c'était ma faute. Des années durant, j'avais refusé d'infliger une séparation à mes enfants. Il avait fallu que je voie la vérité de mes yeux, que je le surprenne avec Amanda au bureau, pour me réveiller et reprendre les rênes de ma vie.

— Il s'en soucie maintenant, murmurai-je.

— Ah non, hein ! Je te jure, Mia, si tu laisses celui-là te filer entre les doigts à cause de Dan, je t'enferme moi-même dans une cave avec ton amant pour qu'il te fasse prendre ton pied jusqu'à ce que tu oublies ton mari infidèle !

Ce dernier mot me fit grimacer. Isabelle savait parfaitement comment me faire réagir.

— Si la personnalité d'Adrian arrive ne serait-ce qu'à la cheville de son physique, tu seras mille fois mieux qu'avec Dan.

Elle s'interrompit en pointant du doigt.

— Dan ne changera pas. Ça s'arrangera un moment, mais il ne changera pas, Mia. En tant que père, peut-être, concéda-t-elle, mais pas en tant que conjoint. Et je ne veux pas te revoir souffrir à ce point. Il t'a écrasée comme un insecte, et la femme solide que je connaissais a disparu pendant des années. Tu veux que je te rappelle ce qui s'est passé ?

Une boule dans la gorge, je murmurai un autre mensonge :

— Ça n'est arrivé qu'une fois.

— Tu ne l'as *surpris* qu'une fois, fit-elle en me tenant la main. Tu ne peux pas protéger tes enfants toute leur vie. Apprends-leur à être courageux, à saisir les occasions qui se présentent et à tout donner par amour. Voilà le genre de femme que tu es, je le sais. En tout cas que tu étais. Si on me présentait Adrian au menu, je le mangerais tout cru sans me poser de questions, et j'en redemanderais. Dépucelez-vous une seconde fois et ensuite, il s'ouvrira à toi. Tu comprendras mieux qui il est et tu sauras si tu peux aller plus loin. Ton cœur te dira quand le moment sera venu, alors écoute-le.

Mon téléphone sonna de nouveau, et le numéro de ma mère s'afficha sur l'écran. Comme les enfants s'approchaient pour venir piocher dans la corbeille de fruits, il nous fallut interrompre notre conversation consacrée à Adrian. Ce qui n'empêcha pas Isabelle d'insister sur les bruits de succion lorsqu'elle mangea des fraises ou mordit dans une pêche. Tout ce qu'elle prenait évoquait le sexe, comme si elle voulait me rappeler que j'en manquais. Même Dan se mit à la reluquer d'un air grivois.

Cette nuit-là, dans mon lit, j'essayai de m'imaginer ce que je ressentirais avec Adrian à côté de moi, et la perspective de toutes les choses délectables qu'il pouvait faire pour me rendre heureuse faillit me griller les neurones. Et pour la première fois depuis bien longtemps, je fis un rêve érotique.

CHAPITRE 9

Le week-end se termina et Dan rentra chez lui. Je repris ma routine ordinaire, qui consistait à déposer les enfants à l'arrêt de bus avant de partir donner mes cours. Je n'avais plus eu de nouvelles d'Adrian depuis qu'il m'avait raccompagnée. Je n'aurais rien eu contre un coup de fil, certes, mais j'appréciais qu'il me laisse le temps d'encaisser son irruption soudaine dans mon existence. Et maintenant que son corps somptueux et ses lèvres brûlantes ne détournaient pas mon attention, j'étais convaincue de ne plus pouvoir vivre sans lui. La peur de le perdre à nouveau s'insinuait plus souvent dans mon esprit, frisant parfois l'obsession.

Le mercredi, je commençai à regretter de lui avoir demandé de ne pas appeler. Il me manquait. Il me manquait vraiment, et je me languissais comme une folle de ses baisers et de ses tendres caresses. Désormais, les deux semaines allaient ressembler à deux autres décennies de séparation, voire à une éternité.

J'installai mon tapis dans le studio en attendant l'arrivée de mes élèves. En parcourant ma collection musicale, je tombai sur une de mes compilations favorites, une série de vieilles chansons de ma jeunesse. Derrière la fenêtre, je voyais les piétons se hâter pour rejoindre leur lieu de travail. Avant les enfants, je leur ressemblais : toujours pressée, épuisée et stressée. À présent, j'adorais mon job. Il n'existait aucun autre endroit où j'aurais pu travailler, aider les autres et me détendre en même temps. Rien n'aurait pu saboter ma bonne humeur… sauf *elle*.

Je foudroyai du regard la femme qui avait ruiné ma vie et qui travaillait dans la même agence que Dan. Amanda ne m'avait jamais demandé pardon pour ce qu'elle avait fait… À vrai dire, elle s'en vantait. Je n'attendais pas d'excuses de sa part ; tout ce que je voulais, c'était ne plus jamais revoir son sourire hypocrite et ses seins siliconés, en particulier au travail. Elle ne pouvait donc pas se trouver une autre monitrice ? Elle n'avait pas fait assez de mal ? Chaque fois qu'elle me regardait, j'avais l'impression qu'elle remuait le couteau dans la plaie, et j'en avais assez de ce petit jeu. Je ne voulais même plus me soucier d'elle, et je l'ignorais parce que sinon, compte tenu des adjectifs dont je la qualifiais déjà mentalement, je risquais de perdre mon job. Malheureusement, je ne choisissais pas qui débarquait pendant les cours sans rendez-vous.

Je m'imaginai en train d'invoquer Satan en personne pour qu'il lui réserve un coin particulier en enfer. Le souvenir des souffrances qu'elle avait infligées à notre famille se resserrait comme un fil barbelé autour de mon cœur, encore et encore. Je n'en voulais pas qu'à elle, bien sûr. Non, c'était leur faute à tous les deux, à elle et à Dan. Mon ex-mari avait dû subir un divorce, mais en dehors des rumeurs qui avaient circulé à son sujet, Amanda n'avait jamais eu à assumer les conséquences de ses actes, ce qui me mettait en pétard. Je priai pour que mes ondes de haine intense la tiennent éloignée de moi.

La salle de gym se remplit et je mis la musique avant d'entamer notre série la plus avancée, celle qui allait nous chauffer les muscles de la façon idéale. Bientôt, je m'abandonnai complètement aux mouvements fluides, étirant mes bras et mes jambes tout en songeant à l'unique personne qui avait mis mon univers sens dessus dessous d'un simple « bonjour », celle qui me renvoyait vingt ans en arrière, à l'époque où la vie était simple.

À cinq minutes de la fin, tandis que tout le monde effectuait les derniers étirements, je jetai un coup d'œil à la fenêtre et restai interdite. Adrian, adossé à un arbre, me fixait. Il portait un autre polo et un pantalon beige. La chaleur de son regard aurait pu faire fondre la vitre qui nous séparait. Elle se répandait dans tout mon corps. Je priai pour que les bouts de mes seins, comprimés sous mon débardeur, ne se fassent pas trop remarquer. Lorsque je croisai le regard d'Adrian, il m'envoya un baiser. J'aurais voulu faire mine de l'attraper au vol et de le déposer sur mes lèvres, mais je ne pouvais pas bouger.

— Miam, c'est qui, ça ? s'enquit Mindy, une de mes plus anciennes clientes.

Tous les regards se détachèrent de moi pour se braquer sur Adrian avant de revenir sur ma personne. Il y eut quelques sifflements et je sentis le rouge me monter aux joues.

— Adrian.

— Mais où tu le cachais ? demanda quelqu'un d'autre.

— De l'autre côté du monde. (Cette voix songeuse était-elle la mienne ?) Terminez les étirements tant que les muscles sont encore chauds, mesdames.

— Après avoir regardé une œuvre d'art comme celle-là, ils ne sont pas près de refroidir, d'ailleurs, ajouta Mindy.

— Allez, mesdames, ne laissez pas vos muscles se raidir, en particulier ceux du pelvis, vous le regretteriez demain.

Avec quelques gloussements, elles s'étendirent sur le dos selon mes instructions et s'étirèrent la colonne vertébrale de chaque côté, pliant les genoux pour les orienter vers le tapis. J'aurais bien voulu être capable de suivre mon propre conseil et de me détendre les cuisses. Les brefs coups d'œil à la fenêtre, où je voyais cet homme séduisant pourvu de muscles conçus pour le péché, m'avaient chamboulé les hormones. Pendant un moment, je sentis toutes les cellules de mon corps s'agiter comme des danseurs dans une rave party. Adrian avait adopté une posture détendue contre l'arbre, les bras croisés. Je me rappelai de nouveau cette nuit dans le verger, quand il m'avait coincée entre l'écorce et sa poitrine, et je brûlai soudain de me retrouver dans ses bras.

— La Terre appelle Mia ! La musique s'est arrêtée, me signala Mindy en riant. Tu devrais l'inviter à un cours.

— Ben voyons, répondis-je en levant les yeux au ciel.

La dernière fois qu'un type canon avait participé, tout le monde avait insisté pour lui montrer comment réaliser la posture du chien tête en bas. Ça ne les dérangeait pas de transformer mon cours de Pilates en yoga.

— Vous avez traité le dernier type comme un morceau de bidoche, accusai-je.

Dans son dos, elles l'avaient reluqué sans aucune retenue, c'était incroyable. Il s'était retrouvé comme un pauvre chiot dans une pièce remplie de femelles en chaleur.

Tout le monde commença à débarrasser et à replier les tapis, mais mes plus fidèles clientes, qui étaient devenues mes amies, s'approchèrent de moi pour admirer Adrian. Assis sur le banc, il lisait son journal en sirotant un café glacé. Il aurait pu poser pour une sculpture. Et qui lisait de vrais journaux à notre époque, plutôt qu'une tablette ? Les hommes sexy comme Adrian, voilà qui.

— J'imagine que tu ne le partages pas ? murmura quelqu'un.

— Ah ça, pas question.

Entre les regards grivois et le rangement, j'aperçus Amanda. Elle arborait un rictus malveillant, comme une vraie sorcière. Dan apprendrait certainement tout d'Adrian au boulot. Encore que pour Amanda, ce genre de tactique aurait été trop facile, et je ne pouvais m'empêcher de penser qu'elle avait autre chose en tête. Dan avait juré que leur relation était terminée. Mais cela dit, il m'avait aussi juré fidélité, et je ne savais que trop comment ça avait fini. Amanda aimait remuer la merde... et je me doutais qu'elle ne laisserait pas passer l'occasion qu'elle venait d'entrevoir. Tenterait-elle d'en profiter pour renouer avec Dan ? Je voulais le bonheur de mon ex-mari, certes, mais Amanda était bien la dernière personne avec qui je souhaitais le voir.

Je pris une profonde inspiration avant de sortir du studio et de me retrouver dans les bras d'Adrian, emmêlée à son corps. Il m'étreignit, m'enveloppa de ses bras. Après avoir déposé un petit baiser sur mon front, il déclara :

— Je ne pouvais pas attendre deux semaines.

— Je suis ravie que tu te sois abstenu.

Je passai mes bras autour de sa taille, appréciant la façon dont son corps se moulait contre le mien. La sensation d'être à la fois perdue et confortablement installée dans son immense étreinte me réconfortait.

— Et j'ai envie de t'embrasser sur-le-champ, mais d'une façon qui ne serait sans doute pas appropriée en public.

— Je suis en nage et je sens mauvais, répondis-je.

— Tu sens la tentation, oui, dit-il avec un grondement de rire tandis qu'il pressait ses lèvres contre mon oreille.

— Alors, trouvons un endroit un peu plus intime, suggérai-je.

Les lèvres me picotaient, dans mon impatience de l'embrasser.

— Je voulais te faire la surprise hier et avant-hier, mais tu as un emploi du temps si serré que c'est à se demander quand tu manges.

— Je te croyais débordé, répondis-je.

— Je l'étais.

— Comment as-tu su où je donnais mes cours ?

— Ton site internet. J'aurai peut-être besoin d'un cours particulier. Ces dames et toi, vous êtes plutôt sexy quand vous vous étirez.

— Tu t'es rincé l'œil ?

— Oui, mais je n'avais d'yeux que pour l'une d'entre vous, dit-il en m'embrassant le bout du nez. Tu as faim ? Je sais que ton prochain cours n'a lieu que dans une heure.

— Je suis affamée. Et merci de m'avoir suivie comme un pervers.

— Mais de rien. Après vingt ans, c'est le moins que je puisse faire.

Il prit mon tapis ainsi que le sac où j'avais rangé ma serviette, mes bandes élastiques et mes haltères personnalisés, le jeta sur son épaule et sortit un panier pique-nique du coffre de sa Jeep garée sur le bas-côté. Pas étonnant qu'il soit si bien bâti. Lorsqu'il appuya sur le bouton de verrouillage de sa clef, je désignai sa voiture, étonnée.

— Tu en as acheté une nouvelle ? demandai-je.

L'autre Jeep était bleu foncé tandis que celle-ci avait une teinte vert feuille.

— En quelque sorte. C'est une voiture différente, qui ne sent pas le neuf.

Sérieusement ? Il avait changé de voiture pour moi ? J'ouvris la bouche, mais je restai incapable de dire un mot. Ce geste me touchait tellement que mon cœur s'arrêta.

— Tu n'étais pas forcé… murmurai-je.

— Mais si. Je ne veux pas que tu t'angoisses quand on part en balade. Allez, je meurs de faim.

Adrian me prit la main et nous marchâmes sur le trottoir. Encore sous le choc, je me retournai de nouveau vers la Jeep.

Au parc du coin de la rue, nous trouvâmes un grand saule et étendîmes une couverture sous ses branches. Elles dansaient sous la brise, s'agitant parfois si bas qu'on aurait cru les voir marcher dans l'herbe, sur la pointe des pieds. Les feuilles vertes et argentées étincelaient presque en bougeant.

Je m'installai adossée au torse d'Adrian, les bras reposant sur ses jambes étendues de part et d'autre de moi. Si j'avais pu déjeuner dans les mêmes conditions tous les jours, je n'aurais sans doute plus sauté aucun repas. Tout semblait parfait jusqu'à ce qu'Adrian se mette à parler. Instinctivement, j'eus l'impression que ces mots allaient me hanter un moment.

— Il faut que je te dise quelque chose qui risque de t'embêter.

Raidissant le dos, je me retournai.

— Ça m'a l'air grave.

— Pas forcément, mais je préfère que tu l'entendes de ma bouche plutôt que de qui que ce soit d'autre. Je viens de l'apprendre ce matin.

— Tu me fiches la trouille.

— Vraiment P., ce n'est pas dramatique, sauf si on en fait toute une histoire.

J'aurais voulu le prendre par le col pour le secouer. Au lieu de ça, je déglutis, avec l'impression d'essayer de faire passer un melon dans une paille.

— Je risque de rencontrer ton ex-mari d'ici peu, lâcha-t-il enfin.

— Quoi ?

— Et c'est tout ce que je peux te dire. Je voulais te faire une surprise, mais je ne m'attendais pas à ce qu'il s'y retrouve impliqué. Enfin, je crois qu'il s'agit de lui. Si j'en crois le nom de famille…

Je passai en revue les raisons qui pouvaient pousser Adrian à rencontrer Dan, et le seul motif légitime qui me venait à l'esprit concernait un achat immobilier.

— Tu veux acheter une maison.

Je me couvris la bouche. Il n'aurait rien pu dire qui me mette dans un tel état d'euphorie et de nervosité à la fois. Adrian était décidé à rester, ici, près de moi. Il n'allait pas me quitter, et resterait fidèle à sa promesse.

— J'espère. Si tout se passe bien.

Il prit mes mains dans les siennes.

Je lui passai les bras autour du cou pour le couvrir de baisers.

— Quand ? Où ? demandai-je.

— Quand, je ne sais pas, et je ne veux pas me porter la poisse en révélant où. Ça pourrait prendre deux semaines. Le vendeur a des problèmes immobiliers, donc le délai risque de se prolonger.

— Et tu es sûre que c'est mon mari qui gère la vente ?

— Dan Claring de l'agence Your Home ?

Lui-même. Le soupir que je poussai longuement à travers des lèvres pincées ressembla à un sifflement.

— Bon, des présentations officielles sont donc à l'ordre du jour ? demandai-je.

— À toi de choisir quand, mais nous avons encore le temps.

— Je crois qu'il vaut mieux attendre que le marché soit conclu. Dan est professionnel, c'est vrai, mais dès que ça me concerne, il peut se montrer un peu jaloux.

— Tu crois qu'il compromettrait l'achat s'il savait que c'est avec moi que tu sors ?

— Je ne sais plus trop que croire, répondis-je en m'affaissant.

Adrian se pencha progressivement, roula sur le côté et me força à m'étendre sur le gazon, apaisant mes inquiétudes par son simple contact. Une fois au-dessus de moi, il baissa la tête jusqu'à ce que je sente la chaleur de son souffle. Il sentait encore le cheese-cake à la noix de coco que nous venions de partager.

— Je comprends. J'essaierai de ne pas te tripoter en sa présence. Mais le reste du temps… Eh bien tous les coups sont permis, parce que j'ai le sentiment que tu es à moi et rien qu'à moi, P.

Le parc public se transforma aussitôt en lieu intime : si proche d'Adrian, j'avais l'impression que nous étions seuls au monde. Ses lèvres effleurèrent les miennes et frottèrent lentement contre le haut de ma bouche. Les bras parcourus de frissons, je m'accrochai à la couverture sur laquelle je m'étais étendue. Adrian glissa la main sous ma tête pour l'incliner légèrement sur le côté et j'ouvris la bouche. Sa langue me toucha la lèvre inférieure avant qu'il n'emprisonne mes lèvres entre les siennes. Charnues et douces comme de la soie aujourd'hui, elles avaient un goût de désir intense. La chaleur se répandit dans ma poitrine et mon ventre, pour s'installer dans tout mon être. Mes mains trouvèrent ses bras et l'attirèrent vers moi. Ses muscles se tendirent sous mes doigts et sa bouche durcit. Adrian m'embrassait de cette façon à la fois possessive et délicate qui me faisait oublier où j'étais et perdre le fil du temps.

Il se retira finalement, se hissant sur ses bras.

— Je te veux tout entière, tout le temps, murmura-t-il en appuyant son front contre le mien.

— Moi aussi.

Il se laissa tomber sur le côté pour s'étendre auprès de moi. Le soleil filtrait au travers des branches, étincelant parmi les feuilles dont il éclaircissait la couleur.

— Ça me paraît si irréel de te tenir enfin dans mes bras. J'ai peur de te perdre à nouveau si je te lâche, dit-il.

— Tu n'as rien à craindre. Tu fais partie de ma vie à présent. C'est vrai depuis toujours et ça le sera jusqu'au bout. Je veux faire les choses comme il faut, tu sais, avec Dan, parce que vous comptez tous deux pour moi, chacun à votre façon.

J'espérais qu'il comprenne.

— Je ne dirai pas un mot tant que tu ne seras pas prête. Et je te promets de ne pas rendre les choses plus compliquées pour Dan.

Il se retourna de nouveau pour m'embrasser le bout du nez. J'avais l'impression que mon nez devenait un sanctuaire pour ses lèvres.

— Merci.

— Bon, cette histoire de rencard, je suis sûr qu'on a passé le cap.

Il passa le doigt le long de mon bras, depuis l'intérieur de mon poignet jusqu'à mon coude, puis en sens inverse. La sensation raviva mon désir pour lui.

— Moi aussi. Ça ne suffit pas.

C'était vrai. Notre relation était compliquée et dépassait le cadre du simple rendez-vous. Je voulais être sûre que l'homme qui se tenait auprès de moi était bien le même que le garçon que j'avais aimé autrefois. J'avais besoin de savoir que ses valeurs n'avaient pas changé et qu'il ne trahirait jamais ma confiance. Je n'aurais pas supporté une autre déception, en particulier venant de lui. Cela dit, jusqu'ici, Adrian ne m'avait donné aucune raison de douter de lui ; l'angoisse que je ressentais à l'idée de lui ouvrir tout mon monde ne reposait sur rien. Ce n'était justement qu'une angoisse.

— Je sais que ça ne fait que quelques jours, mais chaque fois que je te regarde, je vois la fille dont je suis tombé amoureux.

Il marqua un temps avant d'ajouter :

— Obsessionnellement.

J'en restai bouche bée, incapable de trouver les mots. Ses pensées rejoignaient tellement les miennes que ça me fichait un peu la trouille. C'était comme si nous avions totalement aboli le mur du temps, effacé toutes ces années qui nous avaient séparés dans mon esprit.

— J'ai un autre cours dans un quart d'heure, dis-je avec un gros soupir.

— Quand puis-je te revoir ? Je t'en prie, ne me dis pas dans deux semaines, parce que je serai forcé de dormir dans ma voiture, garé dans ton allée, rien que pour d'apercevoir le matin.

Il lissa mes cheveux défaits.

Dans la bouche de n'importe qui d'autre, cette déclaration m'aurait paru malsaine, mais l'idée qu'Adrian veuille rester si près de moi me donnait des palpitations. Existait-il un moyen de le voir pendant mon week-end avec les enfants ? Et parviendrais-je à me libérer de la culpabilité, si je passais du temps avec lui plutôt qu'avec eux ?

— Que fais-tu vendredi soir ? demandai-je.

Il écarquilla les yeux, et le plus adorable des sourires se dessina sur ses lèvres.

— À toi de me le dire.

— Viens dîner à la maison. Passe vers cinq heures.

Cette décision improvisée d'inviter Adrian me rendait si heureuse que j'avais envie de me lever pour pousser de petits cris en sautillant sur la pointe des pieds, mais je ne voulais pas paraître puérile. Je me contentai de piailler *intérieurement*.

— Tu es sûre ?

— Tu vas bien devoir rencontrer les enfants un jour. Et on se débarrassera d'une partie de la pression si ça se produit bientôt.

Sans prévenir, il plaqua ses lèvres contre les miennes. D'un baiser ferme et fougueux, le marché fut conclu, et une fois encore, je me retrouvai sur un nuage entre ses bras. Comment arrivait-il à faire ça ? Comment diable s'y prenait-il pour que je m'abandonne contre ses lèvres, et que chaque baiser me donne l'impression d'être le premier ? J'ouvris encore la bouche, laissant sa langue s'y aventurer. Son souffle chaud se perdit en moi et j'eus toutes les peines du monde à me détacher de lui.

— Il faut que j'y aille. J'ai besoin de m'échauffer avant le cours.

Même si je ne m'étais sans doute jamais sentie aussi chaude qu'à présent.

— J'ai hâte d'être à vendredi, dis-je tout contre ses lèvres.

— Moi aussi.

Avant que j'aie le temps de ramasser la couverture, le téléphone d'Adrian sonna.

— Oui, Blair ?

Il écouta quelques secondes, sa main libre posée sur sa hanche. Il crispa le cou et répondit finalement :

— Passe-le-moi… Ici Reed.

Même si j'appréciais la voix qu'il prenait pour parler affaires, le stress que j'y percevais ne me plaisait pas. Son ton déterminé et sa fermeté m'interloquèrent.

— Karl, si ce type foire encore une fois, nous et cette société, c'est fini… Je me fiche de savoir combien ça va nous coûter. Ce n'est pas comme ça que je travaille… Dans ce cas, appelle notre avocat et occupe-t-en, et si jamais j'entends dire qu'il n'est pas prêt à s'impliquer dans le contrat qu'on a signé ensemble, je te jure qu'il n'aura pas à attendre plus de quelques minutes avant de le sentir passer.

Celui à qui il parlait était sans doute en train de se faire dessus. En tout cas, ç'aurait été mon cas. Toutefois, le voir jouer les dominants et maîtriser la situation avait quelque chose d'excitant. Voilà une facette d'Adrian que je ne connaissais pas.

— Tiens-moi au courant d'ici une heure.

Et il raccrocha.

— Quoi ? demanda-t-il en me voyant le fixer.

— Dis donc, tu fais ton chef !

— C'est ce qui se passe quand on est le chef.

— Wow. Je ne t'avais jamais entendu parler affaires.

— Alors tu es plus que bienvenue si tu veux passer au bureau, quand tu voudras.

D'un geste vif, il dégaina sa carte de visite et me la tendit comme un professionnel.

— Ma porte est toujours ouverte, P.

— Peut-être que je passerai, dis-je en riant et en examinant le design élégant et chic du logo Platinum Inc.

Je ressentis une angoisse familière naître en moi, liée à un souvenir cruel : la dernière fois que j'avais rendu visite à un homme qui comptait pour moi dans son bureau, je l'y avais surpris avec une autre femme. Rendre visite à Adrian au travail n'était pas forcément une bonne idée… en tout cas, cette partie de moi qui était lâche hésitait.

En revenant au studio, je vis Amanda occupée à siroter son café, assise sur un des bancs du parc. Adrian resserra son étreinte autour de moi, comme s'il avait perçu mon inconfort.

— Ça va ? demanda-t-il.

— Oui, c'est juste quelqu'un dont le seul objectif sur cette Terre consiste à me pourrir la vie.

— Je l'ai vue à ton cours.

— Elle a couché avec mon ex.

Je portai aussitôt la main à ma bouche.

— Désolée.

— Pas besoin de t'excuser. Ce genre de chose finit par saper l'espoir et la foi qu'on peut avoir.

Adrian s'exprimait comme s'il avait lui-même subi le genre de trahison dont j'avais été victime. Était-ce le cas ?

— Merci, dis-je en me hissant sur la pointe des pieds pour l'embrasser tendrement. Tu m'as donné plus d'espoir ces derniers jours que je n'avais pu en rassembler depuis longtemps.

— Tu es trop généreuse, P.

— T'a-t-on déjà trompé ? demandai-je.

— Je ne me suis jamais marié.

— Ça ne change rien.

— Alors j'imagine que oui. C'est peut-être en partie pour ça que je ne me suis jamais marié.

En partie ? Il y aurait d'autres raisons ? Je me figurais qu'Adrian devait avoir brisé bien des cœurs dans sa vie, mais quelque chose me soufflait qu'il avait connu lui aussi son lot de souffrance. J'écartai le regard de ses deux yeux d'émeraude et il poursuivit.

— Ou peut-être que je n'avais pas eu l'occasion de demander à la femme qu'il fallait.

— Adrian…

— Détends-toi, P. Un pas à la fois, tu te souviens ?

— Ouais.

— Je ne veux pas que ça foire entre nous, mais je te confie tout. Toute ma vie. C'est bizarre ? J'ai toujours l'impression que tu es ma meilleure amie, comme à la maison, dans le temps.

— Ça n'a rien de bizarre.

Je comprenais tout à fait ce qu'il entendait par là. J'accordais à Adrian une confiance absolue, ce qui m'effrayait réellement. Ça faisait longtemps que je n'avais donné à personne la clef de mon cœur. S'il me trahissait un jour, j'irais m'enterrer dans un trou et je ne croirais plus un traître mot de la bouche de quiconque, même un prêtre. Mais je savais qu'Adrian ne se comporterait jamais ainsi. Je pouvais lui confier mon cœur, ma vie et même celles de mes enfants. Ça en disait long.

$\mathcal{L}$e vendredi soir n'en finissait pas d'arriver. J'avais nettoyé la maison du sol au plafond et je me préparais pour Adrian depuis l'instant où l'invitation avait franchi mes lèvres. J'avais fait comme si de rien n'était quand Dan avait déposé les enfants après l'école, et mon cœur s'arrêta lorsqu'il me demanda qui me rendait visite.

— Le type que je vois, répondis-je.

Une expression de réelle torture se peignit sur ses traits.

— Le type que tu ne veux pas que je rencontre, c'est ça ? C'est un ringard, c'est ça ? râla-t-il.

— C'est loin d'être un ringard. Ne me complique pas la tâche, s'il te plaît. Je n'ai pas eu de rendez-vous depuis qu'on s'est séparés et il m'a fallu rassembler tout mon courage pour prendre cette décision.

— Bon, ben voilà, c'est un ringard, gloussa-t-il, avec un air vaguement satisfait.

Si tu savais, pensai-je en me promettant de lui expliquer rapidement que c'était du sérieux.

Avec un peu de chance, d'ici là, il aurait eu le temps d'encaisser ma nouvelle relation et de se détendre. Peut-être valait-il mieux qu'il ignore à quel point Adrian comptait à mes yeux pour le moment. Même s'il avait changé durant l'année et qu'il admettait vouloir mon bonheur, il s'agissait d'un sacré cap à franchir, comme lui comme pour moi.

— Promets-moi juste que tu ne coucheras pas au premier rendez-vous.

— Arrête ! m'exclamai-je en lui cognant le bras. Tu sais bien que ce n'est pas mon genre.

Encore qu'en réalité, je n'excluais aucune possibilité avec Adrian, puisqu'il ne s'agissait pas de notre premier rencard et que je le connaissais depuis longtemps.

— Bien, fit Dan en redressant les épaules.

— Qu'est-ce que c'est censé vouloir dire ? demandai-je.

— Tu sais bien, les mecs ont le chic pour trouver des astuces et t'amener à coucher avec eux. Ne te laisse pas avoir par une astuce du genre « ça fait tellement longtemps qu'elle tombera si je ne m'en sers pas ».

— Espèce d'idiot ! m'esclaffai-je. Bon, je suis à court de Tylenol et d'Advil pour les enfants. Tu peux aller m'en prendre ?

— Bien sûr, je sais que tu détestes être à court de médocs pour eux. Bonne nuit, Mia.

— Bonne nuit.

Une fois qu'il eut quitté les lieux, je me rassurai un peu concernant la venue d'Adrian… ce qui ne m'empêchait pas de courir dans tous les sens comme un poulet sans tête. La sueur me dégoulinait sur la poitrine et je regrettai de ne pas avoir allumé la clim. La vague de chaleur de l'été tenait toutes ses promesses. Aux infos, j'avais entendu que nous devions nous attendre à quelques éruptions solaires qui risquaient de perturber les téléphones portables et la réception de la télé.

— Bon, les ouistitis, on a un invité ce soir, alors je veux que vous soyez sages comme des images, expliquai-je à Christa et à Jonathan tandis que je finissais d'essuyer le plan de travail de la cuisine.

Le poulet était déjà installé dans la rôtissoire, les légumes découpés et les pommes de terre prêtes à cuire dans leur papier d'aluminium.

— Mais on est tout le temps sages, maman, fit Christa en prenant son hula hoop et en se dandinant.

La définition de la docilité selon mes enfants tenait à une phrase : « tant qu'on ne se fait pas prendre, tout va bien. »

Je haussai les sourcils.

— Promettez-moi que vous ne me ferez pas honte, s'il vous plaît.

— Tu t'es faite toute belle, maman. Qui est-ce qui vient ? demanda Jonathan, suspicieux.

— Un vieil ami à moi. J'espère que vous saurez vous tenir.

Jonathan fourra les écouteurs de son iPad dans ses oreilles au moment où la sonnette retentit. Bon : mon fils n'était pas décidé à me ménager ce jour-là. Je commençais à me demander s'il s'agissait vraiment d'une bonne idée.

Christa ouvrit grand les yeux.

— Je m'en occupe ! s'exclama-t-elle en se précipitant vers l'entrée.

— Salut, fit la voix grave d'Adrian dans le couloir.

Je m'essuyai les mains dans mon tablier et je me ruai vers la porte tandis que ma fille accueillait notre invité.

— Salut, moi c'est Christa.

— Eh bien voici pour toi, dit-il en lui tendant une boîte de chocolat décorée d'une belle pâquerette qu'il avait cachée dans son dos.

— Wow ! Merci ! Maman, regarde ce que j'ai eu !

Elle se retourna au moment où j'arrivais.

— Mets la fleur dans un vase, chérie.

— D'accord, répondit-elle en retournant à toutes jambes à la cuisine.

— Et pour toi…

Comme par magie, Adrian produisit un immense bouquet de pâquerettes accompagné d'une assiette de macarons.

— Merci.

Sachant qu'un de mes enfants pouvait faire irruption dans le couloir, je tendis le cou pour l'embrasser sur la joue. L'odeur de son aftershave au citron et au santal m'envahit et, l'espace d'un instant, je regrettai que nous ne soyons pas seuls. Adrian portait un jean délavé et une chemise à col en V beige. Elle faisait ressortir son teint bronzé, et semblait plus claire par contraste. Je ne me lassais pas de contempler l'extrémité du tatouage qui dépassait de sous la manche : elle m'hypnotisait complètement.

— Jonathan ne se montrera peut-être pas aussi hospitalier que Christa, murmurai-je.

— Ne te fais pas de souci. Un pas à la fois, tu te souviens ?

C'était plus facile à dire qu'à faire. Mon fils avait toujours été proche de son père et j'avais l'impression qu'Adrian aurait du mal à percer sa carapace.

Il désigna mon tablier où figurait l'inscription « *Embrassez la cuisinière* » et je sentis naître une chaleur dans mon ventre quand il déclara, avec un sourire grivois :

— J'espère que je pourrai le faire plus tard.

— Autant de fois que tu voudras, répondis-je avec une moue amusée.

Si je continuais à le regarder, j'allais finir par glousser en jouant avec mes mèches de cheveux.

— Allez, entre. Nous allons manger dehors, mais j'ai besoin d'aide pour changer la bouteille de gaz du grill.

— Conduis-moi.

Je lui fis traverser le salon où Jonathan, étendu sur le canapé, les yeux fermés, écoutait de la musique.

— Ne fais pas attention. Il arrêtera de faire la tête de lui même, expliquai-je sur un ton que j'espérais convaincant.

Adrian déposa un autre cadeau empaqueté sur la table.

— Pour quand il arrêtera, alors, dit-il en haussant imperceptiblement son sourcil percé à l'arcade.

— Tu n'étais pas obligé.

— J'avais envie. Bon, où dois-je intervenir, alors ?

Entre mes jambes. Je sursautai en m'écoutant penser. J'en restai bouche bée de surprise.

— Ça va ? s'enquit-il en percevant l'agréable gêne qui me gagnait.

— Oui et non, répondis-je à voix basse. Je me sens nerveuse et…

En manque d'affection, ajoutai-je mentalement.

— Hmm, je connais ça.

Adrian vérifia qu'aucun des enfants n'était à portée de voix avant de me chuchoter à l'oreille :

— Je vais te débarrasser de cette tension avant la fin de la nuit.

Cette promesse portée par son souffle chaud me submergea, accompagnée par son parfum, tourbillonnant dans mon ventre pour répandre une douce chaleur entre mes cuisses. Les joues brûlantes de désir, je regrettai, pour la deuxième fois déjà, que nous ne soyons pas seuls.

— Bon, où est donc ce grill ? m'interrogea-t-il d'une voix un peu plus rauque qu'auparavant.

Luttait-il lui aussi contre ses désirs ?

Je finis par expirer l'air de mes poumons et par lui montrer la cour. L'air frais me débarrassa de ces fragrances excitantes, mais il faudrait bien plus qu'une brise pour réprimer les palpitations dans ma culotte. Adrian retira la vieille bonbonne de gaz du barbecue et installa la nouvelle. Je regardai ses muscles se tendre tandis qu'il dévissait les joints et soulevait la bouteille pour la mettre de côté.

Au bout de quelques minutes, une bonne odeur de poulet, d'épices et de légumes grillés flottait dans la cour.

— Vin ou bière ? demandai-je.

— À ton avis ?

Il m'adressa un sourire en coin incroyablement séduisant, et j'allai chercher une Corona au frigo. Après y avoir introduit une tranche de citron, je retournai la bouteille, attendis que le fruit remonte, puis la remis dans le bon sens. La mousse monta et je léchai le goulot pour ne pas en répandre partout.

— Il y a des choses qui ne changent jamais, hein ?

Son regard plein de désir me transperça et j'essuyai une goutte de bière sur mes lèvres.

— Qu'est-ce que tu entends par là ?

— Que tu as une bouche faite pour le péché, murmura-t-il.

Je me tournai vers le grill en essayant de réprimer un sourire.

Christa joua sur le gazon avec son hula hoop avant de l'abandonner pour se mettre à faire la roue dans la cour.

— Tu vas finir par vomir si tu continues, ma chérie.

— Elle est douée, commenta Adrian.

— Elle fait de la gymnastique.

Dès que j'ouvris le couvercle du barbecue, Jonathan rappliqua dans la cour en humant l'odeur. J'aurais dû me douter que le fumet ferait sortir mon petit homme de sa grotte. S'il y avait bien quelque chose qui le mettait de bonne humeur, c'était la nourriture.

Adrian s'installa dans la chaise du patio et se pencha. Il observa attentivement mon fils, qui s'intéressait désormais à notre invité.

— Sympa, le tatouage, fit Jonathan en écarquillant des yeux braqués sur Adrian.

— Merci, répondit l'intéressé, dont les épaules se décrispaient.

— Jusqu'où il va ? l'interrogea Jonathan en tendant le cou.

— Jusque dans mon dos, répondit Adrian.

— Je peux voir ?

— Jonathan, ce n'est pas poli, le réprimandai-je.

— Je veux bien si tu veux bien, P.

— C'est toi qui vois, fis-je en haussant les épaules, craignant déjà ce qu'il entendait par là.

Adrian retroussa sa chemise par-dessus sa tête avant de se retourner. Je retins mon souffle en ayant un bref aperçu de ses abdos. Les muscles bien dessinés se contractèrent dans le mouvement et je m'imaginai caressant leur surface ferme.

Adrian plia ostensiblement le bras pour dissimuler le tatouage sous son cœur. Je crois qu'il n'était pas plus disposé que moi à en expliquer la signification.

Pendant que Jonathan admirait les tourbillons qui s'enroulaient autour du bras d'Adrian pour se répandre comme des vagues le long de son échine, j'eus la chance de reluquer ses larges épaules aux muscles sculpturaux. L'ado maigrelet s'était métamorphosé en mannequin sportif. Chaque fois que je regardais son corps, j'arrivais à peine à croire les changements que je constatais. Pendant ces quelques secondes, j'imaginais ces biceps et ces deltoïdes se contractant tandis qu'il me tenait dans ses bras, adossée à un mur, les jambes enroulées autour de sa taille.

— Maman, ton zucchini est en train de brûler, me prévint Christa en tirant sur mon tablier.

Merde !

Je m'emparai des pinces pour saisir les légumes, que je déposai sur l'assiette. Adrian m'adressa un sourire en coin depuis sa chaise, d'où il m'observait manifestement à la dérobée depuis le début. Dieu merci, je portais mon tablier, qui dissimulait les manifestations évidentes de mon émoi. Regrettant de ne pouvoir prendre une douche glacée, je me forçai à me concentrer. Avec un peu de chance, j'arriverais à garder ma culotte tant que les petits ne seraient pas couchés.

— Merci, dis-je. Tu peux mettre la table.

Jonathan ne détachait pas les yeux d'Adrian et finit par déclarer :

— Le piercing est cool aussi. Je crois pas que maman m'autoriserait à en avoir un.

Jonathan passa la main dans ses cheveux récemment coupés et peignés sur le côté pour maîtriser une mèche rebelle. Mon fils était sur le point de trouver son identité, mais il ne voulait pas rentrer dans le rang. Assez solide pour conserver sa personnalité unique, c'était lui qui déclenchait les modes, ce qui provoquait parfois une certaine animosité à l'école, mais j'étais ravie qu'il sache se faire respecter.

— Pas encore, répondis-je en retirant les brochettes de poulet du grill.

— Quand je serai plus vieux ? s'enquit Jonathan, plein d'espoir.

— Quand tu seras assez âgé pour prendre tes décisions, dis-je en déposant le repas sur la table. À ce moment-là, ça dépendra de toi.

— Merci ! s'écria-t-il en bondissant de sa chaise et en se jetant sur moi, manquant de me faire lâcher ce que je tenais.

Je déposai les brochettes et les légumes sur la table du patio avant de m'asseoir à côté d'Adrian. Je maintins toutefois une distance confortable entre nous, scrutant les réactions de mes enfants. Voyant qu'ils ne s'en souciaient apparemment pas, je me rapprochai d'Adrian et mon cou se décrispa.

Jonathan se saisit d'une assiette où il commença à empiler la nourriture. Le solide appétit de mon fils ne cesserait jamais de m'étonner.

— Jonathan, et la politesse ? le réprimandai-je.

Il s'assit et attendit que tout le monde soit prêt, puis rappliqua auprès d'Adrian pour demander :

— Pourquoi est-ce que tu appelles maman « P. » ?

— C'est l'abréviation de Poucelina. Ta maman a toujours été menue, et comme Poucelina était minuscule, le nom lui est resté.

— Et pourquoi on ne t'appelle pas Hulk, alors ?

Je gloussai.

— Personne ne m'a jamais donné de surnom.

— Je peux ?

— Si tu veux. Ce sera Hulk, j'imagine ?

— Ouais ! fit Jonathan, qui souriait jusqu'aux oreilles, avant de remplir davantage son assiette.

Un léger sourire se dessina sur les lèvres d'Adrian, montrant qu'il était aussi satisfait que moi de voir mon fils fraterniser avec lui.

— Christa, encore quelques bouchées s'il te plaît.

Ma fille se frottait le ventre, faisant mine d'être repue alors qu'elle avait à peine touché à son repas.

— J'en peux plus, gémit-elle.

— Tu as à peine mangé.

— S'il te plaît ! m'implora-t-elle.

— Il te faudra pourtant de l'énergie pour jouer à ce nouveau jeu, tu ne crois pas ? intervint Adrian.

— Quel jeu ? demanda-t-elle, soudain requinquée.

Je haussai les sourcils.

— Celui qui est posé sur la table du salon.

Christa bondit de sa chaise et je dus l'attraper avant qu'elle ne coure dans la maison.

— D'abord tu termines, ensuite tu pourras voir.

Pour la première fois depuis une éternité, elle ne protesta pas et commença à mâcher comme une professionnelle participant à un tournoi de dégustation. Une fois que les enfants eurent mangé et retournèrent à l'intérieur, je les entendis pousser un grand cri. « Ouais ! » Jonathan passa la tête dehors en agitant un nouveau jeu de skate.

— Merci, mon pote ! s'écria-t-il, puis il retourna au salon avant qu'Adrian ait l'occasion de répondre.

— Christa n'a jamais eu beaucoup d'appétit.

Je m'affaissai sur ma chaise. Les muscles de mon dos se détendirent, épousés par la courbe confortable du dossier.

— Les pots-de-vin, y a que ça de vrai, fit Adrian avec un sourire en coin qui m'embrasa tout le corps.

Je ramenai mes jambes sous moi en le regardant se détendre.

Pourquoi avais-je l'impression qu'il ne me quittait jamais des yeux ?

— Alors, ça s'est passé comme tu voulais ? demanda-t-il.

— Mieux. Je stressais, mais cette soirée était vraiment agréable.

Depuis sa chaise, il me dévorait des yeux. Des picotements se répandirent dans ma poitrine, descendant jusqu'à mon ventre.

— Tu sais que j'ai énormément envie de te tenir dans mes bras en ce moment ? chuchota-t-il.

— J'imagine, répondis-je en souriant.

— Bon, je mentais, ajouta-t-il en se rapprochant avec sa chaise. Je ne désire pas simplement t'étreindre. J'ai besoin de sentir tes courbes contre moi et la chaleur de ta peau dans mes paumes.

Je serrai les genoux, car une moiteur brûlante était en train de se répandre dans ma culotte quand je l'entendais parler.

— Quoi d'autre ? demandai-je à voix basse en m'approchant.

Son doigt m'effleura le genou, remontant le long de ma cuisse pour suivre ma silhouette jusqu'à ce qu'il atteigne mon décolleté.

— J'ai hâte de goûter au bout de tes seins, de les sentir durcir sous mes lèvres et de sentir tes cheveux me caresser le visage entre deux baisers. Et plus que tout, m'imaginer en toi commence à me rendre dingue.

Lorsqu'il murmura ces derniers mots, une vague de délicieux frissons déferla de son souffle et m'enveloppa. Mon corps tout entier s'enflamma aussitôt, comme pour m'implorer de céder à ces envies, toutes à la fois.

— Merde…

Je n'aurais rien su dire d'autre. Avais-je parlé à voix haute, d'ailleurs ? En avais-je quelque chose à faire ? Qu'il continue comme ça et je jouissais sur place… Nous étions en train de nous regarder l'un l'autre, à un mètre de distance, quand la sonnerie de l'entrée me fit sursauter.

— Je reviens tout de suite, dis-je en me demandant qui pouvait bien sonner.

Il était déjà dix-neuf heures. Je savais que Dan avait des rendez-vous ce soir et qu'il ne risquait donc pas de passer. En outre, il avait un double des clefs et serait donc entré sans se poser de question. Et pour son bien, j'espérais qu'il ne tentait pas de jouer délibérément les importuns.

Quand j'ouvris la porte, j'en restai comme deux ronds de flan.

— Mais qu'est-ce que tu fais là ? m'exclamai-je.

— Je viens voir mes petits-enfants, répondit ma mère en souriant.

— Mamie ! entendis-je depuis le couloir.

— Tu es venue espionner, protestai-je avant que Christa et Jonathan ne se jettent dans ses bras.

N'avait-elle pas autre chose de prévu, un autre défi de sa liste, comme rester assise dans sa voiture arrêtée en pointant un sèche-cheveux vers les conducteurs qui passaient pour voir s'ils ralentissaient ?

— Voilà ce qui arrive quand tu ne réponds pas à mes appels. Et non, je ne suis pas venue espionner. Je suis venue te libérer la soirée.

Les enfants retournèrent au salon pour jouer à leurs jeux.

— Quoi ? Maman, j'ai… Enfin, nous avons de la compagnie.

— Je sais. Et je suis sûre que toi et ta *compagnie* seriez bien mieux en tête à tête.

Ma mère laissa tomber son sac à main et un sac marin sur le banc du couloir, se regarda dans le miroir et rajusta sa coiffure.

— Maintenant, aurais-tu l'amabilité de me présenter enfin à l'homme dont j'entends parler depuis tant d'années ?

C'était vrai. Même si ma mère savait tout d'Adrian, c'était seule que j'avais rendu visite à ma tante cet été, et elle n'avait donc jamais eu l'occasion de le rencontrer quand j'étais ado.

— Je croyais que c'était toi qui lui avais dit où me trouver ?

— Au téléphone. Allez, Mia. J'ai attendu ce jour avec autant d'impatience que toi.

J'en doutais, mais connaissant bien ma romantique de mère, j'étais sûre qu'elle avait imaginé plusieurs scénarios pour nos retrouvailles, en particulier depuis que mon divorce était effectif. Dans de tels moments, je regrettais que mon père ne soit pas là pour accaparer son attention. Mes parents avaient vécu le genre de mariage de contes de fées qui s'était terminé trop tôt quand ce conducteur ivre était rentré dans la voiture de papa. Il s'agissait aussi d'une des raisons pour lesquelles ma mère ne s'était jamais entendue avec Dan : elle avait été la première à remarquer qu'il buvait plus que de raison.

Au moment où elle sortit dans le patio, ma mère resta interdite.

— Eh bien, beau morceau, dis donc !

Ouais, elle n'était pas du genre à garder son opinion pour elle, et un simple regard approbateur ne lui aurait pas suffi.

— C'est un plaisir de vous rencontrer enfin, Fran, dit Adrian en se levant et en lui faisant le baisemain comme un gentleman. Je vois que Mia a de qui tenir.

Je fis mine de tousser et murmurai « ringard » en même temps, hilare.

— C'est adorable, le défendit ma mère. Je n'ai pas l'occasion de tomber en pâmoison aussi souvent que toi, Mia. J'apprécie beaucoup, Adrian. Merci.

Elle s'accrocha à sa main bien plus longtemps qu'elle n'aurait dû, puis lui saisit le bras et se laissa guider dans le couloir.

— Et je ne mens jamais, renchérit-il avec un clin d'œil.

— Un vrai charmeur, hein ?

Elle lui tâta le biceps et se retourna vers moi.

— Tu sais, ils n'en faisaient pas d'aussi fermes, de mon temps !

— Maman !

— Oh, tu sais bien que je plaisante. Adrian, j'espère que vous prendrez bien soin de ma fille ce soir. Elle est un peu à cran, parfois, mais je suis sûre que vous saurez mieux que personne la débarrasser de son stress.

— Non mais tu vas vraiment me faire honte toute la soirée ?

— Vous voyez ce que je veux dire ? Détends-toi, Mia. Nous sommes tous adultes ici et nous savons tous comment se déroulent les rendez-vous de nos jours.

— Quand es-tu sortie pour la dernière fois, maman ? On n'est plus dans les années soixante ou soixante-dix.

— Oh, allez, fit-elle avec un petit geste de main. Un homme aussi séduisant, je ne l'aurais pas fait attendre plus de cinq minutes. La vie est trop courte pour gaspiller de précieux instants.

Ma mère avait changé depuis le décès de mon père. Elle chérissait ces moments que la plupart d'entre nous tiennent pour acquis. Vivant au jour le jour, acceptant les bons comme les mauvais, elle donnait un bel exemple, et j'aurais bien voulu me montrer à la hauteur. Elle avait passé les dernières années à réaliser un par un les rêves d'une liste qu'elle avait dressée, y compris les plus fous, avant qu'il ne soit trop tard. J'appréciais son côté anticonformiste. Combien de gens ont le culot de passer l'aspirateur dans leur gazon, rien que pour voir la réaction des passants ?

Adrian se contenta de nous écouter nous charrier, acquiesçant poliment de temps à autre. À force de papoter, je craignais que ma mère ne finisse par lui tomber dans les bras et que ce soit elle qui sorte avec lui à ma place.

— Bon, eh bien sans vouloir abuser, je vois que j'ai de nouveaux jeux à essayer avec mes petits-enfants, alors faites-moi plaisir, fichez le camp d'ici, dit-elle avec un clin d'œil.

— Quoi ? demandai-je.

— Je te donne ta soirée, mon chou. Sortez, amusez-vous, profitez.

Elle haussa les épaules, puis se pencha vers moi en ajoutant :

— Et si tu refuses de nouveau de répondre quand je t'appelle, ne compte plus sur moi pour jouer les baby-sitters à l'avenir.

— Merci, dis-je en l'étreignant. Je t'aime.

— Moi aussi, je t'aime. Maintenant, ouste, et notez bien que j'ai l'intention de dormir ici… et que je n'aime pas qu'on me réveille au beau milieu de la nuit. Je préférerais que vous rentriez demain, quand nous serons partis faire du shopping.

Elle cligna de nouveau de l'œil, comme si le sous-entendu n'était pas suffisamment clair.

J'avais les joues en feu. Pourquoi avais-je l'impression que ma mère jouait les entremetteuses? Et pour être bien sûre que je comprenne ce qu'elle voulait dire, elle fourra un objet dans ma poche en ajoutant :

— J'ai pris ça sur le chemin.

En plongeant la main, je sentis les petits emballages carrés… Il y en avait huit. Bouche bée, je n'osai rien dire, car Adrian me dévisageait. Je me changeai rapidement, enfilant une robe confortable et un court sweat-shirt que je pourrais m'enrouler autour des épaules plus tard, si jamais il faisait froid. Après avoir pris quelques affaires dans un sac, nous sortîmes. Juste avant que nous partions, ma mère tendit un sac à Adrian en lui adressant un ultime clin d'œil.

CHAPITRE 11

— Tu savais qu'elle venait ? demandai-je à Adrian tandis qu'il conduisait sa voiture neuve et ancienne à la fois.

— Possible.

Ce qui voulait dire oui. Adrian avait pris les choses en main et géré la soirée. Ça faisait un bail qu'aucun homme n'avait pas pris de décision pour moi, et j'appréciais. Ce geste me détendait. Depuis longtemps, en tant que mère isolée, je n'avais pas eu le luxe de laisser le contrôle de mon emploi du temps à quiconque. Et voilà qu'Adrian demandait à ma mère de jouer les baby-sitters pour que nous passions la nuit ensemble. Il l'avait fait pour moi, pour nous.

J'avais complètement évité ma mère depuis qu'Adrian était revenu dans ma vie, de peur d'être obligée de m'expliquer. Ce soir, en voyant briller dans ses yeux une joie qui avait disparu depuis longtemps, je comprenais enfin : elle espérait que notre relation fonctionne, plus que quiconque, et peut-être même autant que moi. Et à présent, je regrettais de ne pas l'avoir rappelée et j'avais l'impression d'être la pire fille du monde.

Nous bifurquâmes vers le nord, dans la même direction que

pour nous rendre chez lui. Le soleil ne s'était pas caché depuis midi, et on était déjà en début de soirée. Avec ce temps, on avait du mal à croire que l'automne allait commencer d'ici une semaine.

— On repart à la pêche ? Et que t'a donné ma mère dans ce sac ?

— Non, pas de pêche aujourd'hui, mais nous nous rapprochons de l'endroit où je séjourne, et ta mère m'a confié des accessoires pour cette nuit.

— Oh mon Dieu ! m'exclamai-je un peu trop vivement.

Il ne s'agissait certainement pas d'autres préservatifs, parce qu'elle m'en avait déjà donné et que ce sac était trop gros. Qu'avait-elle bien pu fourrer là-dedans ? Avait-elle parlé à Isabelle de leurs nouveaux jouets, à elle et à Taylor, et s'était-elle figurée que je pouvais en avoir besoin ?

Il me regarda juste avant que je ne me cache entre mes mains, riant de mes propres idées.

— Qu'est-ce qui t'effraie tant ? Que crois-tu qu'il contient ?

Je me tordis les mains en sentant que son regard errait entre la route et moi.

— Je t'en prie, Mia. Divertis-moi. Je veux savoir à quoi tu penses.

Je me cachai le visage en répondant :

— Je pense à des fouets et à des bandeaux pour les yeux.

Je n'arrive pas à croire que je viens de dire ça.

— Tu apprécies ce genre de chose ? s'enquit-il avec le plus grand sérieux.

Je posai les mains sur mes genoux. Pourvu que ma mère n'ait pas eu le culot de lui donner de tels accessoires !

— Je ne crois pas. Je n'ai jamais essayé.

Pourquoi cette conversation m'excitait-elle à ce point ? La simple idée de me faire fesser me mettait les nerfs à fleur de peau, alors que je n'avais jamais rien fait de ce genre. Je serrai les genoux en demandant :

— Et toi ?

Au lieu de répondre, Adrian s'engagea sur une petite route de campagne. Les graviers crissèrent sous les roues, qui soulevèrent des nuages de poussière. Il arrêta la voiture et pivota sur son siège pour me regarder.

— Pas avec ces jouets en particulier, mais j'en ai essayé d'autres.

Il me prit les mains pour mêler ses doigts aux miens, et me dévisagea comme si le moindre tressaillement de mes joues, le moindre mouvement de paupières, pouvait trahir mes pensées.

— Tu ne m'as pas l'air du genre de personne qui apprécierait une fessée, P. Et je peux te garantir que je ne te pousserais jamais au-delà de tes limites.

— Merci. Je m'en doute bien, mais cela dit, je ne te connais pas vraiment dans ce contexte.

— Tu crains qu'on ne soit pas compatibles sexuellement ?

Mon instinct me soufflait qu'au contraire, nous étions plus que compatibles. Nous allions tout déchirer, parce que non seulement le corps d'Adrian ressemblait au genre de terrain de jeux sur lequel toutes les femmes fantasment, mais après l'avoir pratiqué autrefois, je savais que ses talents et son expertise en la matière ne pouvaient que s'être améliorés.

— Non, je suis à peu près sûre que ça ira, répondis-je en sentant de nouveau mes joues s'empourprer.

Il cala sa tête contre le siège.

— Tu as pensé à moi, au lit ?

Oh mon Dieu ! Mais d'où sortait-il une question comme ça ? Adrian était sérieux, là encore. J'aurais voulu lui dire que je pensais à lui dans mon lit, sous ma douche, pendant mes cours de Pilates, quand je faisais mes courses et même en voiture… comme maintenant. Et il n'y avait pas que ça : je l'imaginais me pénétrant, sans cesse, depuis le jour où il était revenu dans ma vie.

— Oui, murmurai-je.

Plus souvent que je ne voudrais l'admettre.

Il souffla, émettant une sorte de grondement.

— J'ai pensé à nous, moi aussi. À la façon dont ton corps a changé, et je me demandais si je me rappelais précisément le goût de la peau délicate entre tes cuisses. Je me suis imaginé mordillant le bout de tes seins, j'ai songé à la façon dont tu te crisperais entre mes mains, et je me suis vu t'embrasser comme si tu étais ma déesse. Mais je ne vais pas nous brusquer. Je veux que tout se déroule naturellement, comme quand notre jeunesse. Je m'engage sur le long terme, P., et je ne ferai rien qui puisse te blesser, t'effrayer ou te gêner. Et je peux te promettre que j'envisage de te faire des tas de choses qui ne nécessitent absolument aucun jouet pour te donner du plaisir jour et nuit.

Mes tétons durcirent aussitôt. *Oh, je t'en prie, brusque-nous. Allez !*

— Et si tu continues à me regarder avec ces grands yeux éblouissants, ce sera notre seule halte ce soir, parce qu'une fois que je te tiens, je ne te laisse plus repartir jusqu'au matin.

Je pris une profonde inspiration et levai la tête pour répondre :

— Il y a peut-être vingt ans qui nous séparent, mais je m'en remets entièrement à toi, alors que ma conscience me souffle de me méfier de tous les hommes.

— C'est parce qu'on t'a fait du mal. Parce qu'une personne sur laquelle tu comptais t'a profondément blessée, et je ne parle pas de Dan.

Quand Adrian avait-il passé un diplôme de psychologie ? Personne ne savait ce qui m'était arrivé, pas même mon ex-mari. J'avais dû mobiliser tous mes efforts pour effacer cette histoire de ma mémoire. Par la suite, dans toutes mes relations, il m'avait fallu énormément de temps pour faire confiance aux hommes. Et si cette confiance était trahie… j'étais incapable de l'oublier.

— J'ai perdu trop de choses dans ma vie ; à présent, je sais reconnaître ce qui est précieux quand je le vois.

Il scruta la longue route qui s'étendait devant nous, puis se retourna vers moi. Sans prévenir, il se pencha et prit mon visage entre ses mains pour l'approcher du sien. Ses lèvres s'écrasèrent contre les miennes et il me réduisit à l'impuissance, me dominant complètement. Le souffle coupé, je sentis sa bouche appuyer vigoureusement contre la mienne. Je le laissai s'emparer de mes lèvres, et sa langue s'insinua en moi avec détermination et persévérance. Du bout des doigts, il me caressa les joues, inclinant ma tête pour obtenir l'angle idéal. Je m'abandonnai complètement à ce baiser, et mes battements de cœur me martelèrent les tympans tandis que mon sang se mettait à circuler à une vitesse phénoménale. Et au moment où je commençais à ne plus savoir où j'étais, il déclara :

— Nous finirons cette conversation dans quelques minutes. Ce sera beaucoup plus confortable, en tout cas pour moi.

Il rajusta son pantalon au niveau de l'entrejambe et redémarra. Le regard attiré par l'érection qui déformait son jean, je souris.

Je soufflai en m'accrochant au siège et en essayant de maîtriser une sensation vertigineuse. En avais-je oublié de respirer ?

Cinq minutes plus tard, il s'engagea dans une rue étroite, relativement proche de sa maison, puis se gara sur une zone de gazon, entre deux arbres. Il fit le tour de la voiture, m'ouvrit la porte, puis retira du coffre un sac à dos, un énorme télescope et le sac noir que ma mère lui avait confié.

— On va regarder les étoiles ?

— On ne va pas se contenter de les regarder, P. Je vais tellement t'épater avec mes talents que tu les verras les yeux fermés, dit-il avec un clin d'œil.

— Efface-moi ce sourire narquois ou je sors quand même mon fouet.

Où allais-je chercher tout ça ? Mon cœur se mit à battre plus fort. Je ressentis un changement dans la façon que j'avais de parler ouvertement à Adrian, sans crainte. Je commençais à redevenir celle que j'avais été, cette fille intrépide qu'il avait rencontrée toutes ces années auparavant.

— P., tu peux faire ce que tu veux de moi. Tant que tu restes à mes côtés, je suis l'homme le plus heureux au monde. Viens.

Il balança le sac sur son épaule, cala le télescope sous son bras, prit le sac noir de ma mère d'une main et m'entraîna de l'autre. Combien pouvait-il porter, au juste ? Je grimpai une colline en m'adaptant à ses grandes enjambées, et le bruit d'un ruisseau me parvint. Non, il ne s'agissait pas que d'un ruisseau. Derrière les frondaisons, je vis scintiller un cours d'eau qui dévalait une falaise. La cascade se déversait dans un vaste bassin avant de donner naissance à une petite rivière. La beauté de cet endroit entouré d'arbustes aux couleurs vives me stupéfia. J'avais toujours cru que ce genre de site n'existait que dans des pays exotiques.

Adrian posa le télescope de côté et déploya la couverture que contenait son sac. Il retira sa chemise et je restai là, à le regarder se déshabiller au milieu de nulle part, comme s'il s'agissait de Tarzan sur le point de regagner la jungle. Ses magnifiques muscles ondulaient comme s'ils réagissaient à la demande, chacun essayant de faire mieux que les autres. Je me demandais à quel genre d'entraînement il pouvait bien se soumettre pour rendre son corps aussi délicieusement séduisant. Ce n'était vraiment plus l'Adrian dont je me souvenais.

Lorsqu'il ouvrit son jean, mes yeux restèrent braqués sur ses mains, et j'aurais juré qu'il se déshabillait au ralenti. En dessous, Adrian portait un short de bain, qui semblait à peine retenu par ses hanches étroites. Sous l'étoffe, les muscles sous la taille formaient un triangle parfait.

— Continue de me regarder comme ça et l'eau fraîche ne m'aidera pas non plus, m'avertit-il en me tendant le sac plastique noir. Ouvre-le, change-toi et rejoins-moi, tu veux ?

Adrian m'embrassa, se retourna et plongea dans l'eau.

Dans le sac, je trouvai un maillot de bain. Ma mère avait naturellement choisi un modèle si minuscule qu'on pouvait à peine le qualifier de sous-vêtement.

Profitant du fait qu'Adrian venait de plonger sous l'eau, je me servis de la couverture pour me cacher pendant que j'enfilais le maillot deux pièces.

— Elle est froide ? demandai-je.

— Elle est parfaite et profonde, alors ne t'attends pas à avoir pied.

Je m'élançai du bord et plongeai la tête la première. L'eau fit descendre mon haut et je dus tirer sur les deux triangles d'étoffe avant de refaire surface.

— Incroyable ce que cette eau est claire ! commenta Adrian en nageant pour me rejoindre.

— Je t'en prie, ne me dis pas que tu as vu ça.

— Je mentirais si je prétendais que non. Tu sais, ça ne me dérange pas que tu te déshabilles, mais tu n'aurais pas perdu quelque chose ?

Il tendit le bras au-dessus de sa tête. Le bas de mon maillot pendant au bout de son doigt.

— Si !

Dès qu'il redescendit ma culotte au niveau de la surface, je la lui arrachai et me hâtai de la remettre.

— Ce n'est pas comme si tu allais la garder toute la nuit, me taquina-t-il.

Ignorant cette plaisanterie bon enfant, je nageai en direction de la cascade. Là, dans l'eau moins profonde, j'avais pied et je pus ajuster ma tenue presque inexistante. Au bout de quelques secondes, je me retrouvai dans les bras d'Adrian, qui me prit les mains par-derrière. Nos doigts s'entrelacèrent et j'inclinai la tête en la tournant pour retrouver ses lèvres. Sa bouche recouvrit la mienne. Au travers de ce baiser, je sentais sa force dominante. Je gigotai entre ses bras pour me retourner face à lui, et je me sentis soulevée hors de l'eau. Accrochée à son cou, les jambes serrées autour de sa taille, je me pressai contre lui comme une sauvage, sans parvenir à me détacher de ses lèvres divines. Il fit un pas de côté, à droite, et mon dos effleura la surface froide d'un rocher. Ma lèvre inférieure se retrouva dans sa bouche et il la mordit tendrement, puis sa langue me pénétra, frotta contre la mienne, ondulant pour caresser mes gencives.

Mes mains se perdirent dans ses cheveux humides pendant que ses doigts, placés en coupe sous mes fesses, se mettaient à les pétrir. Je sentais son érection contre moi, et je réprimai l'envie de redescendre pour la palper et le sentir grossir entre mes mains. Bon sang que j'avais envie de lui ! J'ignore combien de temps nous restâmes dans cette position, comme deux ados téméraires et complètement insouciants, savourant chaque seconde de ce baiser profond, mêlant nos bras et nos jambes, nous enveloppant l'un l'autre. Embrasser l'homme qui avait volé mon cœur avait quelque chose de tellement troublant ! Le premier à m'avoir embrassée, à m'avoir touchée, à m'avoir fait l'amour : le premier auquel j'avais dévoilé mon corps. L'homme qui m'avait vue nue pour la première fois et avait baptisé ma peau de ses mains et de ses lèvres, comme si on ne l'avait créée que pour lui.

Mon sexe ruisselait de désir. Quand mes pieds touchèrent de nouveau le sol, il fit glisser sa main libre le long de ma hanche et de ma cage thoracique pour saisir mon sein. Je bus son souffle, brûlant d'envie qu'il m'arrache mon maillot de bain. Un profond désir me chauffa le sang. Le sexe dur d'Adrian bombait son short et m'appuyait contre le ventre. Je me dressai sur les orteils, prenant garde de ne pas glisser, pour pouvoir me frotter contre lui. Chaque coup de hanche me mettait les sens à vif. Je n'étais plus une mère responsable, mais une femme qui avait mis de côté ses désirs depuis bien trop longtemps. Je voulais éprouver toutes les sensations exquises qu'il pouvait déclencher dans mon corps maintenant qu'il était devenu un homme.

— Mettons-nous à l'aise, P., dit-il d'une voix lourde de sensualité, en s'écartant.

Je remarquai alors que je m'étais mise à trembler, sans savoir si cela était dû à l'eau ou à l'émotion brute qui me parcourait tout le corps.

— Je t'en prie, l'implorai-je.

Le sourcil au piercing se releva et je n'eus pas besoin d'insister. Les lèvres d'Adrian investirent de nouveau ma bouche et sa main glissa le long de mon ventre pour se faufiler dans ma culotte. Au moment où il effleura mes lèvres du bout des doigts, je crus exploser. M'arrachant à sa bouche, j'écartai les jambes en haletant. Ses lèvres frôlèrent la peau de mon cou pour se diriger vers mes seins. Il retira le petit triangle du bout des dents et sa langue brûlante lécha mon téton dressé, tandis qu'il glissait ses doigts entre mes lèvres, jouant habilement avec la peau élastique avant de les insérer en moi. Un petit gémissement m'échappa et je me crispai autour de lui avec un hoquet de plaisir. Sa main me faisait tellement de bien ; j'aurais voulu qu'il n'arrête jamais.

Je me concentrai sur sa langue qui m'agaçait délicieusement l'aréole. Il pinça le bout de mon sein entre ses lèvres et le tira délicatement avant de le lâcher. Une fulgurance exquise me parcourut la poitrine.

— Tu es aussi rose que dans mon souvenir, murmura-t-il contre ma peau pendant que ses doigts allaient et venaient. Je voulais m'y prendre autrement, mais je crois que je ne peux plus attendre.

Il porta son autre main au cordon de son short. Il batailla un instant, grinçant des dents. J'en déduisis qu'il avait du mal à le détacher, et il ne pouvait certainement pas le retirer sans le dénouer, avec cette érection. Son autre main en coupe toujours plaquée contre ma chatte, il me titillait et m'explorait avec ses doigts, tout en me massant le clitoris dans un voluptueux mouvement circulaire du pouce. Incapable de me concentrer suffisamment pour l'aider à se débarrasser de ce fichu short, je me contentai de dire :

— N'attends pas.

J'écartai encore les jambes pour lui, prête à l'accueillir. Dans le mouvement, mon pied glissa sur un rocher. Adrian me rattrapa à temps et retira ses doigts.

— Il faut qu'on trouve un endroit plus sûr, dit-il en passant le haut de bikini par-dessus mon sein.

— C'est bien, ici.

Je saisis sa main pour la guider là où elle se trouvait auparavant. Ses yeux se fixèrent aux miens, brûlant de désir.

— Ne bouge pas, murmura-t-il. Je ne voudrais pas que tu glisses.

Sur ces mots, il se mit à genoux, tira sur ma culotte et plaqua ses lèvres entre mes cuisses.

— Oh mon Dieu ! m'exclamai-je en plaquant les mains contre la paroi de roche afin de m'y caler désespérément.

Je fermai les yeux. Ça faisait longtemps… tellement longtemps.

Sa langue chaude glissa le long de ma chair avant de s'attarder sur l'extrémité sensible, et ce premier contact me donna l'impression qu'un incendie était en train de me laper goulûment. La tension qui montait dans mon ventre allait se libérer en quelques secondes. Mes hanches se mirent à remuer d'elles-mêmes. Je ne pouvais pas me retenir. Les doigts habiles d'Adrian se mirent à m'explorer de nouveau, un à la fois, ou peut-être deux. Oui, c'était si bon. Je me tendis autour de lui, m'abandonnant au son de la cascade et aux bruits délectables qu'il produisait en me dévorant. En baissant les yeux, je vis sa tête qui s'agitait entre mes jambes. Il avait fermé les yeux et l'eau ruisselait le long de mon corps et de son visage. Je tendis instinctivement la main pour le garder au bon endroit… Sa langue s'attarda, il me suça, et je basculai.

Mon corps se cabra un instant avant de retomber, flasque, contre lui, consumé par ce spasme sublime qui m'avait parcourue, depuis l'endroit où la bouche d'Adrian nourrissait mes désirs, pour se répandre comme un éclair dans mon torse, mes bras et mes jambes. De son autre main, il me maintint les fesses tandis que je frémissais sous lui. Finalement, je lui relevai la tête et il se remit debout.

— Nom de Dieu…

Essoufflée par cet orgasme ravageur, j'arrivais à peine à me remplir les poumons. Mes doigts cherchèrent de nouveau le cordon de son short. Trop pressée, je faillis glisser.

— Cherchons un endroit plus sûr, P. Pas moyen de procéder comme je voudrais sur ces rochers glissants.

Il sourit tout contre mes lèvres, les bras plaqués contre la paroi de pierre, de part et d'autre de ma tête.

— Non, non. Je veux que tu me prennes. Genre tout de suite, ronronnai-je à son oreille, mouillant un peu plus à chaque seconde.

Son érection bombait vigoureusement son short, brûlante sous ma paume, lorsque je renonçai à lutter contre le cordon et glissai ma main à l'intérieur pour le saisir.

— Ah, P., dit-il d'une voix tendue, j'ai envie de toi aussi, mais je ne voudrais pas que tu trébuches et que tu te fracasses le crâne. Il faut que je te ramène à tes enfants en un seul morceau.

Ouais, et cette réplique me fit descendre de mon nuage d'excitation pour me ramener à la réalité. Je retirai lentement la main de son short.

— Oh mon Dieu ! Mais qu'est-ce que je suis en train de faire ? Je suis une maman.

— Tu es une femme, P. Une belle femme, sexy, avec des besoins que j'ai envie de satisfaire, encore et encore.

Il m'embrassa.

— Viens sur la couverture.

Adrian m'attrapa la main et, une fois que j'eus remonté ma culotte, nous regagnâmes la berge à la nage. Il m'enveloppa dans une serviette, puis m'enlaça en me dévisageant. Alors c'était vraiment sur le point d'arriver, lui et moi, réunis à nouveau ? Frémissant d'impatience, j'hésitai malgré tout.

Adrian s'étendit sur le dos et m'attira à lui. Couchée sur le ventre, sur la couverture, je suivis des doigts les lignes noires de ses tatouages, remontant le long de son bras et poursuivant par-dessus son épaule. Là où je le touchais, il avait la chair de poule.

Je voulais retrouver sa bouche contre moi, ses doigts en moi, son sexe palpitant contre mes parois intimes, mais n'allais-je pas trop vite ? Ça faisait à peine une semaine, et j'étais déjà prête à coucher avec lui. Mais bon sang, pourquoi étais-je de nouveau en train de douter de moi ?

— On dirait que tu as envie de dire quelque chose, commenta-t-il.

— En effet, mais je ne sais pas comment l'exprimer.

Prends-moi tout de suite.

Il me souleva le menton du bout du doigt.

— Où est passée cette gamine audacieuse qui me demandait d'être son premier ?

Ses yeux brillaient comme des flots turquoise, m'invitant à partager mes secrets les plus personnels.

— Elle a grandi. La vie l'a malmenée et lui a arraché son romantisme.

Adrian avait raison. J'avais l'habitude de dire ce que je pensais, sans tourner autour du pot, et de me battre pour ce à quoi je tenais, ce en quoi je croyais. À l'époque, je me serais sans doute davantage fiée à mon instinct qu'à présent. La fille qu'il avait connue avait disparu, d'une certaine façon, au fil des ans. Mais désormais, avec Adrian à mes côtés, je commençais à la voir lentement reparaître, comme sous cette cascade. C'était comme si j'émergeais d'un cocon dont chacune des luttes de l'existence avait tissé l'un des fils. Je commençais enfin à avoir l'impression que plus personne ne pourrait me mettre à l'écart et m'ignorer.

— Tu as le même regard que dans la voiture… C'est à propos de Dan, pas vrai ?

— Non, répondis-je en secouant la tête. Quand je t'embrasse, je me demande parfois à quel point ma vie aurait changé si nous avions trouvé le moyen de rester ensemble. Je me demande si j'aurais conservé cette audace que j'avais autrefois et si j'aurais trouvé le moyen de ne pas changer.

— Mais tu l'as toujours, cette audace ! Je le vois dans tes yeux et je le sens dans tout ton corps. Quand tu te laisses aller, c'est comme si tu redevenais telle que dans mon souvenir. Et pourtant, par moments, tu disparais et j'hésite, parce que je ne voudrais pas te mettre mal à l'aise. Qui t'a fait du mal ?

— Comment tu… hoquetai-je. Ça n'a pas d'importance. C'était il y a longtemps.

Je haussai les épaules, comme si ce petit geste pouvait effacer ce mensonge.

— Ça en a pour moi. Raconte.

Il s'étendit sur le côté, en appui sur un coude, et attendit patiemment que je parle. Même quand il se dressait au-dessus de moi, je me sentais plus protégée qu'avec n'importe qui. Je jouai avec un brin d'herbe que je venais de cueillir avant de reprendre.

— Il s'appelait Colin. J'ai commencé à sortir avec lui quand je suis revenue, cet été où tu n'étais plus libre. Il fallait que je sorte avec d'autres hommes, dans l'espoir de t'oublier.

Je levai les yeux au ciel.

— Ce que j'étais bête. J'aurais dû écouter mon cœur. Il me disait que je ne pourrais jamais oublier ce que nous avions vécu.

En soufflant, j'émis un rire nerveux, mais Adrian attendit sans piper mot. C'était tellement inhabituel pour moi ! Personne n'avait jamais manifesté l'envie de m'écouter de cette façon. Ou peut-être que j'avais tout simplement trouvé la personne idéale pour mettre mon âme à nu.

— Je n'en ai jamais parlé à personne. Vraiment personne, murmurai-je.

— Raconte, P.

La voix d'Adrian dissipa mon appréhension.

— Colin avait cette démarche pleine de confiance, comme toi… C'est ce que j'avais vu en premier chez lui. Il me faisait penser à toi, et j'avais immédiatement espéré que j'arriverais à faire fonctionner cette relation. C'est ce que j'ai toujours remarqué chez les types qui attirent mon attention… Au fond, je souhaitais qu'ils soient comme toi, d'une façon ou d'une autre. Qu'ils comblent ce vide dans mon cœur. Mais aucun n'y est parvenu.

En jetant le brin d'herbe, je constatai que mes mains s'étaient remises à trembler. Adrian les saisit dans les siennes, m'attira contre lui et me prit dans ses bras, ma tête reposant contre sa poitrine. Hypnotisée par son souffle régulier et les battements de son cœur, je poursuivis.

— Sauf Dan. Mon ex-mari était le seul homme avec lequel je sois sortie mais qui ne me faisait absolument pas penser à toi. Peut-être que c'est pour ça que je l'ai épousé. Je croyais qu'il me poussait à me dépasser, mais ce n'était qu'un moyen de me forcer à me renfermer. Enfin bref, Colin s'est révélé être le genre de connard qui ne comprend pas quand on lui dit non.

Adrian crispa la mâchoire. Je posai la tête contre sa poitrine.

— Je l'ai largué après le premier rendez-vous. Quel rendez-vous de merde… Tu te rends compte ? Quand j'y ai réfléchi quelques mois plus tard, je ne pensais plus qu'à toi… Je n'avais jamais été aussi reconnaissante de savoir que ma première fois avait eu lieu avec un homme que j'aimais de tout mon cœur.

Une larme roula sur ma joue.

— Que ç'ait été un homme comme toi qui m'ait fait perdre ma virginité avec tant de tendresse, d'amour et de compassion, et pas un violeur qui m'aurait forcée. Tu étais la meilleure décision de ma vie.

Adrian resserra son étreinte et se pencha pour essuyer délicatement mes larmes d'un baiser sur chaque joue. Je me nichai contre lui, et l'affection de ce baiser se répandit dans tout mon corps.

— Ça me rend malade d'imaginer Christa forcée d'affronter ce genre de salaud quand elle grandira. C'est pour ça qu'elle fait du karaté. J'ai besoin qu'elle sache se défendre en cas de besoin. J'aurais voulu en être capable.

— Navré que ça te soit arrivé, P. Et navré de ne pas avoir été présent pour lui casser la gueule.

Ses doigts s'enfonçaient dans mon bras.

— Je crois que je l'aurais tué.

Et j'étais sûre qu'il l'aurait fait.

— C'est du passé, mais je regrette de ne pas pouvoir effacer ce souvenir. Il me fait douter de moi. Je n'écoute pas mon instinct parce qu'il m'a trahi ce jour-là. Je voulais croire que Colin était un type bien, comme toi. Mais cet incident me rappelle combien je te suis reconnaissante d'avoir été dans ma vie, à l'époque.

Je me pressai contre lui, la joue contre son torse, juste au-dessus de ce message d'amour tatoué sur sa peau. Le rythme serein de son souffle et de ses battements de cœur combinés exerçait un effet extraordinaire sur mon âme.

— Et même si tu as énormément changé, tu es toujours cet homme bienveillant que j'ai rencontré il y a des années. C'est comme si ton cœur était prêt à m'accueillir, en permanence.

— Il ne t'est jamais fermé, P. Et il a toujours été à toi.

— Tu sais, quand Dan m'a trompée, ça m'a abattue. Pour moi, c'était exactement comme ce jour où Colin a abusé de moi… Il m'a menti pour arriver à ses fins, sans se préoccuper une seconde de mes sentiments. C'est là que j'ai su qu'on ne pourrait jamais remettre notre mariage sur pieds.

Je fronçai involontairement les sourcils en me demandant pourquoi Adrian était resté célibataire. Du bout du doigt, je caressai sa poitrine pour remonter vers son épaule, là où les lignes noires du tatouage se croisaient et se séparaient de nouveau pour descendre dans son dos.

— Pourquoi ne t'es-tu jamais marié ? Enfin, même si le fait d'avoir un enfant ne t'y forçait pas, évidemment.

— J'aurais bien épousé Jane, la mère de Matt, mais nos

problèmes ne se limitaient pas à découvrir notre rôle de jeunes parents.

J'attendis qu'il poursuive, comprenant que c'était à mon tour de l'écouter.

— Et ça ne s'est pas arrangé. Elle ne s'est jamais impliquée autant que je l'aurais souhaité dans la vie de Matt. Cet été où tu es revenue, quand tu avais dix-huit ans et que tu espérais qu'on se remette ensemble, elle était enceinte. J'ai été bouleversé le jour où je t'ai aperçue sur le terrain de foot. Je voulais me précipiter vers toi, mais ça revenait à abandonner ma petite amie enceinte. Tu es partie gracieusement et j'ai regretté de ne pas t'avoir expliqué pourquoi le temps de nous retrouver n'était pas encore venu. J'aurais bien voulu, mais ce n'était pas écrit. Quelques mois plus tard, tu as cessé de répondre à mes lettres, et j'imagine que j'ai pris ça pour un signe. Et il a fallu attendre vingt ans que les étoiles nous sourient de nouveau.

Mes cousins n'avaient pas mentionné ce détail, et de mon côté, je n'avais pas calculé que c'était durant l'été de mon retour que la petite amie d'Adrian était tombée enceinte.

— Et puis, Matt est né. Jane est tombée en dépression et elle a commencé à boire. Il lui a fallu un bout de temps pour s'en sortir, mais le temps qu'elle s'en remette, j'étais un jeune père isolé essayant d'élever son fils tout en empêchant sa femme de replonger dans l'alcoolisme, tu étais mariée, et j'ai compris que mon cœur n'appartiendrait jamais à nulle autre que toi. Mais il fallait que je m'accroche, pour Matt.

Wow !

— Tu aurais pu trouver quelqu'un d'autre.

— Mais personne ne t'arrivait à la cheville. Bien sûr, j'ai fait quelques rencontres ici et là, mais rien de sérieux.

Il respira à fond. Sa poitrine me souleva la tête avant de retomber, et je sus qu'il voulait en dire plus. Cette fois, c'était à son tour de se montrer nerveux.

— Je me suis battu longtemps pour moi et pour Jane, parce

qu'elle m'avait donné un fils magnifique. Elle a essayé de décrocher. J'ai engagé des médecins, je l'ai envoyée dans des cliniques et des centres de désintoxication. Mais rien n'y faisait. Jane donnait une nouvelle dimension au concept de « menteuse professionnelle ». Elle était capable d'affirmer qu'elle ne buvait pas tout en remplissant son verre. Et puis, j'ai trouvé des seringues chez elle et ça a été le point de non-retour. Je ne pouvais pas exposer Matt à ces conneries, alors je l'ai éloigné d'elle… et elle n'en avait rien à faire.

— Je suis désolée, murmurai-je.

— Voilà pourquoi je déteste les mensonges. Il n'en sort jamais rien de bon, et on ne peut jamais les cacher.

En imaginant Adrian en père célibataire s'efforçant d'élever son fils, je regrettai de ne pas avoir été là pour lui, même comme simple amie. De ne pas avoir eu la force de continuer à lui écrire.

— Qu'aurais-tu fait si tu n'avais pas eu d'enfants et si ton mariage avait fonctionné ? demanda-t-il tout à trac.

Je levai la tête, m'appuyant du menton contre ses pectoraux fermes.

— Honnêtement ?

Bien sûr que j'allais me montrer honnête avec lui. Comme toujours depuis le début.

— Le jour où j'ai cessé de répondre à tes lettres, je me suis promis que si ça ne marchait pas, avec Dan, je retournerais auprès de toi pour nous donner une autre chance.

Un sourire se dessina sur ses lèvres.

— J'espérais que tu dises ça.

— Tu as toujours gardé une partie de mon cœur et quand j'ai cessé d'écrire, je me suis fait une raison. J'ai relégué mon histoire avec toi aux oubliettes. Et voilà que tu arrives et que tu fais resurgir tout ce que j'avais mis de côté, le jour où tu m'as trouvée dans ce bar.

Adrian se redressa, ce qui me força à me relever. Je m'assis face à lui, les jambes sur le côté. Il me caressa la joue du dos de la main.

— On pourrait croire que nous étions jeunes et stupides, mais je n'en ai pas l'impression.

— Ah bon ?

— Non. Toi et moi, c'était le grand amour, le vrai. Je n'ai jamais aimé personne d'autre comme toi.

— Idem.

Je me mordis la lèvre.

Au fond de mon cœur, je savais exactement ce qu'Adrian entendait par là, parce que je ressentais la même chose. Mais cela remettait-il en cause l'authenticité de mon mariage ? M'étais-je rangée simplement parce que je ne pouvais pas retourner auprès de lui ? Non, j'avais aimé Dan. D'un amour différent, tout simplement. J'étais plus âgée, j'étais censée avoir pris un peu de jugeote, et je m'étais figurée que la meilleure chose à faire consistait à épouser l'homme qui tenait à moi et prétendait m'aimer. Et pourtant, je ne pouvais nier que l'amour que j'avais éprouvé, la toute première fois, avait une innocence et une profondeur particulière. Le sentiment s'était gravé dans mon cœur comme dans du marbre, et il m'accompagnerait jusqu'à ma mort. Je ne laisserais plus jamais quiconque me marquer comme Adrian l'avait fait avec son amour.

— Tu trembles. Enfile ça.

Adrian prit sa chemise et me la passa autour de la tête.

Nous parlâmes encore une heure de nos enfants, et je m'étonnai de tout ce que nous avions en commun : lui jouant les pères isolés, tandis que les heures supplémentaires de Dan me donnaient l'impression d'être une mère célibataire. Adrian avait apparemment élevé son fils en vrai gentleman et lui avait tout raconté à mon sujet. J'espérais avoir l'occasion de le rencontrer.

Les premières étoiles s'allumèrent bientôt dans le ciel. Je mis le pantalon que j'avais pris avec moi, mais en gardant la chemise d'Adrian, pour conserver son parfum. La nuit se mit à tomber, et je fus ravie qu'il s'agisse d'une des soirées les plus douces de la saison. Nous n'en aurions plus beaucoup dans les semaines à venir.

— Dommage que les étoiles aient mis vingt ans à nous sourire à nouveau, dit-il en installant le télescope. Mais tu as deux beaux enfants et j'ai Matt. Je suis sûr que ni toi ni moi ne voudrions que ça change.

— Jamais. Tu sais, peut-être que nous avions besoin des leçons que nous a apprises la vie pour nous apprécier aujourd'hui.

— Peut-être, répondit-il en réglant l'objectif. Là, regarde.

Pour la première fois de ma vie, je regardai dans un télescope. Les étoiles ressemblaient à des joyaux étincelants, d'une beauté à couper le souffle. Elles paraissaient tellement proches que j'avais envie de tendre la main pour en toucher une. Pas étonnant que Matt soit tombé amoureux de l'astronomie. Quiconque assistait à un tel spectacle devait ressentir une véritable euphorie. Le ciel était à la fois si proche et si éloigné… tout comme Adrian, pendant si longtemps.

— Tu vois les quatre plus brillantes, qui forment un trapézoïde, et les trois suivantes qui ressemblent à une poignée ? On dirait une louche. C'est la Petite Ourse.

— Hhm, fis-je en gloussant, incapable de détacher les yeux du firmament. Ma constellation. J'imagine que Matt déteint un peu sur toi.

— Oui, il rêve d'assister à une aurore boréale. Je lui ai dit que je financerais son voyage au Canada ou en Islande après son diplôme, pour qu'il aille visiter le Nord.

— Il va adorer.

— Oh que oui.

Le téléphone d'Adrian vibra au moment où une étoile filante traversait le ciel, et je fis aussitôt un vœu, pour lui et pour Matt.

— Allô, dit Adrian, et je me tournai pour lui faire face.

Ses traits s'affaissèrent et je sus immédiatement qu'il ne s'agissait pas de nouvelles extraordinaires, d'où qu'elles viennent.

— Non, c'est promis. On part à l'instant. Quinze minutes, maximum.

Il raccrocha.

Quelque chose me disait que notre rencard venait de se terminer.

CHAPITRE 12

— Qui était-ce ? demandai-je.

— Il faut qu'on parte, P. Ne me demande pas où, je t'en prie, parce que je ne peux pas te répondre tant qu'on ne sera pas arrivés.

— Alors notre soirée s'achève ici, hein ?

Ma voix tremblait un peu, parce qu'on fond de mes tripes, je savais que cet appel mystérieux n'avait rien à voir avec notre rendez-vous, qu'il avait gâché l'humeur d'Adrian et qu'il gâcherait sans doute la mienne s'il m'expliquait.

— C'est un peu ça. Fais-moi confiance. Il faut qu'on se dépêche.

Adrian ramassa la couverture, le télescope et nos maillots humides si précipitamment que je me demandai s'il n'y avait pas le feu quelque part. Une fois dans la voiture, il se crispa sur le volant et accéléra brusquement. Des nœuds dans l'estomac, je sentis mes genoux trembler. Plus nous nous rapprochions du centre-ville, plus je stressais.

— Je suis bon conducteur, P. Je ne laisserai rien t'arriver.

Mais je ne pensais même pas au trajet. Mes inquiétudes se

portaient plutôt sur les milliers de raisons qui l'empêchaient de me dire qui avait appelé ou de m'expliquer où nous allions.

— Tu me fais peur…

Une boule dans la gorge, je sentis les larmes qui se mettaient à couler. Je savais désormais qu'il était arrivé quelque chose de grave et qu'Adrian ne voulait pas m'affoler.

— Dis-moi où nous allons, l'implorai-je.

Il lâcha un long soupir.

— Nous y sommes presque. Pas de panique, mais c'est ta mère qui m'a appelé. Jonathan s'est cassé la jambe. Elle est partie à l'hôpital juste après le coup de fil.

— Oh mon Dieu ! Mais pourquoi est-ce qu'elle ne m'a pas appelée, bon sang ?

— Pour que tu ne te tortures pas et que tu ne te mettes pas dans tous tes états pendant le trajet. Elle m'a demandé de lui promettre de le garder pour moi, en ajoutant qu'elle ne jouerait plus jamais les baby-sitters si je te le disais. Ta mère a un sacré sens de l'humour.

Oui, ça lui ressemblait tout à fait, de gérer le stress en plaisantant et en menaçant quiconque refusait de filer droit. Au moment où nous entrâmes, la voiture de ma mère arrivait dans le parking. Adrian redémarra et lui laissa la place, pour aller se garer un peu plus loin.

— Maman, tu devrais passer par l'entrée des urgences ! criai-je en sortant.

En entendant le gémissement de douleur qui provenait de la nouvelle Ford de ma mère, je sentis mon cœur se serrer.

— Désolée, j'ai la tête ailleurs !

Elle ouvrit la portière arrière, l'air effaré. Je ne l'avais pas vue si inquiète depuis qu'on m'avait emmenée en ambulance pour une péritonite, six mois après la naissance de Christa.

Adrian arriva le premier à la voiture et s'avança près de ma mère.

— Hé, mon pote, ça te dérange si je te porte ? demanda-t-il à Jonathan.

Pendant que je m'approchais, mon fils émit simplement un cri et tendit les mains vers lui.

— P., reste où tu es. Christa, ma puce, sors de l'autre côté et donne la main à ta maman. Je veux que tu l'empêches de voir la jambe de Jonathan, sinon elle va s'évanouir.

Il reporta son attention sur moi :

— Passe devant et *ne regarde pas*, P.

Mon cœur battait la chamade. Était-ce grave ? Quand ma fille émergea du véhicule, elle avait les yeux rouges et son nez coulait. Elle saisit ma main comme Adrian le lui avait demandé et je m'y accrochai comme à une bouée.

— Promets-moi de ne pas regarder, P., insista Adrian en se penchant dans la voiture.

— Je te promets.

Je me cachai les yeux de l'autre main et me retournai en sanglotant. Le simple fait de penser à la jambe de mon fils me donnait la nausée. Je m'efforçai de me concentrer sur l'autocollant contre l'alcool au volant que ma mère avait appliqué sur sa voiture. Elle me tendit un mouchoir et j'essuyai le nez de Christa.

— Prêt ? demanda Adrian à Jonathan.

— Ça fait vachement mal !

Le cri de mon fils me transperça, provoquant une nouvelle vague de larmes et de nausées. Avec l'impression que mon cœur allait me sortir de la poitrine, je me tournai vers Adrian.

— Je vais y aller doucement. Demi-tour, P., dit Adrian sans me regarder.

Je me dirigeai vers les urgences tandis qu'Adrian soulevait Jonathan dans ses bras. Du coin de l'œil, j'aperçus la jambe de mon fils, pliée à l'envers.

— Oh mon Dieu ! m'écriai-je, l'estomac retourné.

Le parking se mit à tourbillonner et je me forçai à avancer en serrant la main de Christa. *Ne t'évanouis pas, ne t'évanouis pas,* psalmodiai-je mentalement, mais en vain. Cette vision qui n'avait duré qu'une seconde me vrillait le torse, et l'hôpital vacilla sous mes yeux. Ma vue se troubla, envahie de taches, et les couleurs disparurent peu à peu.

— Fran, rattrapez-la ! hurla Adrian, et je sentis ma mère qui glissait ses bras sous les miens avant que mes genoux ne fléchissent.

Je respirai à fond.

Entre temps, nous étions presque à l'entrée.

— Christa, amène ce fauteuil roulant à ta mère et rejoignez-moi à l'intérieur, lança Adrian en passant les portes coulissantes avec Jonathan dans les bras.

Ma mère me poussa dans le fauteuil et nous entrâmes quelques secondes après eux. Mon fils s'entretenait déjà avec l'infirmière de l'accueil derrière une paroi vitrée. Heureusement, le bas du mur dissimulait ses jambes.

— Ça va, madame ? me dit une autre soignante. Vous êtes toute pâle.

— Je me remettrai dans une minute. C'est mon fils, sanglotai-je.

— Voilà sa carte de santé, intervint ma mère en tendant le petit morceau de plastique. Christa, va chercher du jus d'orange au distributeur, s'il te plaît, ajouta-t-elle en donnant de la monnaie à ma fille. Et prends quelque chose pour toi aussi, ma chérie.

— D'accord, mamie. Ils vont couper la jambe de Jonathan ?

Mon estomac faisait le grand huit et je me sentis de nouveau prise de vertige.

— Non, mon chou. Mais il devra sans doute subir une opération. Mia ? Mia, tu veux t'allonger ?

Je secouai la tête. La position assise n'arrangeait pas les choses non plus.

— Vous êtes la maman de Jonathan ? demanda une autre infirmière, et j'acquiesçai. Signez ici et nous pourrons commencer à nous occuper de lui.

Elle me tendit un bloc où je griffonnai ma signature. J'étais passée tellement souvent, avec les enfants, que j'avais l'habitude. Mais jusqu'ici, nous n'étions jamais venus pour une jambe ou un bras cassé.

— Elle est en train de faire un malaise vagal, intervint ma mère. Il faut qu'elle s'allonge.

— On va lui trouver un lit.

Je tendis le cou pour voir Jonathan. Le regard d'Adrian errait entre mon fils et moi. Je voulais entrer, mais je n'exerçais malheureusement aucun contrôle sur la pression de mon sang et le manque d'oxygène. Je fermai les yeux un instant pour lutter contre le vertige. Heureusement que ma mère et Adrian étaient là ! Je ne sais pas ce que j'aurais fait sans eux.

— Respire, P., Jonathan va bien.

Adrian se tenait à mes côtés et me soulevait les jambes.

— Ils lui ont donné des antidouleurs, ils l'ont couvert et tu pourras le voir quand tu te sentiras d'attaque.

Christa revint avec une bouteille de jus d'orange. J'en bus la moitié d'un trait avant de déclarer :

— Je veux le voir tout de suite.

— Mia, tu sais que tu ne peux rien contre un malaise. Patiente un peu. Je vais retrouver Jonathan et tu me rejoindras quand tu seras prête. Allez viens, Christa.

Ma mère adressa un petit geste à Adrian et entra dans la chambre.

Les sons s'éloignaient, de plus en plus rapidement. Je ne me débarrasserais pas de ce fichu malaise tant que je ne serais pas couchée et que la circulation sanguine ne se rétablirait pas dans ma tête. Une nouvelle vague de panique me gagna.

— Tout ira bien, P., murmura Adrian.

Il installa mon fauteuil à part et approcha quelques chaises. Heureusement, ce n'était pas jour d'affluence aux urgences. Nous avions de la chance que Jonathan n'ait pas dû attendre des heures avant de voir un docteur.

— Je vais t'aider. Patiente cinq minutes et nous pourrons aller le voir.

Adrian m'aida à descendre du fauteuil et à m'allonger sur les chaises dans la salle d'attente. Il souleva mes pieds pour les caler contre sa poitrine. J'eus l'impression de sentir le sang affluer dans mon cerveau au bout de quelques secondes à peine.

— Tu vas salir ta chemise, commentai-je d'une voix ténue.

Pas étonnant qu'ils ne m'aient pas laissé entrer.

— C'est ce qui t'inquiète ? dit-il en riant.

— Comment savais-tu que j'allais m'évanouir ? demandai-je.

— Tu te rappelles ce jour où j'ai manqué une marche, chez ta tante, et où je me suis ouvert le tibia sur un morceau de verre ?

Bien sûr que je m'en souvenais. Le sang avait giclé comme s'il s'était sectionné une artère.

Je recommençai à percevoir clairement les bruits autour de moi. Un bébé qui pleurait au loin, la sirène d'une ambulance en approche et le souffle chuintant d'une vieille dame équipée d'une bonbonne d'oxygène, au coin de la pièce.

— Tu reprends des couleurs. Tu as ton téléphone sur toi ou dans la voiture ? s'enquit Adrian.

Je cherchai dans ma poche arrière et le lui tendis. Il fit défiler les noms sur l'écran et composa un numéro. Je me demandais qui il appelait.

— Salut, Dan, je suis un ami de Mia… Elle est à l'hôpital avec Jonathan… Il va bien à présent, mais vous devriez passer… Il s'est cassé la jambe… Vingt minutes… Pas de souci… À plus.

Il raccrocha.

— Ta mère ne l'a pas appelé, fit-il en haussant les épaules. Mais il vaut mieux qu'il vienne.

Évidemment, qu'elle n'avait pas appelé Dan. Elle le détestait et ne lui pardonnerait jamais de m'avoir fait souffrir, jusqu'à sa mort. Mais Adrian, qui était lui-même papa, savait bien que Dan voudrait être au courant de ce qui était arrivé à son fils. Je lui en étais infiniment reconnaissante.

— Merci, dis-je en souriant.

— De rien. Tu te sens capable d'aller voir Jonathan ?

— Oui, s'il te plaît.

Avec précaution, Adrian m'aida à me réinstaller dans le fauteuil. Il sourit à l'infirmière de l'accueil, qui rougit en appuyant sur un bouton pour ouvrir la porte. Adrian me conduisit dans la zone de triage, où nous trouvâmes Jonathan étendu sur un lit derrière un rideau. On avait dissimulé ses jambes sous les draps.

— Salut, maman, dit-il en clignant de ses paupières gonflées.

— Comment vas-tu ? demandai-je en lui caressant la main.

— Je me suis cassé la jambe. Ça fait un peu mal, mais ça va, dit-il en arrivant à peine à garder les yeux ouverts.

Ils lui avaient sans doute administré une bonne dose d'analgésiques pour calmer la douleur.

— Oui, je vois ça.

— Ils l'emmènent passer une radio dans quelques minutes, murmura ma mère.

— Je crois qu'ils vont me poser un plâtre.

— Sans doute.

— Je pourrai le signer ? pépia Christa.

— Ouais.

— Il vaut mieux que j'y aille, P., dit Adrian derrière moi. Dan ne va pas tarder.

Du coin de l'œil, je vis ma mère se rembrunir.

— Tu peux rester.

— Je sais, mais je crois qu'il vaut mieux que je parte. Je ne veux pas rester dans vos jambes.

Je comprenais, au ton de sa voix, qu'il ne souhaitait pas mettre mon ex-mari dans l'embarras ni focaliser son attention, alors que c'était son fils qui avait le plus besoin de lui. J'aurais même parié qu'il ne voulait pas qu'on le croie déterminé à accaparer le rôle de

Dan. Je désirais qu'il reste, plus que n'importe qui au monde, mais il avait raison. Dan était le père de Jonathan et son ego de mâle risquait de le faire passer en mode « homme des cavernes » s'il voyait Adrian avec nos enfants.

— Prenez soin de vous, dit-il en embrassant ma mère sur la joue, puis en me donnant un baiser avant de s'apprêter à partir.

— Hé, Hulk ! s'écria Jonathan.

Lorsque Adrian se retourna, je vis qu'il réprimait un sourire.

— Oui ?

— Tu signeras mon plâtre, toi aussi ?

— Bien sûr. (Adrian se tourna ensuite vers moi.) Appelle-moi quand tu rentres si tu as besoin de quoi que ce soit, P.

Je le suivis du regard tandis qu'il passait l'entrée. Et mon cœur se mit à se languir, désespérément vide, dès qu'il eut disparu.

CHAPITRE 13

Si l'on faisait abstraction du plâtre de Jonathan, dès le samedi, notre vie était revenue à la normale. Dan et ma mère passèrent le week-end à la maison, occupés à courir en tous sens pour exaucer le moindre désir de mon fils. Cela dit, il n'en abusait pas : c'était sans doute l'un des patients les plus agréables qui soient, et il passa son temps à jouer avec sa Xbox, analysant scrupuleusement tous les sauts de son skater.

Il allait devoir garder le plâtre huit semaines. Nous prîmes nos dispositions pour conduire Jonathan à l'école et le chercher en voiture plutôt que de lui faire faire le trajet en bus, et il était ravi de se servir de ses béquilles.

Dan annula tous ses rendez-vous du week-end et se proposa de faire le chauffeur pour les enfants pendant la semaine. Il joua à tous les jeux préférés de Jonathan avec lui et, pour la première fois depuis très longtemps, nous arrivâmes même à regarder un film en famille, tous ensemble.

Mais tout le monde avait beau être là, je ne pouvais nier le vide qui me creusait la poitrine. J'avais appelé Adrian à notre retour de l'hôpital. Naturellement, il m'avait conseillé de me concentrer sur Jonathan pour le moment, en ajoutant que nous resterions en contact pendant la semaine, mais à chaque heure qui passait, le poids de son absence augmentait de façon exponentielle.

On frappa doucement à la porte de ma chambre.

— Entrez.

— Je vais bosser sur mon ordinateur une petite paire d'heures en bas avant de rentrer. Tu as besoin de quelque chose ? demanda Dan.

— Non, merci. Je suis crevée.

Il s'agissait d'un épuisement émotionnel plutôt que physique. Quand je tentais de me détendre, je n'arrivais qu'à penser à Adrian et à me rappeler à quel point il me manquait, mais je ne pouvais décemment pas m'absenter pour l'instant.

Dan se balançait d'un pied sur l'autre.

— Ce type que tu vois, les enfants l'ont rencontré, alors ?

— Oui, en effet. Je l'ai simplement présenté comme un ami, mais je crois que Jonathan est assez grand pour comprendre qu'il n'y a pas que ça.

— Et je vais le voir, un jour ?

Je haussai les sourcils en me tournant sur mon lit.

— Tu as envie ?

— Oui et non, fit-il avec un rire nerveux. Oui parce que je suis curieux. Non parce que Jonathan n'arrête pas de l'appeler Hulk.

Je fus prise d'un hoquet de rire.

— J'espère que ça ne te dérange pas que je sorte avec quelqu'un, dis-je enfin.

— Ça m'ennuiera toujours de te savoir dans les bras d'un autre, mais j'ai eu ma chance et j'ai merdé. J'ai vraiment joué au con. Ce n'est pas facile de se rendre compte qu'on a tout foiré et perdu la seule personne qu'on aimait. Mais je te respecte suffisamment pour savoir quand laisser tomber. Tu es la femme la plus intelligente que je connaisse, Mia. Je suis navré de ne pas l'avoir compris plus tôt. Désolé de t'avoir fait du mal.

J'étais flattée. Je n'étais pas habituée à ce genre de louanges ni à cette honnêteté de la part de Dan, et je ne savais pas vraiment comment réagir. Je me disais qu'il devait me réserver un coup fourré… mais je ne voyais vraiment pas lequel.

— Merci. Ça compte beaucoup. Et je te présenterai, dès qu'on pourra organiser quelque chose.

— Tu sais, c'est peut-être une bonne chose que je ne l'aie pas encore rencontré. Ça me donne au moins le temps de me faire à l'idée.

— Dan…

— Je sais que tu n'aurais pas impliqué les enfants si ce n'était pas du sérieux, ce qui me rend un peu jaloux, je dois l'avouer.

Il marqua un temps avant de reprendre.

— Désolé. Je n'aurais pas dû dire ça. En tout cas, ça doit être un brave type, puisqu'il m'a appelé pour me demander de venir à l'hôpital.

Je soupirai.

— En effet.

— Bonne nuit, Mia.

— Bonne nuit, Dan.

Je m'étendis sur mon lit avec une impression de soulagement. Pour la première fois depuis qu'Adrian était revenu dans ma vie, je sentais naître un espoir : celui que notre relation compliquée puisse fonctionner malgré tout. Je pouvais trouver un moyen pour qu'Adrian ne fasse pas que s'intégrer, mais qu'il devienne un membre de la famille.

Je me mis à tripoter mon téléphone. L'écran brillait dans le noir. Il était déjà plus de vingt-deux heures, mais Adrian me manquait tellement qu'il fallait au moins que j'entende sa voix. Je composai le numéro, et mon cœur se mit à tambouriner.

— Salut, P. Ça va ? Comment se porte Jonathan ?

— Salut.

Je frétillai sur mon lit en entendant sa voix grave. C'était exactement ce dont j'avais besoin à l'instant. Non, en fait j'avais besoin de sa présence, dans mes draps, mais il fallait bien que je me contente de sa voix pour le moment.

— Ça va. Jonathan va bien mieux à présent.

— Tu as l'air triste.

— Je suis fatiguée et tu me manques. Désolée que notre soirée de vendredi ait été écourtée.

Il poussa un long soupir.

— Tu me manques aussi. Mais on pourra se rattraper.

— Ma mère reste tous les après-midis de la semaine pour s'occuper de Jonathan. Dan a adapté ses rendez-vous aux horaires scolaires, lui aussi.

— Très bien. Tu as bien besoin de soutien en ce moment.

— Je sais, mais je peux dire adieu à mon intimité.

Je remuai sur mon oreiller et tendis la main vers l'autre, juste à côté. Ça faisait bien longtemps que je n'avais pas partagé mon lit avec quelqu'un que j'aimais.

— Et que ferais-tu si tu trouvais un moment d'intimité ?

La voix sensuellement rauque d'Adrian vibra dans le récepteur.

— Je te retrouverais, pour terminer ce que nous avions commencé.

Je fermai les paupières, ravie qu'il ne voie pas que je rougissais.

— Ah, je me rappelle t'avoir promis de t'aider à te débarrasser de ton stress, et je n'ai pas tenu parole.

Je pouffai.

— Ah si, mais j'en veux davantage, maintenant.

— Moi aussi. Ce qui s'est passé sous la cascade n'était qu'un début. Tu avais un goût délicieux.

Je me cachai le visage dans la main.

— Je n'arrive pas à croire que tu m'aies fait ça.

— Et je ne me serais pas arrêté là. Où es-tu en ce moment ?

— Au lit.

— D'accord. Je m'y mets aussi. Qu'est-ce que tu portes ?

Il va vraiment le faire ? J'avais l'impression qu'une joyeuse petite danse commençait entre mes jambes.

— Un caraco en dentelle et une culotte assortie.

— Menteuse. Tu as toujours été plutôt tee-shirt.

— Comment tu sais ? m'étonnai-je.

Et pourtant, il avait vu juste. Je considérai mon tee-shirt à col en V, naturellement accompagné d'un shorty.

— Il y a des choses qui ne changent jamais, P. Quand on partait camper, tu étais la seule à ne porter qu'un tee-shirt et un short pour dormir, pendant que les autres gambadaient dans leurs pyjamas sexy. Et je sais que tu aimes ton confort au lit. Qu'est-ce que tu fais d'autre dans tes draps, toute seule ?

— Rien.

Cette fois, la chaleur qui m'était montée aux joues redescendit pour se répandre dans ma culotte et s'y installer. Le besoin lancinant réveillait ces pulsions que je n'arrivais pas à contenir en présence d'Adrian.

— Encore un mensonge. Tu veux savoir ce que je suis en train de faire ?

Oui !

— Non.

De nouveau, Adrian ignora mon bobard.

— Je suis en train de me caresser en pensant à ta peau douce et à tes lèvres. La façon dont elles rosissent, pulpeuses, lorsque je t'embrasse, et la façon dont ta poitrine se frotte contre la mienne quand le bout de tes seins durcit. Tout ce que je voudrais, c'est les prendre dans ma bouche pour assouvir ce désir.

Je fermai les yeux et sentis mes lèvres se contracter tandis que mes tétons se transformaient en petits cailloux.

— Tu mens aussi, dis-je doucement.

— Touche-toi, murmura-t-il.

— Je ne peux pas, répondis-je.

— Pour moi. J'imagine tes doigts à cet endroit, qui te préparent pour moi.

Adrian m'avait tellement excitée que je n'avais aucun moyen de refuser. Le souffle court, je m'exécutai et descendis ma main le long de mon ventre. Frôlant la mince bande de toison, je m'aventurai plus bas, séparant les lèvres pour sentir l'humidité qui se rassemblait à l'entrée de mon sexe. Un doux gémissement m'échappa.

— Raconte-moi ce que tu ressens.

J'avais vraiment gémi tout haut ?

— C'est bon.

J'entendais son souffle rauque.

— Tu mouilles ?

— Oui.

— À quoi tu penses ?

— À ce que tu me ferais, à tes doigts…

Je massai la chair humide, remontant jusqu'au clitoris.

— À ma bouche, à ma queue, dit-il.

— Oui.

— Je serre plus fort, j'aimerais que tu viennes t'asseoir sur moi, toute chaude, et que tu te mettes à remuer de haut en bas.

Mes doigts effectuèrent des cercles autour de mon petit bouton, et dès que je sentis les premiers élans, j'accélérai la cadence.

— Continue, P. Ne t'arrête pas, dit-il d'une voix éraillée. Parce que, je ne peux pas m'arrêter non plus, putain.

Mes fesses se crispèrent lorsque j'entendis ces mots. Je passai mes doigts sur mes lèvres pour rassembler mon nectar et m'humidifier le clitoris, puis je massai de plus en plus vite, de plus en plus fort, avec l'index et le majeur. Mes sensations s'accentuaient tandis que j'entendais Adrian haleter à l'autre bout du fil. Les grognements et les bruits qu'il émettait suffirent à me faire basculer. Je l'imaginai tenant son sexe turgescent, la main pressant et tirant la peau fine sur le muscle. Je me demandai s'il me remplirait autant que des années auparavant, s'il se hâterait de jouir ou s'il prendrait son temps.

— Ça vient, murmurai-je.

— Je vais jouir avec toi, P. Je m'imagine en toi.

Sa voix se brisa au moment où je prodiguais la dernière insoutenable caresse à mon clitoris. J'empoignai un de mes seins de ma main libre et je serrai lorsque l'orgasme me traversa comme un coup de feu et que mes jambes se mirent à trembler sous les couvertures. Je recourbai les orteils comme pour m'accrocher au plaisir et le faire durer, puis je me relaxai et l'apaisement s'installa ; mes muscles décontractés se liquéfièrent. J'ouvris les yeux, je détendis mes épaules, décrispant mes fesses et mes cuisses, complètement défaite. Mon cœur me martelait les côtes.

— Ça va ? demanda-t-il.

— Oui, soufflai-je. Beaucoup mieux.

— Une seconde, j'en ai mis un peu partout, dit-il en riant.

— Les mecs n'utilisent pas une chaussette, pour ce genre de chose ? gloussai-je.

— Pas quand je pense à toi, P. Je n'ai pas le temps d'aller chercher une foutue chaussette.

— Je n'arrive pas à croire qu'on ait fait ça.

— Hé, c'est une première pour nous.

Ma poitrine frémit de nouveau.

— Mais oui, c'est vrai ! dis-je.

— J'aurais vraiment voulu être à tes côtés. Comme ça, j'aurais pu te prendre dans mes bras et te sentir t'endormir après t'avoir fait l'amour jusqu'à plus soif.

— Moi aussi.

Cette envie lancinante en devenait presque douloureuse. Cela dit, nous n'aurions sans doute pas beaucoup dormi, dans ce cas.

— Quand puis-je te revoir ? demanda-t-il.

— Je ne sais pas trop. Les soirs, c'est difficile. Il faut que je demeure avec Jonathan pour le moment. Il va devoir rester immobile encore une semaine, et même avec maman et Dan dans le coin, je me sens coupable de sortir.

— Et si on déjeunait ensemble, mercredi ? Je peux m'absenter du bureau une petite heure.

— Tu as espionné mon planning ? m'exclamai-je en riant.

C'était le seul jour de la semaine où je pouvais me libérer.

— Bien sûr.

— OK pour un déjeuner, alors. Envoie-moi l'adresse par SMS et j'y serai.

— Hé, P. ?

— Oui ?

— Ne raccroche pas. Je veux t'entendre t'endormir.

— D'accord.

Comme une ado désireuse de rester au bout du fil jusqu'au matin, je posai le téléphone à côté de moi. Je fermai les yeux et je me nichai dans l'oreiller en écoutant le souffle régulier d'Adrian, pressée d'être à mercredi.

CHAPITRE 14

J'arrivai à Cambridge Mill, le restaurant le plus cher de la ville, à midi moins dix. Au loin, derrière une masse de nuages noirs, un arc-en-ciel encadrait à la perfection le bâtiment à l'entrée duquel Adrian m'attendait. Je ne l'avais jamais vu en tenue de travail jusqu'alors et... Eh bien, il y avait vraiment de quoi attirer mon attention... ou celle de n'importe qui, du reste. Il paraissait déplacé dans les rues de cette ville minuscule, mais on l'aurait probablement remarqué même parmi les businessmen les plus fortunés de New York.

Sex-tra-or-di-naire !

En passant mes mains sur ma robe, je souris : j'avais fait le bon choix en me décidant pour une tenue sexy mais élégante, tout à fait appropriée pour ce genre d'établissement de luxe.

Adrian m'accueillit par un délicieux baiser sur la bouche. La sensation persista, au même titre que le parfum de son aftershave.

— Nous n'étions encore jamais allés au restaurant ensemble, n'est-ce pas ? demanda-t-il en me prenant la main et en ouvrant la porte.

— Non. Encore une première ?

— Ça n'a jamais été aussi agréable d'être ton premier, répondit-il avec un clin d'œil en entrant.

Au son d'une musique douce, une serveuse nous salua.

— Bonjour, M. Reed. Votre table est prête.

La femme blonde et guillerette aux cheveux hérissés nous conduisit à la salle principale. Alors que je l'imaginais tout à fait en tatoueuse ou en batteuse de groupe de rock, elle se conduisit avec un professionnalisme parfait. Les murs de la grande salle, en pierre apparente comme le reste de l'intérieur du restaurant, comportaient çà et là des décorations en fer forgé. Une appétissante odeur de cuisine chic flottait dans l'air.

— Adrian, c'est un restau bien trop huppé pour un simple déjeuner, murmurai-je à son oreille.

— J'essaie de rattraper les vingt ans de déjeuners manqués.

J'adorais la façon qu'avait son piercing de remonter quand il posait sur moi ce regard hypnotisant. Quant à sa fossette au menton, c'était une vraie incitation au péché.

— Ne t'inquiète pas, P., je suis un homme responsable. Je ne t'inviterais pas ici si je n'en avais pas les moyens.

Sa manière de lire mes pensées et de prévenir mes inquiétudes ne cessait de m'épater.

On nous installa dans un box privé dominant les tables du niveau inférieur, près d'une cheminée. Bien qu'isolés de la salle principale et des regards des convives du rez-de-chaussée, nous avions toujours l'impression d'être dans le restaurant, car nous pouvions voir toutes les autres tables. Une marguerite dans un vase ornait la nôtre. Je remarquai qu'il s'agissait d'une décoration différente de celles des autres tables. Cet homme avait tout prévu, dans les moindres détails.

— Je m'appelle Anna et c'est moi qui serai votre serveuse aujourd'hui, dit la jeune femme. Désirez-vous quelque chose à boire ?

— Du thé glacé, s'il vous plaît, répondis-je.

— Un jus de canneberge, dit Adrian avant de se pencher au-dessus de la table dès que la serveuse eut disparu. Comment va Jonathan ?

— Il attend que Hulk vienne signer son plâtre.

— Mais comment s'y est-il pris pour se casser la jambe, au fait ? demanda Adrian en ouvrant le menu.

— Il voulait montrer à grand-mère la nouvelle figure qu'il venait de découvrir dans son jeu de skate, mais il ne s'était pas suffisamment entraîné.

Adrian écarta le menu, gêné.

— Je m'en veux, dit-il en se passant la main dans les cheveux.

— Pourquoi ?

La culpabilité se peignit sur ses traits.

— Ce n'est pas ta faute. Il n'aurait jamais dû se lancer dans une figure aussi difficile.

— Oui, mais il l'a vue dans le jeu que je lui ai offert.

— Tu n'aurais jamais pu l'en empêcher. Tu sais comment sont les garçons. Jonathan aurait dû se montrer plus prudent.

Il se cala dans sa chaise. Il avait du mal à ne pas s'en vouloir de la témérité de Jonathan. La serveuse apporta nos boissons et nous commandâmes. Dès son départ, nous reprîmes la conversation là où elle s'était arrêtée, sans interruption. Je n'en revenais toujours pas d'être aussi à l'aise avec Adrian.

— Je me dis que je devrais lui faire un cadeau pour me racheter.

— Comme quelqu'un me l'a dit un jour, les pots-de-vin, y a que ça de vrai. Mais il sera aux anges si tu signes son plâtre.

Je me penchai pour lui prendre la main.

— Je suis sérieuse. N'en fais pas tout un plat, je t'en prie.

— D'accord, je vais m'en contenter pour le moment.

Il me frotta le poignet.

— Et merci de m'inviter à déjeuner, ajoutai-je. J'ai vraiment besoin de laisser tout ça de côté.

— C'est quand tu veux, P. Le travail se tasse enfin un peu de mon côté. Encore un contrat et on sera vraiment fixés. Et je serai ravi de disposer de plus de temps pour nous. Je te dois encore un vrai rendez-vous en adultes.

Il attrapa une serviette et éternua.

— À tes souhaits. Mais ce n'est pas déjà ce qu'on fait ? Un rendez-vous ?

Il secoua simplement la tête.

— Merci. Je parlais du genre de rendez-vous où on n'a pas de public et où je pourrai enfin te faire ce que j'envisage.

Je retins mon souffle en espérant qu'il n'allait pas passer en revue cette liste affriolante qu'il m'avait décrite à la cascade et au téléphone… sinon j'allais devoir passer aux toilettes pour me calmer.

— Pas facile d'être parent et adulte, hein ? commenta-t-il. Où est passé le bon vieux temps, où nous pouvions nous éclipser et nous amuser comme bon nous semblait ?

La chaleur se répandit dans mon ventre tandis que je me rappelais toutes les fois où nous avions trouvé l'occasion de nous en donner à cœur joie, dans notre jeunesse. Au grenier, dans le verger contre le pommier, dans ce site de construction désert où l'oncle d'Adrian bâtissait une maison neuve, au milieu des champs dorés où il m'avait emmenée la première fois... Peu importait l'heure ou ce que nous portions, du moment qu'il avait l'occasion de me prendre et que je pouvais me coller contre ses lèvres pulpeuses.

Notre déjeuner arriva à point nommé pour me sauver du regard intense d'Adrian. Je n'étais pas prête à lui révéler ce que je pensais, pas cette fois.

— Tu as un petit air de débauchée, déclara-t-il.

— À quoi ça ressemble, un air de débauchée ?

— Eh bien il me dit que tu penses à nous deux. Ton nez fait un petit pli, juste ici.

Il tendit la main pour me caresser l'arête du nez.

— Alors, comment se porte ton business ? C'est une grosse société ? demandai-je après m'être raclé la gorge.

— Bien joué, P. Tu essaies de changer de sujet. Je peux donc en déduire que tu nourrissais des pensées salaces.

— Mais non, fis-je, les joues en feu.

— Et voilà que tu rougis, donc j'avais raison.

— Mais arrête ! me récriai-je en gloussant.

— Ma société est plutôt importante pour une ville de cette taille, mais ça implique beaucoup de risques. Je dépends de certaines industries particulières et si elles se cassent la figure, je me retrouve le bec dans l'eau, conclut-il en souriant.

— Ça m'a l'air bien compliqué.

— Je suis un expert quand il s'agit de simplifier, ce qui fait la joie des actionnaires.

— Tu as des actionnaires ?

— Oui. Ça t'étonne ?

— Non, ça me fascine.

— Ma société ne produit pas que les verrous de sécurité dont je t'ai déjà parlé, elle s'occupe de systèmes entiers que nous distribuons dans le monde, et nous investissons directement chez nos clients. S'ils prospèrent, nous aussi.

— Et à côté de ça, tu vis dans une maison aux fenêtres et aux portes grandes ouvertes, et tu conduis une Jeep.

— Je te le disais, j'aime me simplifier la vie. Tu préférerais une autre voiture ?

— Non, répondis-je en riant. Autant que tu conduises un véhicule où tu te sens bien.

— Je t'avouerais que j'étais tellement hébété en arrivant que j'ai acheté la première voiture du parking. Ensuite, ils me l'ont changée pour un modèle de location qui n'avait plus cette odeur de véhicule neuf. Mais je n'aime pas trop la tenue de route et je voudrais me procurer quelque chose de plus robuste. Ça te dirait, de faire du shopping un de ces jours ?

— Bien sûr, tu as déjà une idée ?

— Une Land Rover, répondit-il en souriant.

Je levai les yeux au ciel.

— Quoi ?

— Je croyais que tu allais parler de Rolls Royce, ou au moins de Mercedes.

Intérieurement, je me félicitai en souriant de ce choix, qui correspondait exactement à la nature d'Adrian. Bien qu'apparemment aisé, il choisissait un véhicule de classe moyenne, vivait dans une maison ordinaire sans le genre de luxe auquel la plupart des riches étaient habitués, et restait aussi humble qu'à notre première rencontre. Sa fortune sans doute considérable ne l'avait pas beaucoup changé.

— Nan !

— Tu ne réalises donc pas l'étendue de ton succès et de ce que tu possèdes ?

— Mais si. Je suis bien conscient de ce que j'ai et de ce qui me manquait avant d'arriver ici. Je m'en sors très bien, mais ça ne voudrait rien dire si tu ne faisais pas partie de ma vie. Ça ne voulait rien dire jusqu'à présent.

Adrian soutint mon regard. Je restai immobile, à écouter sa voix qui me parvenait de l'autre bout de la table. Sa façon de me considérer avec dévouement, avec envie et avec vulnérabilité me donnait l'impression que sa vie entière dépendait de moi. Il ne faisait pas mystère de ses intentions : il était venu pour moi. Et pourtant, j'ignorais si je lui suffirais, même si je l'espérais de tout mon cœur. Je souhaitais ardemment qu'il fasse partie de ma vie. Je me débarrassai des doutes que j'éprouvais au sujet du mariage et de l'avenir de notre relation.

Un pas à la fois, pensai-je.

— Mon rêve, c'est d'offrir une Escalade à ma mère, déclarai-je.

— Pourquoi ?

— Parce que c'est une voiture sûre. Elle se sentirait mieux. Elle en a tellement bavé après l'accident. Dans une voiture plus sécurisée, mon père s'en serait peut-être tiré.

— Je suis navré.

— Ce n'est rien. Je m'inquiète simplement pour ma mère. C'est la seule parente qu'il me reste sur ce continent.

— On dirait qu'elle se débrouille bien, avec ses clubs et ses associations. C'est à croire que cette femme ne dort jamais.

— Comment sais-tu ce qu'elle fait de son temps ?

— Eh bien, elle m'appelle.

— Elle t'appelle ? Quand ? Pourquoi ?

— Tous les deux ou trois jours. Elle s'inquiète à ton sujet et veut te voir heureuse. Elle a même évoqué le fait que je puisse devenir son beau-fils.

— Elle est impossible ! soupirai-je. Que lui as-tu répondu ?

Adrian me jeta un regard sous ses cils épais et élégants avant de répondre :

— Que j'en serais ravi.

— Adrian, tu sais bien que je ne pourrai jamais me remarier, tout de même ?

Il se rembrunit, me considéra un instant, puis sourit d'un air compatissant avant de murmurer :

— Pas à pas, P. De tout petits pas. Tu m'excuses ? Il faut que j'aille aux toilettes.

— Bien sûr, répondis-je en me demandant si ce que je venais de dire ne l'avait pas dépité plus qu'il ne voulait l'admettre.

Il fallait qu'Adrian comprenne qu'il était tout pour moi et que je voulais qu'il fasse partie de ma vie… mais pas en tant que mari. Je ne pouvais pas me permettre d'échouer de nouveau. Non, je ne pouvais pas le décevoir. Pas question d'être la raison potentielle de son divorce, jamais de la vie. La vie n'était pas facile, et j'avais beau m'accrocher à l'idée que nous vivrions un mariage heureux, je ne me berçais pas d'illusions : les mariages parfaits, ça n'existe pas, et Adrian ne méritait rien de moins que la perfection.

Tandis qu'il s'éloignait, j'eus l'occasion de mater ses fesses musclées qui oscillaient à chaque pas, ce qui m'évita un moment de songer à ma mère et à mes dispositions en matière de mariage. Adrian avait laissé sa veste sur le portemanteau de notre box, ce qui me permettait de l'admirer dans toute sa splendeur. Je ne m'en lasserais probablement jamais. Il portait sa chemise et sa cravate lavande comme un professionnel, et je me demandai comment il se comportait au travail. Traitait-il tous ses employés avec autant de bienveillance que lorsque je l'avais écouté au téléphone ? Était-il respecté et apprécié ? Sans aucun doute, il s'acquittait de ses tâches avec un soin et une précision étonnants, parce qu'il était ainsi fait, tout simplement. Par conséquent… oui, c'était probablement le patron idéal.

Je jetai un coup d'œil par-dessus la rambarde pour voir les clients du rez-de-chaussée. C'était l'heure de pointe où les patrons de la ville se rassemblaient pour déjeuner. La plupart étaient des hommes qui posaient leurs tablettes devant eux en mangeant. Leurs costumes impeccables sentaient certainement la réussite et l'argent, mais aucun d'entre eux n'arrivait à la cheville d'Adrian. Tous avaient le dos crispé, les yeux maussades. Ils traînaient avec eux tous les problèmes de leur job, sans jamais lâcher prise. Je me sentais privilégiée de pouvoir profiter de mon déjeuner sans me soucier de réunions, de plannings, de délais et de prévisions. Je m'étais toujours focalisée sur ma famille. Quant à Adrian, il semblait capable de bien séparer son travail et sa vie personnelle.

La serveuse apporta nos commandes. En humant le parfum alléchant de ma salade californienne au fromage de chèvre, aux fraises, aux oignons sautés et au poulet grillé, je sentis mon estomac crier famine. Le repas d'Adrian consistait pour sa part en un plat de champignons portobello farcis sur salade d'épinards, de cœurs d'artichauts et de framboises. C'était à tomber, et j'avais hâte qu'il revienne pour pouvoir attaquer le déjeuner.

Tandis que je scrutais les clients un par un, une posture familière attira mon attention : j'aperçus Dan de profil, installé à une table près du bar, seul.

Et merde !

Bien sûr, ma journée ne pouvait pas être toute rose. Quand la serveuse conduisit Amanda auprès de lui, je me crispai sur ma chaise. De tous les restaurants de la ville, pourquoi fallait-il qu'ils se retrouvent ici ? Parce que Dan savait que l'endroit était trop cher pour moi ? Mais pourquoi déjeunaient-ils ensemble, d'ailleurs ? Ils ne pouvaient pas se retrouver à son bureau ? Non, mieux valait que je chasse *cette* image… Étant donné qu'ils travaillaient ensemble, j'espérai qu'il s'agissait d'une réunion professionnelle, mais mon instinct me soufflait le contraire… Je n'avais rien contre le fait que Dan ait des rendez-vous, mais qu'il la retrouve, *elle*, fit monter la température de quelques degrés autour de mes tempes.

Le rire vulgaire qu'Amanda émit en s'approchant de la table de Dan me transperça le cœur. Elle se pencha pour l'embrasser sur chaque joue, le genre de baiser où les lèvres ne touchent même pas la peau de l'autre. Je trouvai cette attitude impersonnelle, comme si elle jouait la comédie. Des frissons me parcoururent les bras. De toutes les femmes de la ville, il fallait que ce soit elle qui écarte les cuisses pour lui. Je grimaçai de dégoût, pleine de haine à son égard. Une haine que je n'aurais jamais éprouvée vis-à-vis d'une femme qui se respectait. Dan méritait mieux, simplement parce que cette garce n'avait pas un gramme d'honnêteté dans tout le corps.

Elle s'assit au moment où la serveuse apportait un nouveau verre à Dan et le débarrassait du précédent. En voyait le liquide jaune, je sentis une boule dans ma gorge. Mon ex-mari s'était remis à boire en pleine journée… et probablement même quand il conduisait. Je remuai sur ma chaise, gênée, un goût aigre dans la bouche. Quand Adrian reparut, je dus faire un effort pour sourire.

— Tout va bien ? demanda-t-il en haussant les sourcils tandis qu'il s'asseyait.

— Oui, ça sent rudement bon.

— Pourquoi cette tête d'enterrement, alors ? m'interrogea-t-il en déployant sa serviette de table sur ses genoux.

— Tu me gâtes. Je pourrais m'habituer à ce genre de déjeuner, tu sais ? ajoutai-je avec une pointe de nervosité.

Si Adrian l'avait remarquée, ce qui était sans doute le cas, il n'en laissa rien paraître.

— Je ne voulais pas te froisser, dit-il en retrouvant son sourire en coin, ce qui apaisa mon angoisse.

— Je sais. Je suis désolée. Sortir au restaurant, c'est tout nouveau pour moi, voilà tout.

Adrian posa sa fourchette et tendit la main pour prendre la mienne.

— P., c'est moi, tout simplement. Je te sens nerveuse. Tu veux que je te débarrasse de cette tension avec des méthodes à l'ancienne ? dit-il en haussant le sourcil au piercing.

Mon regard erra vers le rez-de-chaussée au moment où Amanda retirait sa chaussure à talon haut et tendait le pied sous la table pour caresser la jambe de Dan et la glisser sous son pantalon.

— C'est ça, qui te met mal à l'aise ? demanda Adrian.

— Hein ?

— Voir cette femme avec qui Dan t'a trompée flirter avec un autre, qui est sans doute marié ?

Adrian devait la reconnaître après l'avoir vue le jour où nous avions déjeuné au parc après mon cours de Pilates.

— Cet « autre », c'est mon ex-mari. Oui, ça me met mal à l'aise de les voir tous deux alors qu'il m'a juré avoir mis fin à leur relation. Et ce n'est pas parce que c'est une autre femme, mais bien parce que c'est elle qui a tout gâché entre nous, et qu'il s'agit d'une garce, tout simplement. Ça ne me dérangerait pas s'il voyait quelqu'un qui tienne vraiment à lui et lui explique que boire en pleine journée n'est pas très avisé. Mais elle, c'est un oiseau de mauvais augure.

Je tremblais de tous mes membres.

— Tu veux qu'on s'en aille ? demanda Adrian.

Ignorant cette question, je poursuivis ma diatribe.

— Tu sais, ça ne m'aurait pas dérangée s'il avait au moins eu le cran d'assumer. Je déteste les menteurs. Je m'en fiche, qu'il voie quelqu'un d'autre, mais pas elle… parce que si ça devenait sérieux entre eux, ce dont je doute, il finirait par la présenter à Christa et à Jonathan, et ça m'achèverait, vraiment…

Je m'avachis sur ma chaise.

— Et ça me désole de gâcher ce splendide après-midi en ta compagnie.

— Notre après-midi est loin d'être gâché. Une seconde.

Il pianota sur son téléphone, puis retira la serviette de ses genoux et rejoignit discrètement notre serveuse, occupée à poser des verres sur son plateau au bar, en bas. Après avoir échangé quelques mots avec elle, il revint, prit sa veste, me saisit la main et me conduisit hors du restaurant.

Nous empruntâmes un vieil escalier en colimaçon et une porte latérale qui nous évitait de passer devant les tables du rez-de-chaussée. Une fois dehors, il me prit par la taille et m'attira tout contre lui, pressant ses lèvres contre les miennes. Ses grandes mains frôlèrent tout mon corps, remontant pour se placer en coupe sous mon visage, et j'eus l'impression de ne plus toucher le sol. J'enlaçais son abdomen comme je l'avais toujours fait et je me collai contre lui jusqu'à ce qu'il heurte le mur de pierre du restaurant. Un désir lancinant naquit dans mon ventre, me durcit le bout des seins. Le simple baiser d'Adrian me faisait un effet exquis. Je n'aurais jamais pensé que quiconque pût avoir autant d'influence sur moi. Sa passion me consumait et me détendait à la fois, parce que quand nous nous embrassions de la sorte, tous mes soucis s'envolaient comme des graines de pissenlit au vent.

La porte latérale s'ouvrit et notre serveuse apparut, un sac en plastique transparent à la main. Nous nous écartâmes aussitôt, mais notre gestuelle ne laissait aucun doute quant à ce que nous venions de faire. Mes joues s'embrasèrent lorsqu'elle nous tendit les petits récipients empaquetés.

— Merci, M. Reed. Passez une bonne journée.

— Merci à vous Anna, répondit-il avec un sourire poli.

— Qu'est-ce que c'est ? demandai-je en désignant le sac.

— Je t'ai invitée à déjeuner, et déjeuner il y aura ! Viens.

Adrian grimpa dans sa Jeep et je le suivis dans mon mono-space jusqu'à un parc des environs. Nous nous installâmes sur un banc, au bord du fleuve, les récipients contenant notre repas sur les genoux. J'étais bien plus détendue dans ce décor qu'au restaurant. Après avoir terminé son dessert fruité, Adrian s'allongea, la tête sur mes genoux. Je passai la main dans ses cheveux pour les recoiffer délicatement.

— Tu ne dois pas rentrer au boulot ? demandai-je, songeuse.

— Pas encore. J'irai quand il sera temps pour toi de partir.

— Hmm, ça doit être agréable d'être son propre patron.

— Je ne peux pas dire le contraire.

Il ouvrit les yeux, s'abrita du soleil avec sa main et me regarda tandis que je l'admirais. Il tendit le bras et me caressa la lèvre inférieure du bout du pouce. Je l'embrassai et posai sa main contre ma joue. Une ride d'inquiétude au front, Adrian se décida à me poser une question.

— Tu n'as pas apprécié de voir Dan boire en pleine journée, c'est ça ?

— Non. Comment tu le sais ?

— Parce que j'avais la même expression quand Jane se mettait à boire.

— Oh…

— Dan ne buvait pas d'alcool, P. J'ai demandé à la serveuse. Il n'y avait que du jus d'ananas dans son verre.

— Oh, merci de me l'avoir dit, soufflai-je, soulagée.

Je priais pour qu'il tienne au moins cette promesse-là. Pas d'alcool au volant.

Adrian éternua, un peu plus fort cette fois. Son nez rosit et des larmes lui montèrent aux yeux.

— On dirait que tu souffres d'allergie.

— Non, mais mes sinus me font des misères, ces temps-ci.

Il éternua de nouveau.

— À tes souhaits. Je vais devoir te faire ma célèbre soupe de poulet pour soigner ce petit rhume, alors.

— Merci. Je suis sûre qu'elle est délicieuse. Et mes souhaits se sont déjà réalisés, ajouta-t-il avec un clin d'œil sexy avant de demander : tu crois ce que te dit Dan ? Pour la boisson, je veux dire.

— Je voudrais bien. Mais les preuves s'accumulent contre lui.

— Tu penses que tu te montres plus dure envers lui à cause de ce qui est arrivé à ton père ?

— Possible. En tout cas, ça me rend plus sensible au problème. Dan n'a jamais rien fait de mal, à vrai dire.

— Tu attends qu'il commette une faute ? P., si tu crois qu'il a un problème, il devrait vraiment consulter, auprès de professionnels.

— Je sais. J'ai peur d'en parler. Je crois qu'il est à la limite : soit il renonce à la boisson, soit il perd le combat. Et notre divorce n'a fait qu'aggraver la situation.

— Tu t'en veux ?

— Plus ou moins. Je sais que je ne devrais pas, mais je ne peux pas m'empêcher de me poser la question : se serait-il mis à boire si nous avions résolu nos problèmes de couple ?

— Crois-moi, ça n'aurait rien changé. Et c'est du vécu, en ce qui me concerne.

— Il fait vraiment des efforts.

— J'adore ta façon de toujours laisser le bénéfice du doute à autrui.

— Sauf en ce qui concerne Amanda, protestai-je. Je comprends qu'on puisse commettre des erreurs, comme elle l'a fait, mais dans son cas, c'est différent. C'est comme si elle n'éprouvait aucun remords. Je ne saurais même pas te dire combien de fois je l'ai mentalement traitée de garce.

Adrian gloussa.

— Venant de toi, c'est plutôt amusant, P.

— Rien qu'à voir son expression, je sais qu'elle mijote quelque chose, et je serais prête à parier qu'elle s'approprie les clients de Dan. Ça me rend furieuse.

— Pourquoi ? Je suis sûr qu'il peut gérer la situation.

— Oui, mais ça le force à travailler davantage, ce qui l'empêche de consacrer du temps à nos enfants.

— Tes enfants grandiront et ils comprendront ce qui se passe vraiment. Ils seront capables de juger par eux-mêmes. On dirait que Dan a fait le bon choix aujourd'hui et qu'il ne risque pas de conduire en état d'ivresse.

Mon cœur se serra. L'alcool au volant était le cadet de mes soucis. La plupart des nuits, quand nous étions encore ensemble, je me demandais si Dan avait bu lors d'une réunion avant de prendre la route, et ces interrogations m'empêchaient de dormir. Et s'il avait un accident ? S'il blessait quelqu'un d'autre ? C'était comme ça que mon père était mort, victime d'un ivrogne qui n'aurait même pas dû conduire, vu qu'on lui avait retiré son permis. Christa et Jonathan auraient été bouleversés. Me montrais-je trop dure envers Dan ? Ma réaction tenait-elle au fait qu'il avait déjà trompé ma confiance, ou était-ce l'accident de mon père qui exacerbait ma sensibilité ?

— Qu'est-ce qui te rend si soucieuse ? demanda Adrian en me caressant le front.

— Tu ne bois pas beaucoup, hein ?

— Un verre de vin de temps à autre, une bière les jours de grande chaleur, mais après ce que j'ai vécu avec Jane, non, je n'en ferais pas une habitude.

Adrian me comprenait. Malgré tout le temps que nous avions passé loin l'un de l'autre, nous avions vécu des existences semblables et affronté des problèmes identiques.

— Je n'ai pas envie, mais je ne vais pas tarder à y aller. La fin des cours a lieu dans une demi-heure et j'ai accepté de passer prendre les enfants, aujourd'hui.

Je sortis mon téléphone de mon sac pour vérifier l'heure.

Adrian jeta nos emballages vides et revint s'installer sur mes genoux.

— Comment ça s'est passé, avec Jane ? Quand as-tu compris qu'elle était alcoolique ?

Adrian ferma les yeux.

— Jane voulait quelque chose que je ne pouvais pas lui offrir, et elle s'est tournée vers l'alcool et la drogue. J'ai fait ce que j'ai pu, mais ça n'a pas marché.

— Tu te sens coupable de ce qui lui est arrivé, dis-je en lui massant le cuir chevelu du bout des doigts.

— Plus maintenant. Ça m'a pris du temps et des heures de thérapie pour en arriver là.

Parler avec Adrian me faisait justement l'effet d'une thérapie.

— Elle a mal pris mon rejet, et une fois qu'elle avait commencé, pas moyen de revenir en arrière, soupira-t-il. P. ?

— Oui ?

— Que serait-il arrivé si Dan avait *vraiment* été en train de boire aujourd'hui ?

La question d'Adrian me figea et m'effraya à la fois : au fond de mon cœur, je craignais de devoir répondre que Dan aurait pris le volant, même après avoir bu.

Les larmes me montèrent aux yeux. Je savais que j'aurais dû parler à Dan depuis longtemps, mais j'avais peur de rouvrir les vieilles blessures. Pis encore, le manque de confiance en moi qui m'empêchait d'aborder le sujet risquait de me meurtrir davantage, à terme, que ses écarts conjugaux : si mes enfants perdaient leur père, ils seraient anéantis.

— Hé, viens là, P., dit Adrian en se redressant avant de m'attirer dans ses bras. Si tu as besoin que j'intervienne, tu n'as qu'un mot à dire. Mais je te fais confiance, à toi et à ta générosité envers lui. Je sais que tu veux voir le bon chez le père de Christa et de Jonathan, et il est hors de question pour moi de t'en empêcher. Mais si je découvre qu'il conduit en état d'ivresse et qu'il met en danger ta vie ou celle de quelqu'un d'autre, je ne laisserai pas passer.

Je voulais laisser à Dan le bénéfice du doute. Je voulais croire qu'il ne buvait vraiment que de façon très occasionnelle, rien de plus. Mais quelque chose me disait que je me mentais à moi-même, et je me promis de lui parler dès que l'occasion s'en présenterait.

— Merci pour ce déjeuner.

Je mêlai mes doigts à ceux d'Adrian lorsque nous nous dirigeâmes vers le parking.

Je restai un instant debout près de ma voiture, les fesses appuyées contre la vitre de la portière. Adrian tendit les mains vers mes hanches et m'attira contre lui, pressant mon ventre contre son entrejambe. Son souffle encore parfumé par son dessert me parvint tandis que je me concentrais sur ses lèvres pleines, regrettant de ne pouvoir lui arracher ce costume pour m'emparer de lui et le garder toute la journée.

— Puisque c'est le week-end de ton ex-mari, j'imagine que tu as du temps libre ?

Pleine d'espoir, sa voix baissa d'une octave, se réduisant à ce grondement sourd que j'aimais tellement. Malheureusement, il me fallait le décevoir.

— Normalement, oui. Mais nous avions prévu quelque chose depuis très longtemps. Nous devons assister à une collecte de fonds pour l'école des enfants samedi soir.

Malgré son évidente déception, Adrian conserva sa bonne humeur.

— Alors il faudra que je t'appelle pour m'assurer que tu dormes bien, déclara-t-il avant d'effleurer mes lèvres du bout des siennes.

Je me rappelai notre conversation brûlante. La simple évocation de cette soirée m'électrisa comme un aphrodisiaque, m'excitant aussitôt.

— En fait, j'espérais que tu puisses passer dimanche, après

l'église. Ce serait l'occasion de rencontrer Dan.

— Tu te sens prête ?

— Je crois que je ne le serai jamais, mais même si je veux te garder rien que pour moi, je ne peux raisonnablement plus te cacher bien longtemps.

— J'ignorais que tu m'avais mis sous clef dans un coin pour te servir de moi à volonté, plaisanta-t-il.

— Oh, je voudrais bien, répondis-je en gloussant, mais tu sais que c'est faux.

Dressée sur la pointe des pieds, je frôlai à mon tour sa bouche du bout des lèvres.

— Hé, tu peux te servir de moi quand tu veux, dit-il tout contre moi. Et je serais ravi de passer vous voir dimanche.

Notre relation me sembla soudain bien plus concrète. Elle m'avait certes paru réelle jusqu'alors, mais présenter officiellement Adrian comme mon petit ami (un terme qui me paraissait bizarre, parce qu'il était bien plus que ça) revenait à établir entre nous ce lien permanent que j'appelais de tous mes vœux. Sans aucune connotation sexuelle, cela dit. Il ne restait plus qu'une question : mon ex-mari accueillerait-il Adrian à bras ouverts, comme tout le monde l'avait fait jusqu'ici ?

CHAPITRE 15

— Tu es en beauté ce soir.

Vêtu de son costume et adossé à l'encadrement de la porte, Dan m'observait. Nous étions déjà samedi soir, et même si j'avais envie de passer du temps avec Adrian, je m'étais engagée depuis longtemps à participer à cette importante collecte de fonds.

— Merci, répondis-je en considérant sa posture pleine d'assurance et ses larges épaules.

Il remplissait les conditions requises pour permettre à la soirée à laquelle nous participions de rapporter de l'argent, et dont le mot d'ordre était « *hommes séduisants demandés* ». Quand une des organisatrices avait appelé pour lui demander de participer, je m'étais douté qu'il figurerait parmi les trophées les plus convoités.

— Un coup de main ? demanda-t-il en montrant le collier de platine que je venais de prendre.

Il me l'avait offert quelques années auparavant pour mon anniversaire, et il s'agissait de mon bijou le plus coûteux. Il l'avait acheté à l'époque où les affaires commençaient à marcher pour lui et où notre couple s'épanouissait comme jamais.

— Bien sûr.

Je me retournai et relevai mes cheveux pour dégager mon cou.

Il attacha le collier avec délicatesse et je me demandai si la tendre caresse que je venais de sentir avant qu'il ne pose ses mains sur mes épaules nues était un geste délibéré de sa part. Nous nous regardâmes tous deux dans le miroir du couloir : c'était comme contempler nos incarnations du passé, quand nous formions encore un couple uni et heureux. Il me dévorait des yeux, manifestement charmé par mon apparence.

— C'est pour la bonne cause, dis-je d'une voix un peu tremblante.

Je n'avais pas l'habitude de me pomponner pour ce genre d'événement, mais la soirée était importante. Celia, une des élèves de l'école de nos enfants, venait d'être diagnostiquée comme leucémique. Malheureusement, les factures de soin s'accumulaient et ses parents, dans l'incapacité de payer, risquaient d'y laisser leur maison. Le comité des parents d'élèves avait organisé cette soirée habillée pour lever des fonds. Ils avaient invité des hommes d'affaires locaux qui mettraient aux enchères leurs danses. Et Dan comptait parmi les trophées.

— Oui, je sais bien. Si c'était toi qui montais sur la scène ce soir, je dépenserais toutes mes économies rien que pour faire un tour de piste avec toi.

— Tu peux le faire gratuitement, Dan, répondis-je en sentant la chaleur m'embrumer les joues.

— Mais je ne supporte pas de te voir danser avec quelqu'un d'autre, gronda-t-il en prenant sa voix rauque de charmeur.

D'ordinaire, elle me rendait toute chose, mais plus maintenant… Peut-être parce que je ne l'y autorisais pas désormais.

Je baissai la tête. Pas question de l'encourager. Nous avions bien fixé les termes de notre relation parentale, et il savait que je sortais avec un autre. Mais Dan aimait enfreindre les règles et franchir la ligne que j'avais tracée entre nous, bien trop souvent à mon goût… sans se soucier des conséquences. Maintenant que nous passions aux choses sérieuses, Adrian et moi, il fallait que je trouve un moyen de poser définitivement mes limites et de forcer Dan à les respecter. Si j'avais pu, j'aurais bâti entre nous une immense muraille qui lui aurait balancé un coup de jus chaque fois qu'il nourrissait des pensées lubriques à mon égard.

— Tu fais des trucs excitants quand tu danses, il y a de quoi rendre un mec dingue.

Il me fit tournoyer et basculer en arrière.

J'éclatai de rire. Dan en avait toujours fait des tonnes, mais c'était comme s'il cherchait à séduire un public plutôt que moi. Chacun de ses gestes ne visait qu'à attirer l'attention des autres, alors que je préférais profiter de ce genre de moments en privé, comme à cet instant.

Consciente que son regard s'attardait plus que de raison sur mon décolleté, je gigotai pour me libérer de son étreinte et enfiler mon manteau.

— Tu ne voudrais pas que je mise sur quelqu'un d'autre et que je rate l'occasion de faire monter les enchères pour Celia ?

— Bien sûr que non. Mais il reste toujours la possibilité de faire une donation, directement.

— Il faut que tu cesses d'être jaloux, Dan. En jouant le jeu, je fais monter le prix et Celia en retire plus d'argent. Tu travailles dans l'immobilier, tu sais bien comment ça fonctionne.

— Je ne cesserai jamais d'être jaloux. Tu es ma…

Je savais qu'il voulait dire *ma femme*, mais il s'en abstint juste à temps, et je lui en fus reconnaissante. Je voulais par-dessus tout éviter que nous nous sentions mal à l'aise en la présence l'un de l'autre ce soir, en particulier lors d'un événement censé attirer l'attention sur quelqu'un d'autre.

— …la mère de mes enfants.

— Et tu seras toujours leur père. *Ça*, ça ne changera jamais. Bon, soyons sérieux. Jusqu'où souhaites-tu que j'aille pour cette danse avec toi ? (Je levai les yeux au ciel.) Tu sais que je n'aurai peut-être pas suffisamment d'argent.

— Alors mise autant que possible, répondit-il avec un clin d'œil.

— D'accord. Mais n'oublie pas qu'on fait ça pour Celia, hein ?

— Mais bien sûr.

— Christa, Jonathan !

Christa dévala les marches quatre à quatre et nous percuta comme un boulet de canon avant d'enrouler un bras autour d'une de mes jambes et d'étreindre une de celles de Dan. Jonathan arriva en clopinant sur ses béquilles.

— Soyez sages avec mamie, dis-je.

— Vous sortez ensemble, ce soir ?

— Non, mon chéri, nous allons danser pour financer le traitement de Celia.

— T'es canon, m'man, s'extasia ma fille.

— Une vraie bombe, renchérit Dan en lui faisant tope là.

— Merci, Christa.

— Et sexy, ajouta-t-elle.

— Et toi, jeune fille, tu ne devrais pas employer ce genre de mots à ton âge, déclarai-je. On se revoit demain matin.

Je les embrassai tous les deux avant de crier en direction de la cuisine :

— Maman ! On y va !

— Amusez-vous bien ! Et pas d'alcool au volant !

Elle aurait aussi bien pu gifler Dan. Il grimaça, mais sans rien dire. Nous avions évoqué la soirée et décidé de nous y rendre avec ma voiture, puis de rentrer en taxi et d'aller la chercher le lendemain. Je ne voulais pas conduire, même après un seul verre, et je savais bien que pour Dan, il n'était pas question d'évoluer en société sans une vodka-orange à la main. Il avait toutefois promis de mettre la pédale douce. Après tout, il s'agissait d'une soirée huppée où il serait à un moment la cible de tous les regards.

Il me tint la porte et me huma au passage.

— Arrête, murmurai-je.

— Désolé, c'est l'habitude.

— Eh bien, ne te laisse pas aller à tes autres habitudes ce soir.

Il se reprit aussitôt.

— Par respect pour moi, Dan.

Je regrettais d'avoir évoqué avec si peu de tact sa façon de flirter. Il n'avait pas encore parlé de son déjeuner avec Amanda, et j'en conclus qu'il ne s'agissait que d'une réunion de travail. Ou du moins, je voulais m'en persuader. Je désirais surtout éviter de le gêner au point qu'il cherche à se détendre en buvant un verre.

Nous pouvions passer du temps ensemble comme des adultes civilisés : nous l'avions déjà fait. Je détestais rappeler ce qui nous avait séparés par le passé. De toute façon, Dan s'en voulait déjà, et continuerait jusqu'à la fin de ses jours. Et je l'avais pardonné, certes, mais je ne risquais pas d'oublier pour autant, et c'est pourquoi nous ne pouvions pas nous remettre ensemble. Quand j'accordais ma confiance à quelqu'un, j'y mettais tout mon cœur, mais quand on me trahissait, cette confiance s'évaporait comme une goutte d'eau en plein désert.

Le hall était décoré dans des tons argentés, noirs et blancs. En entrant, nous fûmes époustouflés par les décorations de table dont les centres mesuraient plus d'un mètre de haut. Des sièges blancs aux dossiers ornés d'énormes nœuds et des serviettes agrémentées d'une touche de soie argentée ajoutaient encore à l'élégance de la salle de bal. On avait disposé une photo de Celia devant chaque assiette, accompagnée d'une note remerciant les invités de leur générosité. De grosses sociétés avaient sponsorisé cette soirée, et la famille de la petite n'avait donc pas eu un sou à verser. Dans une communauté si modeste, cela signifiait que presque tout le monde s'était donné le mot pour aider Celia, ce qui me faisait chaud au cœur. Je me sentais privilégiée d'habiter dans une telle ville.

On nous conduisit jusqu'à une table pour huit, où Isabelle et son mari Tyler nous attendaient déjà. Mon amie me fit signe avec enthousiasme en ouvrant de grands yeux.

— Mais tu es splendide ! s'exclama-t-elle.

— Merci, toi aussi.

Nous nous étreignîmes comme les amies de toujours que nous étions.

Les hommes se serrèrent la main avec respect, contrairement à leur habitude, qui consistait à se serrer virilement dans les bras l'un de l'autre et à se taper dans le dos. Ils paraissaient nerveux concernant la suite des opérations, puisqu'ils faisaient tous deux partie des trophées mis aux enchères. Tyler était inspecteur de police et connaissait Dan depuis la nuit où il l'avait arrêté pour excès de vitesse. Mais comme mon ex-mari pouvait se sortir de n'importe quelle situation en baratinant, l'amende avait miraculeusement sauté dès que Tyler avait appris qu'il avait affaire à l'époux de ma meilleure amie.

— Mais qu'est-ce qu'elle fabrique ici, *elle* ? chuchotai-je en avisant Amanda. Son fils n'est pas déjà au lycée ?

L'intéressée eut le toupet de nous adresser un signe de main. Je l'ignorai naturellement, tandis que Dan se contentait de hocher la tête.

— Apparemment, le type avec qui elle couche a une fille en sixième, murmura Isabelle. Et elle a aussi amené une amie.

Je remarquai la bimbo blonde qui l'accompagnait et dont les seins semblaient sur le point de jaillir hors de sa robe.

— Pas étonnant, maugréai-je en posant mon sac sur la table.

— Ça va ? s'enquit Dan. Désolé. J'ignorais qu'elle venait.

J'aurais dû me douter qu'elle était capable de s'incruster en douce rien que pour ruiner ma soirée. D'autant que la cougar la plus notoire de la ville n'allait pas manquer une occasion de sauter sur les mâles.

— La soirée est ouverte à tous, tu n'as pas à t'en vouloir, répondis-je.

Je posai ma main sur la sienne pour le rassurer. J'en voulais à mon ex-mari de m'avoir trompée, certes, mais je savais qu'il s'efforçait de se racheter, alors qu'Amanda persistait au contraire à me pourrir la vie.

— Écoute, il faut que je t'avoue quelque chose, dit Dan. Je ne veux pas que tu piques une crise, mais ça ne m'étonnerait pas qu'Amanda parle d'un déjeuner entre elle et moi, cette semaine au Cambridge Mill. C'était un repas d'affaire, rien de plus, mais tu la connais… Elle aime se vanter sans raison.

Oui, je la savais tout à fait capable de retourner le couteau rouillé dans la plaie. Je n'en appréciai pas moins l'honnêteté de Dan, qui m'en avait parlé avant qu'elle ne me jette cette histoire de déjeuner à la figure.

— Merci de m'avoir prévenue.

— Tu veux boire un verre, mon pote ? nous interrompit Tyler en désignant le bar, mais Isabelle lui décocha aussitôt un regard glacial.

— Je ferais aussi bien de me détendre les pieds, si je veux danser, répondit Dan avant de se tourner vers moi. Que prendras-tu, Mia ?

Cette attitude prévenante tranchait avec ses habitudes. Au bon vieux temps, Dan aurait fait halte au bar pour prendre un verre avant même d'arriver à la table. Peut-être fallait-il voir là une amélioration ?

— Un gin-tonic, s'il te plaît.

Dès qu'il s'en alla, Isabelle me saisit le bras.

— Alors ? Que s'est-il passé avec Adrian ?

Je lui exposai les détails des dernières semaines, en faisant abstraction de la fois où j'avais joui sous ses lèvres à la cascade et de notre conversation érotique au téléphone. Elle m'écouta bouche bée.

— Je n'arrive pas à réaliser qu'il est vraiment là. Il est tellement incroyable. Je peux à peine réfléchir en sa présence, et pourtant je me sens tellement à l'aise, tellement bien ! Et tout ça grâce à lui.

— On dirait que vous brûlez les étapes.

— Pas assez vite à mon goût, dis-je avant de porter la main à ma bouche.

— Vous ne l'avez pas encore fait ? fit-elle en écarquillant les yeux. Mais qu'est-ce que vous attendez ?

— Ce n'est jamais le bon moment.

— Bienvenue dans le monde merveilleux des relations à l'âge où on a des gosses, dit-elle en levant les yeux au ciel.

Elle avait beau en plaisanter, je savais qu'avoir des enfants constituait sa priorité depuis des années, mais tous les traitements avaient échoué jusqu'ici. Avant Noël, elle et Tyler envisageaient de recourir à la fécondation *in vitro*, et je priais pour qu'ils reçoivent une nouvelle miraculeuse pendant les vacances.

— Et Dan, voit-il d'un bon œil le nouvel homme de ta vie ?

— Il sait que je sors avec quelqu'un, mais je n'ai pas encore eu la chance de les présenter. J'ignore si je fais bien, mais j'ai demandé à Adrian de passer à la maison, demain. Existe-t-il une sorte de protocole à respecter quand on présente son ex-mari à l'homme de sa vie ? Je suis à peu près sûre qu'Adrian va s'installer pour de bon à présent, mais je ne veux pas faire de vagues. Je ne voudrais pas que Dan se sente rejeté.

— Dan est majeur et vacciné. Et il ne peut s'en prendre qu'à lui-même. Tu n'as pas pu le ramener à la raison à l'époque, et je ne crois pas que ça marcherait aujourd'hui non plus.

— Je sais. Mais c'est bizarre. Avec Adrian, tout m'a l'air parfait, sauf que je dois penser à cette autre vie où j'ai des enfants… qu'Adrian gère très bien, cela dit. Je suis une femme occupée et j'ai du mal à trouver du temps pour tout le monde.

— Et tu crois que ça le gêne ? dit Isabelle en jetant un coup d'œil vers le bar que les hommes étaient sur le point de quitter pour nous apporter nos verres.

— Non, pas du tout. Il se montre très compréhensif, il me soutient. En fait, il est intervenu quand Jonathan s'est cassé la jambe. Il a été formidable, et les enfants l'apprécient. Adrian fait toujours ce qu'il y a de mieux pour moi et les petits, et il n'a même pas besoin de le dire. Ça faisait longtemps que personne n'avait fait passer mon bien-être avant le sien.

— À t'entendre, c'est l'homme parfait.

— Oh, il n'est pas parfait, répondis-je. Et c'est ce que j'aime chez lui.

— Attends, tu es toujours amoureuse de lui ?

— Je crois que je n'ai jamais cessé de l'être. C'est difficile à expliquer. Imagine un peu ce que tu ressentirais si, chaque fois que tu vois Tyler, tu avais l'impression que c'était la première fois. Adrian me fait cet effet. Je suis toujours à la fois nerveuse et folle de joie en sa présence. Et nos petits rendez-vous comptent tellement plus que ça. J'ai l'impression de le connaître depuis des décennies, même si ce n'est pas le cas. Et je ne veux pas commettre d'erreur. Je ne peux pas le perdre. Chaque fois que nous sommes ensemble, je m'imagine que les planètes et les étoiles se sont alignées rien que pour nous, pour que nous puissions avoir cette chance. Et puis voilà qu'on vole trop près d'un trou noir et qu'on est interrompus. Sans compter qu'il y a Dan et Amanda. Je te jure que j'ai l'impression qu'elle est née dans le seul et unique but de faire de ma vie un enfer.

— Tu t'inquiètes trop pour Dan. Et tu sais qu'il fréquente lui aussi.

— Je t'en prie, ne me dis pas qu'il sort avec elle, parce que je les ai vus déjeuner ensemble cette semaine. Et crois-moi, rien ne me ravirait davantage que de le voir trouver une femme spéciale avec laquelle il pourrait tout partager. Mais je ne veux pas que ce soit elle. Je préférerais le savoir avec une femme stable qu'avec une bimbo qui n'en veut qu'à son porte-monnaie.

— Je te répète qu'il faut que tu prennes du recul et que tu cesses de te soucier de Dan.

— Mais c'est le père de mes enfants !

— Personne n'a jamais dit le contraire, Mia. Il restera dans ta vie très longtemps, mais ça ne lui donne pas le droit de la diriger pour autant. En plus, les gosses comprennent ce que tu as enduré. Ils sont futés. Je suis sûre qu'ils finiront par accepter qu'Adrian prenne la place de l'homme de ta vie.

— Ça me rend nerveuse. Ils l'apprécient, c'est sûr, mais…

— Ce sont tes enfants.

— Ils comptent plus que tout pour moi, soupirai-je. Je ne peux prendre aucune décision sans penser à eux.

— Et tu ne devrais pas, en effet. C'est ce qui fait de toi une mère formidable.

— Merci, Iz. Ça m'a manqué, de parler avec toi.

— Accepte les choses au fur et à mesure, prends bien ton temps et réfléchis à tout ce qu'Adrian peut t'apporter. (Elle haussa les sourcils d'un air suggestif.) En attendant, profitons de la soirée.

Notre conversation s'acheva juste à temps, au moment où Dan et Tyler regagnaient notre table. Je bus une gorgée, puis une autre. Au bout de quelques minutes, l'alcool se répandit dans mon sang, et j'en fus soulagée. Je ne buvais pas beaucoup – en fait, j'aurais pu compter sur les doigts de la main les verres que j'avais bus cette année –, mais Dan équilibrait les scores pour nous deux. Je ne nous considérais plus comme un couple, évidemment, mais le recevoir à la maison une fois tous les quinze jours, voire plus souvent, renforçait l'unité familiale, ce qui me convenait tout à fait. Nos enfants avaient besoin d'autant de stabilité que possible.

La boisson engourdit mes angoisses déplacées et je commençai à apprécier les discours et les présentations. Une fois que la deuxième tournée arriva à notre table, j'en oubliai Amanda qui était assise à l'autre bout de la pièce, la fente de sa robe manquant de dévoiler sa culotte (si elle en portait une). Bientôt, des volontaires issus de plusieurs sociétés, dont Dan, monteraient sur scène pour vendre aux enchères une première danse, tous les profits étant destinés à la famille de Celia.

Cinq-cents dollars durement gagnés attendaient dans mon

sac, spécialement réservés à cette occasion. J'avais commencé à économiser dès que j'avais eu vent de la soirée, en espérant contribuer de mon mieux à la cause.

— Je dois aller aux toilettes avant qu'ils commencent, murmurai-je à Dan.

Isabelle se retourna vers moi.

— Ce ne serait pas *lui*, au bar ? me chuchota-t-elle à l'oreille.

Je me retournai presque instinctivement. C'était bien Adrian, vêtu d'un smoking à la coupe impeccable et adossé au bar, avec sa ravissante barbe de trois jours.

Nom de Dieu !

— C'est lui, pas vrai ?

— Oui, c'est lui.

Mon cœur se mit à tambouriner dans ma poitrine. Ma vision se troubla et je me demandai s'il s'agissait de l'effet de cette brusque accélération cardiaque ou de l'alcool. Je craignis un instant de subir une nouvelle crise due à mon syndrome, mais elles ne survenaient que dans les cabinets de médecin, les hôpitaux, et à proximité des blessures ouvertes. Pourquoi diable avais-je l'impression de me retrouver au lycée ? J'étais une adulte et je n'avais rien fait de répréhensible. Malgré tout, me retrouver assise à la même table que Dan, avec Adrian dans la pièce, me mettait mal à l'aise.

— Un problème ? demanda Dan en se penchant vers moi.

— Non, rien.

— Eh bien, tu n'y vas pas ? Je ne voudrais pas que tu rates les enchères.

— Bien sûr. Je reviens, dis-je en poussant ma chaise.

En prenant soin de ne pas me précipiter, je me dirigeai droit vers les toilettes du couloir, près du vestiaire, en me demandant si Adrian m'avait vue. Si je devais lui parler, il fallait que je vide ma vessie d'abord.

Après avoir terminé, je vérifiai mon maquillage. Adrian m'attendait à la sortie des toilettes. Il me prit la main et m'attira dans la pièce pleine de manteaux coûteux, puis pressa ses lèvres contre les miennes. Le monde cessa d'exister. Les bruits s'estompèrent et je me perdis dans ses bras musclés tandis qu'il me maintenait tout entière contre lui en caressant mon dos du bout des doigts. Ce contact brûlant était si bon que je ne pus que fondre en me collant contre son corps musclé, frôlant les courbes merveilleuses que j'avais contemplées lors de notre soirée près de la cascade. Ses mains qui traçaient ma silhouette ravivaient mes désirs et mon corps succomba tout entier à ses caresses.

— J'ai attendu de pouvoir faire ça toute la nuit, dit-il contre ma bouche.

— Qu'est-ce que tu fais ici ?

— Mon ami, le propriétaire de la ferme, m'a demandé de le remplacer à la dernière minute. Il m'a dit que c'était important pour sa famille. Comme il ne pouvait pas venir, il m'a proposé de me substituer à lui. Je l'ai appris ce matin et je n'ai pas compris qu'il s'agissait de la même soirée que celle dont tu m'avais parlé.

— Tu es venu seul ? Parce que moi non. Oh mon Dieu, Adrian, j'ai un mauvais pressentiment.

— Un des membres de sa famille m'accompagne, et même si je regrette de ne pas profiter de ta compagnie ce soir, je vais te laisser l'espace dont tu as besoin.

Il m'embrassa de nouveau. J'aurais pu me perdre à jamais contre ses lèvres.

— Et si je ne m'arrête pas tout de suite, ajouta-t-il, tu finiras couchée par terre avec mes mains sous ta robe. Détends-toi et profite de ta soirée, P., mais il faut que je te dise quelque chose…

— Tu as retiré ton piercing, dis-je en désignant son sourcil.

— Je me suis dit que pour une soirée en famille, tout le monde n'apprécierait pas forcément le côté sexy.

— En effet, gloussai-je en oscillant sur mes pieds.

Adrian me saisit par le coude.

— Désolée, dis-je, je crois que j'ai dû boire un petit coup de trop.

— Tu n'as jamais tenu l'alcool.

— En effet.

La voix de la présentatrice résonna au micro dans la salle principale.

— Et maintenant, le clou de la soirée…

— Écoute, P., dit Adrian.

— Mais je suis pas saoule. Juste un peu pompette.

— Je t'aime, pompette ou sobre. Il faut que je te dise…

— Mais je boirai plus une goutte. C'est pas une bonne chose.

— Si les volontaires veulent bien monter sur scène ? fit la voix de la présentatrice.

Merde, Dan doit y aller.

— Il faut que j'y retourne, Adrian. Les parents de Celia ont besoin de cet argent, et y a ce truc, tu sais ? dis-je en désignant la grande salle. On se voit plus tard ?

— Oui, P., on se voit plus tard, bien sûr.

Il m'embrassa de nouveau, et je retournai à la table où Dan venait de se lever et me cherchait des yeux.

— J'ai cru que tu m'avais planté là, dit-il lorsque je le rejoignis.

Je regrettai que mes joues écarlates n'aient pas eu le temps de refroidir.

— Il a fallu que je me remaquille. Une promesse est une promesse, Dan. Je dépenserai jusqu'au dernier cent que contient ce sac pour faire monter les enchères.

— Bien. Il n'y a rien de mieux qu'une femme prête à vous payer au prix fort ! me taquina-t-il.

— Arrête ! Allez, vas-y, dis-je en le poussant vers la scène avant de me laisser tomber sur mon siège.

Tyler était déjà parti, et je vis du coin de l'œil Isabelle qui tambourinait du bout des ongles sur la table et regardait en direction de la scène.

— Alors, qu'est-ce qui s'est passé ? s'enquit-elle.

— Il vient pour le compte d'un ami.

— Qu'est-ce que tu vas faire ?

— Comment ça ? C'est une bonne cause. Je vais miser tout ce que j'ai, et ensuite, je trouverai peut-être un moyen de présenter mon présent à mon passé.

— Non, je veux dire : sur qui vas-tu miser ? insista-t-elle en montrant la scène.

En suivant son doigt, je vis les hommes alignés. Tyler se tenait près de l'extrémité, Dan était le troisième et Adrian se trouvait un peu plus loin sur sa gauche. Les deux derniers regardaient dans ma direction.

— Ben merde alors !

CHAPITRE 16

La présentatrice entama la session d'enchères portant sur le premier homme. Les offres montèrent rapidement, de cinquante dollars jusqu'à cent soixante-quinze, mais s'arrêtèrent là. À ce rythme, il me resterait suffisamment pour miser sur Dan et Adrian, mais les règles interdisaient de participer deux fois. Après tout, chacun était censé avoir droit à une première danse.

— Sur qui vas-tu mettre ton argent ? fit la voix d'Isabelle, qui me résonna dans les oreilles.

— Sur Dan. Je lui ai promis.

— Et sur qui voudrais-tu *réellement* miser ? ajouta-t-elle de sa voix la plus diabolique.

— À ton avis ?

— Et si je misais sur Dan et toi sur Adrian ? proposa-t-elle.

— Ça risque de fâcher Tyler.

— Tyler est un homme compréhensif. Et puis je crois qu'il sera ravi de danser avec quelqu'un d'autre, pour changer.

Les enchères passèrent au deuxième homme, et d'autres braves dames ouvrirent leurs sacs.

— Tu ferais ça pour moi ? demandai-je.

181

— Bien sûr. À quoi ça sert, les amies ? On expliquera à Dan que j'avais envie de voir ce qu'il sait faire.

— Je ne sais pas, Iz. Il y a beaucoup de femmes qui le connaissent ici. Ça risque de faire une belle somme.

— Combien as-tu sur toi ?

— Cinq-cents.

— Moi aussi. Voyons si j'arrive à décrocher une danse avec ton ex, gloussa-t-elle.

— Et notre prochain célibataire n'est autre que Dan Claring, de l'agence Your Home.

Quelques sifflements retentirent dans la salle. Le brouhaha enfla tandis que les murmures timides se transformaient en conversations à voix haute.

— Commençons les enchères à cinquante dollars !

— Soixante-quinze ! cria aussitôt quelqu'un.

— Cent.

— Cent-cinquante.

Le prix monta à deux-cents dollars avant même qu'Iz n'ait eu le temps de donner un chiffre. Il fallait au moins que j'essaie de miser pour lui. Après tout, j'avais promis de faire monter le prix au maximum, pour Celia.

— Deux-cents, m'écriai-je aussi fort que possible… avant de me faire immédiatement dépasser par les deux cent cinquante proposés par nulle autre que l'amie blonde d'Amanda.

J'étais sûre que cette garce l'avait poussée à le faire. Mais pourquoi n'enchérissait-elle pas elle-même ?

Le silence s'abattit brièvement sur la salle quand je surenchéris de cent dollars.

— Laisse-moi m'en occuper, fit Iz.

— Ah ça, pas question, bordel, jurai-je entre mes dents. Elle ne va pas me refaire ce petit numéro.

— Si c'est son amie qui mise, on s'en fiche, non ? ajouta Iz, qui n'avait pas tort.

Dan se décomposa. Son regard erra depuis la table d'Amanda

et de son amie jusqu'à moi. Amanda surenchérit, comme si elle cherchait uniquement à me contrarier. Pas question que je la laisse danser avec Dan. En tout cas pour si peu. Si elle voulait faire un tour de piste avec mon ex en plus d'avoir couché avec lui, elle allait devoir payer le prix fort.

Comme prévu, elle refusa de lâcher prise. Nous continuâmes à faire grimper les enchères. Une fois arrivée à cinq-cents, toutefois, je vis Dan paniquer. Il n'avait pas l'air disposé à danser avec l'amie d'Amanda non plus, et me lança un regard suppliant lorsque celle-ci lança :

— Cinq cent cinquante !

Il s'agissait de la plus grosse somme de la soirée, et je n'avais plus rien à ajouter à mon offre. Au moins Amanda garda-t-elle le silence, mais je me sentais barbouillée. Dan avait échappé à ses griffes pour le moment, mais ce répit se prolongerait-il toute la nuit ?

Je prononçai distinctement « désolée » en le regardant tandis que la présentatrice félicitait la blonde, une certaine Kayla, pour sa victoire. Je sentais toujours Dan mal à l'aise, mais j'avais fait tout ce que je pouvais. Et maintenant, il me restait cinq-cents dollars à dépenser.

Dan descendit de la scène et Kayla s'approcha pour prendre son trophée, la tête si haute qu'on aurait pu croire qu'elle cherchait à sniffer des rails de coke au plafond.

L'attention de la présentatrice se reporta sur Adrian, que reluquaient la moitié des femmes de la salle, la plupart en s'éventant le visage ou en croisant les jambes d'un air gêné. Je commençais à douter de l'emporter sur ces invitées qui bavaient devant lui et paraissaient prêtes à se débarrasser de leurs petites culottes sur-le-champ. En contemplant moi-même sa posture de gladiateur, je me dis que je ne pouvais pas leur en vouloir : c'était vraiment le plus canon des hommes alignés sur scène.

Je me tournai vers Isabelle, croisant au passage le regard malveillant d'Amanda. Si elle avait prévu de saboter ma vie davantage, c'était l'occasion ou jamais. Et effectivement, dès le début des enchères, elle leva sa pancarte.

Merde !

Vingt-cinq femmes commencèrent à gesticuler et à s'affronter pour avoir la chance de danser avec Adrian. En moins de temps qu'il n'en fallait pour le dire, la mise atteignit cinq-cents dollars. Cela dit, ces femmes avaient bon goût en matière d'hommes… Il ne resta finalement que six concurrentes.

— Je peux te donner deux cents de plus, murmura Isabelle.

— Tyler sera déçu.

— Personne ne misera autant sur un homme marié. Tu n'as pas remarqué que c'étaient les vrais célibataires qui décrochaient le pompon ? Ton mec à croquer est vraiment la vedette, ce soir. Et puis c'est pour une bonne cause. Allez, lève-moi cette pancarte ! insista-t-elle en me poussant le coude.

— Sept-cents ! m'écriai-je sans passer par les paliers de cinquante en vigueur jusqu'ici.

Je ne voulais pas les laisser me souffler Adrian.

— Tu sais que tu peux même te servir de ta carte de crédit ? Imagine un peu si c'était elle qui dansait avec Adrian… fit Iz en désignant Amanda, qui avait levé le bras pour surenchérir dès que j'avais proposé ma mise.

— Mille dollars ! criai-je.

Tous les invités se turent brusquement.

Mais qu'est-ce que j'ai foutu, là ?

Des murmures circulèrent dans la salle et il fallut attendre quelques secondes pour que la présentatrice demande si quelqu'un offrait une meilleure somme. Amanda me décocha un regard noir et leva la main pour proposer mille cent.

J'en restai comme deux ronds de flan. Je ne pouvais déjà pas me permettre de dépenser mille dollars, alors davantage… Et Amanda le savait fort bien. En bonne croqueuse de diamants, elle devait avoir les poches pleines de billets, et Adrian, qui transpirait la réussite et le sex-appeal, constituait la cible la plus juteuse de la soirée.

Avant que cette garce ait la chance de s'exprimer, Adrian tapota l'épaule de la présentatrice et lui chuchota à l'oreille. Elle écarquilla les yeux et l'assistance l'entendit déglutir au micro avant de reprendre la parole.

— Mesdames et messieurs, M. Reed souhaiterait offrir une très généreuse donation à la famille de Celia pour avoir la chance de danser avec une dame spéciale ce soir.

Il a le droit de faire ça ?

— Si les parents de Celia acceptent cette petite entorse au règlement et si personne ne surenchérit sur son offre de dix mille dollars, je crois que notre collecte de fonds a atteint son objectif.

— Nom de Zeus ! Dix mille dollars ? murmura Isabelle à côté de moi. Je ne pense même pas que ma carte de crédit monte jusqu'à cette somme.

J'étais prête à aller chercher ma mâchoire sous la table, parce que j'aurais juré qu'elle venait de se décrocher sous le coup de l'émotion.

La présentatrice se tourna vers la table des parents de Celia, assis à côté d'autres membres de la famille, et attendit leur réponse. Ils acquiescèrent poliment. La mère de la petite avait les larmes aux yeux, et moi aussi, parce que je savais que cette fois, Amanda ne me volerait pas mon homme. Adrian venait de faire preuve d'une générosité qui n'était pas de ce monde.

Je n'arrive pas à croire qu'il ait fait ça.

Adrian sortit de sa poche intérieure ce que je supposai être un carnet de chèques. Il en détacha un, le signa et le tendit à la présentatrice. Puis, à grandes enjambées assurées, il se dirigea vers moi. Je restai pétrifiée sur place, comme dans un rêve éveillé. Il arborait une phénoménale expression de satisfaction. Son visage aurait pu illustrer la définition de l'homme qui vient d'obtenir ce qu'il veut, si elle avait figuré au dictionnaire.

Dan se retourna vivement vers notre table. Il se pencha par-dessus la scène avec la blonde à son bras. La bimbo suivit des yeux la démarche d'Adrian, bouche bée, l'air hébété. En fait, je crois que tout le monde nous fixait à cet instant précis.

— Fais-moi plaisir, n'attends plus trop avant d'exaucer les souhaits de cet homme, murmura Iz. Et pour dix mille dollars, cette danse a intérêt à être carrément orgasmique.

Ce dont je ne doutais pas un instant. Le stress des enchères m'avait dégrisée, mais la proximité d'Adrian me donnait une impression d'ivresse. Il me tendit poliment la main, que je pris bien entendu. Il m'effleura les doigts du bout des lèvres. Ce contact infime mais intense m'électrisa tout entière. Même si nous nous trouvions sur un côté de la salle, nous étions devenus le centre de l'attention générale.

Adrian me prit sous son bras et, tandis que plus de deux-cents paires d'yeux restaient braquées sur nous, nous rejoignîmes les autres près de la scène, où nous attendîmes la fin des enchères. Isabelle parvint à décrocher une danse avec son mari : les regards acérés qu'elle décocha aux autres femmes les persuadèrent de battre en retraite. Je n'entendis pas la somme qu'elle avait dépensée, car le volume sonore semblait varier autour de moi, mon souffle et le sang qui affluait à mes tempes noyant le reste des bruits. Amanda ne se servit plus de sa pancarte du reste de la soirée et se retrouva seule à sa table.

Dan jeta un coup d'œil à l'homme au bras duquel je m'accrochais et, à ma grande surprise, nous adressa simplement un clin d'œil. Au moins, la blonde à ses côtés paraissait-elle plus jeune qu'Amanda. En y regardant de plus près, elle ne semblait pas si vulgaire. Peut-être avait-elle besoin de nouvelles amies capables de lui faire prendre une autre direction.

— Ça va, P. ? Tu trembles, on dirait, murmura Adrian à mon oreille.

Son souffle me réchauffa la joue. Il émanait de lui un parfum si étourdissant qu'il m'empêchait de réfléchir, mélange d'after-shave qu'il portait quand nous étions jeunes, de savon et de peau brûlante. Comme diable parvenait-il à submerger ainsi tous mes sens rien qu'avec son odeur ? Et étais-je vraiment en train de trembler ?

— Ça ira. Je ne m'attendais pas à ce que tu sois là ce soir.

— Mon ami m'a porté volontaire. Je ne pouvais pas refuser d'aider sa famille.

— Dix mille dollars ? Adrian, il ne fallait pas.

— Il n'était pas question que je t'inflige le spectacle d'Amanda dansant avec moi, quel qu'en soit le prix. Tu sais, je te trouvais un peu dure quand tu la traitais de tu-sais-quoi, mais après le tour qu'elle vient d'essayer de te jouer, je crois que tu avais raison. Je n'ai jamais voulu te mettre dans cette situation embarrassante.

— Je n'arrive toujours pas à croire que tu aies dépensé tant d'argent.

— Alors arrête d'y penser. J'étais prêt à payer dix fois plus.

— Tu aurais pu m'avoir gratuitement.

— Ma chérie, rien que pour te sentir frémir dans mes bras sur la piste de danse, ça valait jusqu'au dernier cent.

— Et ça fait un paquet de cents.

En scrutant ses yeux verts, j'y trouvai le dévouement dont j'avais besoin depuis toujours.

Quand la musique se mit à jouer, dans ses bras, je remontai le temps jusqu'à l'époque où nous dansions en boîte, obéissant nonchalamment au rythme de nos corps. J'oubliai Amanda isolée à sa table, et le reste du monde avec elle. Je m'abandonnai à la musique et me contentai de suivre les gestes d'Adrian qui me guidait. C'était lui qui m'avait appris à danser. Tous les garçons que j'avais rencontrés en Europe, y compris mes cousins, savaient déjà, et j'ignorais complètement où ils avaient appris. C'était à croire que leurs pères leur avaient enseigné en secret et qu'ils étaient censés disposer de ce genre de savoir-faire avant d'être autorisés à sortir le soir.

Dans les bras d'Adrian, je réagissais au moindre de ses gestes ; il lui suffisait de me guider d'une infime pression au creux du dos. Ses doigts jouaient dans ma paume comme sur les cordes d'un violon, me conduisant près de lui ou me faisant signe de m'éloigner. Mon Dieu, je n'avais pas dansé de la sorte depuis bien longtemps, et le plaisir que j'en retirais frisait l'orgasme. Deux semaines plus tôt, je n'aurais jamais imaginé jouir d'une telle félicité.

Quand la première chanson s'arrêta, je restai contre lui.

— Tu veux continuer ?

— Oui, je n'ai pas dansé en soirée depuis une éternité.

Il me fit tournoyer tandis que le morceau suivant débutait. Le rythme, plus intense, se révéla relaxant et amusant à la fois.

— Tu ne dansais pas, avec Dan ? Il a l'air de se débrouiller, remarqua Adrian.

— Pour se débrouiller, il se débrouille, mais toujours pour attirer le regard des autres, même quand nous sortions en couple.

— Une femme ne lui suffit pas dans les soirées de ce genre ?

— Toutes les femmes ne lui auraient pas suffi, gloussai-je.

— Je ne vois pas comment je pourrais m'abstenir de te prendre dans mes bras à la moindre occasion, dit Adrian en me renversant en arrière.

— Dan ne réagit pas ainsi. Il aime nouer de nouvelles relations. Sans arrêt.

— Mais tu étais son épouse, s'étonna-t-il en me rapprochant de lui.

Le tempo ralentit et je me sentis plus reliée à lui que jamais. Cette façon qu'il avait de tenir ma main tout contre sa poitrine, au-dessus de son cœur…

— Une épouse dont il se lassait à la maison, répondis-je en baissant la tête.

Adrian me releva le menton d'un doigt en murmurant :

— Je ne me lasserai jamais de toi. Et je m'efforcerai chaque jour de me montrer digne de ton amour.

Je me collai tout contre lui, la tête appuyée contre sa poitrine ferme.

Adrian avait le chic pour me donner l'impression que je comptais pour lui, en permanence, que j'étais non seulement le centre de son monde, mais aussi de l'univers tout entier.

Nous dansâmes encore sur trois morceaux avant qu'il ne m'embrasse le dos de la main comme un gentleman et ne me raccompagne à ma table.

— Et pour information, j'ai toujours l'intention de t'enlever ce soir pour qu'on se tripote dans ma voiture, déclara-t-il sur le chemin.

Les jambes en coton, je répondis en plaisantant :

— Pour dix-mille dollars, cher monsieur, vous pouvez présenter des requêtes bien plus spécifiques.

Le grondement sourd qui s'échappa de sa poitrine résonna dans mon corps tandis qu'Adrian me jetait un regard licencieux.

— Tu te joins à moi ? demandai-je en désignant la chaise vide où aurait dû se trouver Dan.

Maintenant qu'il avait un verre à la main, Dan allait papoter un moment avec les autres invités avant de se rappeler ma présence.

— P., je ne veux pas te mettre mal à l'aise. Si tu veux que je m'éclipse, tu n'as qu'un mot à dire.

— C'est très prévenant de ta part, mais crois-moi, nous ne reverrons pas Dan dans le coin avant qu'il ne soit l'heure de rentrer. Tu ne voudrais quand même pas me laisser toute seule ? demandai-je en battant des cils.

— Bien sûr que non.

Adrian s'installa à côté de moi et leva le bras, deux doigts tendus, en direction du bar. Quelques minutes plus tard, le serveur nous apporta de l'eau.

— Eh bien, tout le monde t'obéit au doigt et à l'œil, on dirait !

— Pas vraiment. C'est Eric. Il doit rembourser ses études d'ingénieur et sa mère travaille pour moi. Je me dis que si je lui glisse quelques pourboires, j'allégerai un peu ses factures.

— Et quand as-tu l'occasion de lui glisser d'autres

pourboires ?

— Il fait quelques courses de dernière minute pour moi en dehors de ses heures de cours.

— Quel genre de courses ?

— Il va chercher des voitures, la nourriture de Rocky, des provisions, des fleurs. Ces petits détails auxquels je n'ai pas de temps à consacrer.

— Je me demandais comment tu arrivais à abattre autant de travail.

— Je n'y arriverais jamais sans les gens de confiance qui bossent pour moi.

— Tu n'es en ville que depuis un mois. Comment connais-tu autant d'habitants et comment distingues-tu ceux qui sont dignes de confiance ?

— Moi aussi, je sais me mêler à la foule. Pas comme Dan, et plutôt pendant les heures de travail, ajouta-t-il avec un clin d'œil.

— En parlant de Dan, comment se passe la recherche de domicile ?

— Très bien.

— Alors tu l'as rencontré ?

— Non.

— Comment fais-tu pour chercher une maison, dans ce cas ? demandai-je.

— Sur internet. P. Je veux vraiment te faire la surprise et si je te révèle quoi que ce soit, ce sera gâché. Laisse-moi m'occuper de ça. Et j'attends encore la signature de quelques contrats de travail.

— Et s'ils ne sont pas signés ?

— Alors il me faudra trouver un autre moyen de gagner de l'argent.

La situation n'avait pas l'air de l'inquiéter, et je n'aurais donc pas dû me faire de souci non plus. Mais s'il y avait bien une chose que je voulais éviter, c'était que ses contrats partent en fumée et qu'il se retrouve obligé de déménager. Eric nous apporta de l'eau et Adrian lui glissa un billet au creux de la main.

— Remets-nous ça dans une demi-heure, dit-il avant de se pencher pour demander : comment va ton papa ?

— Beaucoup mieux. Merci de votre générosité. Ma mère dit qu'elle passera dès qu'elle pourra s'absenter de l'hôpital. Avec l'annulation du voyage et les invités à prévenir, elle n'a pas eu une minute à elle.

— Dis-lui de prendre son temps.

— Merci, M. Reed.

Après le départ d'Eric, Adrian se retourna vers moi.

— Quel voyage ont-ils annulé ? demandai-je en penchant la tête de côté.

— Ils voulaient renouveler leurs vœux pour leur vingt-cinquième anniversaire de mariage quand Larry, le père d'Eric, a eu une crise cardiaque.

— C'est tellement triste.

— Il va beaucoup mieux, dit Adrian en repliant la serviette qui se trouvait devant lui, mais ça prouve bien qu'on ne sait jamais combien de temps il nous reste sur cette Terre.

— Je comprends ce que tu veux dire, murmurai-je en baissant la tête et en repensant à mon père.

— Je suis navré, je ne voulais pas te déprimer.

— Ce n'est pas le cas.

— Ce genre d'événement me fait m'interroger sur le temps dont on dispose encore. Tu pensais te remarier après Dan ?

— Wow. Eh bien non, je n'y avais jamais songé, mais ça a toujours été hors de question.

Le regard d'Adrian se perdit dans le vide.

— Je n'ai jamais eu ni le temps d'y penser, ni quoi que ce soit qui m'y pousse, ajoutai-je en posant ma main dans la sienne.

— Mais ce n'est pas entièrement impossible, tout de même ?

— Adrian, si tu es en train de me demander en…

— Mais non, m'assura-t-il. Et si je le faisais, je te garantis que ce serait bien plus romantique.

— Tu y as déjà réfléchi ?

— Oui, pendant vingt ans.

Oh.

— Adrian, ça ne fait que deux semaines.

— Détends-toi, P. Je te promets que je n'avais pas l'intention de te demander en mariage à l'instant, et que je n'ai pas non plus envie de te mettre mal à l'aise. Je veux juste te comprendre, t'apprécier, te connaître, et certainement pas te ficher la trouille.

— Eh bien pour être tout à fait honnête, j'ai songé à t'épouser il y a longtemps. Mais depuis Dan et les enfants, je n'avais tout simplement plus suffisamment de disponibilité mentale pour ce genre de réflexion. Et regarde la réussite de mon mariage…

— Ah, non seulement tu as perdu l'espoir, mais en plus tu t'en veux.

— Je n'ai compris que ça pouvait foirer qu'une fois que c'était trop tard. Ça m'a vraiment fait un choc, parce que je m'étais impliquée à fond. Et je n'ai plus eu l'occasion d'espérer de nouveau avant que tu ne refasses ton apparition. Mais honnêtement, Adrian, je ne crois pas que je pourrais endurer ça une deuxième fois. Je ne crois pas que je supporterais de rater un second mariage. Il y a des gens qui vivent heureux ensemble pendant des décennies sans se marier. Je… Les vœux sacrés du mariage m'ont déjà déçue, alors je n'y crois plus vraiment.

— Comment puis-je te redonner l'espoir, P. ?

— Je crois que tu ne peux pas. Pour moi, ça risque de nécessiter du temps et de la patience.

— Alors il reste une possibilité, tout de même ?

— Non, Adrian. Je crois que je n'y arriverai plus… jamais. En particulier avec toi. Je ne pourrais pas supporter de te décevoir. Je t'en prie, il faut que tu comprennes.

Ses épaules s'affaissèrent et je sus que je l'avais blessé. Il se reprit toutefois aussitôt et me dit, avec un sourire sincère :

— J'essaie de te comprendre, P. Et j'aimerais trouver un moyen de te rendre la foi. Et ça vaut ce que ça vaut, mais tu ne pourras jamais me décevoir.

— Je suis désolée, mais mes décisions doivent non seulement s'intégrer à ma vie, mais aussi à celle de ma famille.

— Ce qui signifie que tu penses d'abord à tous les autres avant de songer à toi.

— Et pourquoi pas ? J'ai déjà suffisamment bouleversé leurs vies.

— En ce qui concerne tes enfants, tu as tout à fait raison de penser à eux en priorité. Mais il faut que tu laisses ton cœur guérir. Tu dois arrêter de t'en vouloir.

— C'est plutôt de la culpabilité, tu sais, envers les enfants. Mais je sais que ça sera mieux pour eux, et pour moi aussi.

Le regard d'Adrian erra vers le bar ou Dan commandait un autre verre.

— Je crois que tu as raison, P. Je pense que les enfants ont le droit d'avoir leur père auprès d'eux, mais tu as fait le bon choix. Je ne pourrais pas vivre avec quelqu'un qui a rompu ses vœux, moi non plus. Mais je ne pourrais pas vivre sans avoir foi en l'avenir. Je ne serais pas ici si j'avais perdu l'espoir. Et je resterai jusqu'à ce que tu le retrouves, toi aussi.

Avec un soupir de soulagement, je posai mon menton sur ma main en contemplant Adrian.

Nous passâmes l'heure qui suivit à bavarder et à rire, à rattraper tous les petits moments perdus de la vie. Finalement, me retrouver dans la même pièce qu'Adrian et Dan se révélait bien moins gênant que je ne l'avais imaginé. En fait, je me sentais libérée maintenant que Dan avait cessé de me couver. Pour une fois, son attitude frivole constituait un atout. Isabelle et Tyler nous laissaient eux aussi tout l'espace nécessaire : ils n'avaient pas quitté la piste de danse depuis que je m'étais assise.

J'écoutai Adrian parler de son travail, des délais serrés et des décisions cruciales. Sa vie semblait tellement organisée et diffé-rente de ce que j'avais imaginé !

— Tu as changé. Qu'as-tu fait de l'Adrian spontané et frivole que je connaissais ?

— Il a grandi.

— En effet.

— Mais je reste spontané, tu sais ? Je choisis un peu plus efficacement mon timing, c'est tout.

— Alors, que ferais-tu si c'était le bon timing ?

— En voilà, une question tendancieuse, P. !

— Pourquoi ça ?

— Tu veux vraiment que je me mette à quatre pattes sous la table pour te montrer ?

Oh ! Je voulais répondre que oui, mais je craignais qu'avec ma permission, il mette ce plan à exécution.

— Tu n'oserais pas…

Je m'arrêtai de parler lorsque sa main glissa le long de ma cuisse, retroussant ma robe pour entrer en contact avec ma peau nue. J'écarquillai les yeux, observant ses pupilles qui se dilataient à mesure que sa main remontait.

— Bon, d'accord, je crois que tu oserais…

Je sentais mon sexe se gorger de désir et mouiller ma culotte. Cette caresse délicate, ici, en public, là où n'importe qui aurait pu nous surprendre, attisait mon envie.

— Tu veux que j'arrête ?

— Oui et non.

Je me mis à haleter lorsque sa paume se pressa contre ma cuisse sous la longue nappe, ses doigts s'approchant de ma culotte humide et effleurant délicatement le tissu.

— Mais tu devrais sans doute, dis-je en déglutissant.

Mon cœur battait à tout rompre, et je craignis de rougir et de me trahir.

— Oui, en effet, parce que je n'ai qu'une envie, c'est t'entendre crier mon nom la prochaine fois que tu jouiras, P.

Moi aussi, je le souhaitais par-dessus tout. En fait, j'étais sûre qu'il ne m'en faudrait pas beaucoup pour en arriver là. Adrian retira doucement sa main.

— Comment rentres-tu chez toi ? s'enquit-il.

— Nous avons décidé de prendre un taxi.

Nous nous tournâmes tous deux vers le bar où Dan avait déjà avalé le contenu de son verre et trinquait avec la blonde. Je me décomposai : pourquoi ne ralentissait-il pas un peu ?

Adrian serra la mâchoire.

— Je vous reconduirai tous les deux. Nous déposerons Dan et nous pourrons nous montrer… spontanés.

Se rendait-il compte qu'il venait de planifier la spontanéité en question ? pensai-je, hilare.

— Si tu le reconduis, je ne pourrai pas vous présenter l'un à l'autre dans les règles, comme je comptais le faire demain.

— Parfois, il faut faire avec ce qu'on a. Ne t'inquiète pas encore pour demain. J'ai l'impression que d'ici là, Dan se remettra d'une cuite carabinée et qu'il ne lui restera pas énormément de souvenirs de cette soirée.

Il était presque vingt-trois heures, et si je voulais passer un peu de temps seule avec Adrian, je savais qu'il me fallait pousser Dan vers la porte, sinon il resterait jusqu'au petit matin.

Isabelle et Tyler regagnèrent finalement notre table.

— Alors, fatigué, le danseur étoile ? demandai-je.

— Jamais de la vie. Je pourrais continuer toute la nuit, répondit Tyler.

— Bien sûr, mon chéri. Si tu n'avais pas eu cette crampe dans le dos, nous aurions été les derniers à quitter la piste de danse. Alors, comment allez-vous tous les deux ?

Isabelle reporta ensuite son attention sur Adrian.

— Tu te souviens de moi ? s'enquit-elle. Au bar ?

— L'amie protectrice !

Il lui embrassa la main et elle poussa un petit cri. Isabelle n'avait pas l'habitude des coutumes européennes, et les manières de gentleman d'Adrian ajoutaient encore à son charme.

— Isabelle.

— Adrian.

— Et voici mon mari, Tyler.

— Ravi de vous rencontrer.

Tous deux échangèrent une poignée de main, et je sus d'emblée qu'ils pourraient devenir amis avec le temps. Pendant que je bavardais avec Isabelle, ils se découvrirent une passion commune pour le football.

Dan n'était pas revenu à sa place, ce qui commençait à m'inquiéter. À un moment, je le vis se traîner vers la table d'Amanda. Il y échangea quelques mots avant de retourner au bar.

— Il faut que j'aille aux toilettes, dit Adrian en m'embrassant avant de se lever.

— Ça ne t'ennuie pas si on rentre tout de suite après ? demandai-je.

— Bien sûr que non. Je reviens.

Dès qu'il disparut, je m'avachis sur ma chaise, comme privée de la substance qui m'habitait en sa présence.

— Tu l'as vraiment dans la peau, fit Isabelle en me donnant un coup de coude.

— Ah ça, oui, dis-je d'une voix songeuse. Je devrais aller chercher Dan. Adrian va le reconduire avant de me déposer.

Je m'abstins de mentionner le fait que nous allions passer un bon moment ensemble par la suite.

— Tu ne serais pas en train de mettre des Mentos dans ton Coca ? me demanda Isabelle.

— Hein ?

— Enfin, Mia, tu sais comment est Dan quand il a bu. Pouf !

Elle ouvrit les deux mains en même temps, simulant une explosion.

— En les laissant tous deux dans la même voiture, tu cherches les ennuis.

Avais-je sous-estimé la capacité de Dan à accepter Adrian ? Techniquement, je ne les avais pas encore présentés. Et même si Dan pouvait se montrer adorable avec Adrian tant qu'il restait sobre… eh bien, il avait bu comme un trou toute la soirée.

— Il faut que je le trouve ! dis-je en bondissant de ma chaise pour partir à sa recherche.

Dan ne traînait ni au bar ni à proximité des toilettes. J'inspectai donc chaque table jusqu'à ce que mon trajet me ramène à la nôtre.

— Pas de chance ? s'enquit Isabelle, qui commençait à s'inquiéter autant que moi.

En entendant le vacarme qui venait d'éclater dans le couloir, près du vestiaire, nous nous retournâmes simultanément. J'aurais dû me douter aussitôt de ce qui était en train de se passer, mais j'avais choisi de croire que mon ex-mari avait renoncé à ses mauvaises habitudes. Les bruits de bagarre me vrillèrent les nerfs comme des ongles sur un tableau noir. Isabelle et Tyler sur les talons, je me précipitai vers l'entrée.

Un groupe s'était rassemblé et m'empêchait de voir le début de l'altercation.

— Personne danse comme ça avec ma femme, dit Dan d'une voix pâteuse.

Plusieurs femmes reculèrent, leurs époux et leurs compagnons s'efforçant de les protéger.

— Dan, il faut que tu te calmes, répondit Adrian. C'est une soirée familiale.

Je me faufilai parmi la foule, jouant des coudes pour me glisser entre les costauds qui me barraient la route. Adrian se tenait à gauche, la joue de plus en plus rouge : j'en déduisis que Dan l'avait gratifié d'un coup de poing.

— Allez, viens te battre, insista Dan en levant les poings et en vacillant.

De toute évidence, le plaquer à terre ne nécessiterait pas beaucoup d'efforts. Sa promesse de ralentir sur l'alcool ce soir avait fini aux oubliettes, sans doute noyée par tout ce qu'il avait bu dès qu'il avait mis le pied dans la salle.

— Dan, arrête !

Je me sentais bouillir de rage.

— Ah, la voilà ! Viens par là, toi ! s'exclama-t-il en titubant dans ma direction.

Son haleine avinée le précéda et je reculai vivement. Il me saisit par la taille en me tripotant plus que je ne l'aurais voulu.

Pas la peine de discuter avec lui : ça n'aurait fait qu'aggraver la situation. Et puisque je voulais qu'il sorte aussi vite que possible sans causer un esclandre, il fallait que je subisse sans broncher ses mains qui me palpaient désormais les fesses. Un coup d'œil à Adrian me fit savoir qu'il était sur le point de perdre son sang-froid. Il pinçait les lèvres, mais je l'implorai du regard de rester en retrait.

—Laisse-moi te ramener chez toi. Allez, dis-je en écartant Dan de la foule.

Derrière moi, je sentais la présence d'Adrian. Je soutins Dan en passant son bras autour de mes épaules. Il s'appuya sur moi de tout son poids ; sans mon entraînement de Pilates, je n'aurais sans doute pas tenu le coup.

— Encore une petite danse, bredouilla-t-il. T'as pas dansé avec moi de toute la nuit.

Il me fit pivoter pour bifurquer vers la salle et perdit l'équilibre. Il glissa, s'affala et m'entraîna avec lui.

Si j'avais dû désigner le moment le plus gênant de toute ma vie, ç'aurait été celui-là, à coup sûr. Je m'appuyai contre le mur pour reculer et me dégager avant d'examiner mon ex-mari qui gémissait. Apparemment, en se cognant la mâchoire contre le comptoir du vestiaire dans sa chute, Dan s'était ouvert le menton. En voyant le sang qui lui éclaboussait la chemise, je compris que ma soirée « simplement » désagréable venait de virer au cauchemar.

La pièce se mit à tourbillonner et ma vision se brouilla. Mon cœur me martela les côtes et mes poumons se contractèrent. J'aperçus Adrian qui s'approchait de moi au ralenti, puis ce fut le noir total.

CHAPITRE 17

— Ouvre les yeux P. Ça va ? me demanda Adrian.

Une brise fraîche me caressait les cuisses et je me sentais m'enfoncer dans un siège aux coussins inégaux. Une musique douce me parvint de très loin. Dans la lumière tamisée, je découvris un plafond tapissé. On m'avait étendue sur la banquette arrière d'une voiture. La porte était ouverte et mes pieds reposaient contre la poitrine d'Adrian.

— Que s'est-il passé ? demandai-je.

— Le menton de Dan et ton syndrome vasovagal.

Le souvenir de mon ex-mari qui m'entraînait dans sa chute me revint brièvement en mémoire, avec l'image de la foule qui nous entourait et des visages bouleversés. Encore un événement que les habitants de la région n'oublieraient pas de sitôt. Quand Dan m'avait trompée, m'humiliant publiquement, les rumeurs avaient circulé un bon moment. Amanda s'était bien sûr assurée de mettre tout le monde au courant des moindres détails. Je ne voulais vraiment pas en repasser par là.

— Où il est, ce connard ? Je te jure que je vais le tuer !

J'éprouvais l'envie irrépressible d'aller trouver Dan pour le massacrer, mais Adrian me maintint fermement les pieds pour m'empêcher de me lever.

— Je sais que tu es en colère, P. Mais il vaut mieux éviter de lui tenir tête maintenant. Crois-moi. Autant attendre qu'il dessaoule. D'autant qu'Isabelle et Tyler l'ont ramené chez lui.

Sobre, mon cul ! J'en avais ras le bol des conneries de Dan : il aurait dû voir venir à des kilomètres les conséquences de ses actes.

— Bien. Je te jure que je ne veux plus revoir sa tronche à la con tant que les poules n'auront pas une triple rangée de dents.

Adrian sourit au-dessus de moi.

— Qu'est-ce qu'il y a de drôle ?

— Je ne t'avais pas entendu jurer depuis plus de vingt ans. Je trouve ça sexy.

Je gloussai en levant les yeux vers le plafond. Bien sûr, Adrian savait comment apaiser mon courroux.

— Je t'en prie, dis-moi qu'il s'est passé quelque chose d'encore plus gênant que la petite comédie de Dan après notre départ.

— J'ai entendu qu'Amanda était ressortie des toilettes avec du papier collé au derrière.

Alors *ça*, c'était réconfortant. Je regrettais simplement de ne pas l'avoir vu.

— En plus, sa robe s'était coincée dans sa culotte et on apercevait ses fesses, ricana-t-il. Enfin, c'est ce qu'on m'a rapporté.

— Non ! C'est vrai ?

— Les mots « cellulite » et « gaine de mémé » ont même été évoqués.

— Non, tu racontes des bobards. J'en suis sûre.

— Pourquoi ça ?

— Parce que je te connais.

— J'avoue, mais pour le papier toilette, c'était vrai.

— Merci. J'avais bien besoin de rire.

La simple évocation de la honte d'Amanda me fit sourire.

Mademoiselle Jet Set devait bien avoir un talon d'Achille, tout de même !

Je soupirai.

— Je doute malgré tout que quiconque ait pu faire pire que la petite crise de Dan. Il a vraiment déconné, fis-je en secouant la tête.

Un courant d'air traversa la voiture et me caressa de nouveau les fesses. Étant donné que je portais une robe et que j'avais les pieds calés contre le torse d'Adrian, il bénéficiait d'une vue imprenable.

— Tu as repris des couleurs, dit-il. Et partout ! On dirait que tu vas mieux, P.

Je baissai lentement les jambes et rajustai ma robe.

— Tu as reluqué ? demandai-je.

— Bien sûr.

Mais je savais qu'il mentait encore. Adrian n'aurait jamais profité de la situation.

Il se faufila à mes côtés sur la banquette arrière et m'enlaça. J'aurais voulu rester pour l'éternité nichée ainsi contre lui, dans la sécurité de ses bras.

— Je serais absolument ravi de te bécoter ici, mais ça me paraîtrait un peu déplacé, compte tenu de ce qui vient de se passer il y a quelques minutes.

— C'était affreux, dis-je en baissant la tête. Je n'arrive pas à croire que Dan ait fait ça. Juste au moment où j'espérais que nous puissions passer un peu de temps tous les trois dans la même pièce.

Fallait-il y renoncer à jamais ?

— Il te désigne souvent comme sa femme ? demanda Adrian.

— Pas quand il est sobre. J'aurais dû le surveiller, là-bas. L'empêcher de boire.

Le téléphone d'Adrian vibra. Il jeta un coup d'œil à l'écran sans rien dire.

— P., tu n'as rien fait de mal. C'est un adulte qui a besoin de prendre une bonne claque pour se rappeler ce qu'il a à perdre. Au moins, à partir de ce soir, il lui restera un petit pense-bête au menton pour se souvenir des dégâts que peut causer l'excès d'alcool. Tyler vient de me dire par SMS qu'il allait recevoir des points de suture. Ils sont passés par les urgences en rentrant.

— J'espère que l'aiguille qu'ils lui ont plantée lui a fait un mal de chien !

Adrian me serra un peu plus fort.

— Je crois qu'on devrait reporter, pour demain, dis-je.

Je ne voulais pas vraiment, mais peut-être était-il encore trop tôt pour une rencontre officielle entre Dan et Adrian, après tout.

— Je crois que tu as raison, répondit Adrian avant de se retourner pour tousser dans son coude.

— Ça va ? demandai-je en levant la tête.

— Oui, mais le chat que j'ai dans la gorge commence vraiment à m'irriter.

— Alors rentrons à la maison, dis-je en rêvant secrètement que la maison en question fût un lieu où nous vivrions tous deux.

Cette idée était à la fois si simple et si compliquée…

Adrian conduisit, toussant de plus en plus. Je n'aimais pas sa respiration sifflante et je priai pour que ce ne soit pas grave. Cette nuit comptait à la fois parmi les meilleures et les pires de ma vie. Alors que je flottais sur un petit nuage quand Adrian avait fait son apparition à la soirée de financement et acheté cette danse avec moi pour empêcher Amanda de me l'arracher, j'avais l'impression dorénavant d'être une miséreuse fouillant les poubelles pour y dénicher quelques miettes de pain. D'ici le lendemain, toute la ville parlerait de Dan et de moi, et sans doute aussi d'Adrian. Je m'imaginais déjà les rumeurs évoquant un triangle amoureux qui aurait mal tourné. Et qu'est-ce que j'en avais à foutre, après tout ? Tant que ça n'affectait pas mes enfants, peu m'importait, et avec un peu de chance, les autres adultes ne seraient pas assez bêtes pour en parler devant les leurs. Mes vrais amis étaient restés à mes côtés la dernière fois, et je savais qu'ils continueraient.

— Je demanderai à quelqu'un de déposer ta voiture demain, dit Adrian en se garant dans mon allée. Tu trouveras les clefs sous le paillasson.

— Désolée que ça ne se soit pas mieux passé, et merci pour tout ce que tu as fait pour moi. Je ne sais même pas comment exprimer ma gratitude. Je me sens toujours tellement spéciale grâce à toi.

Adrian garda le silence et me regarda comme s'il rassemblait ses esprits.

— P., j'ai besoin que tu me promettes quelque chose.

— D'accord.

Il me considéra avec une expression impassible, et je me rendis compte qu'il choisissait ses mots avec soin.

— Promets-moi de parler à Dan. Sérieusement. Il a besoin de l'aide d'un professionnel. Je m'inquiète pour toi, pour Christa et pour Jonathan. Je sais que tu es une femme solide, mais parfois, il n'y a pas assez de muscles dans un corps humain pour gérer le genre de problème dont souffre Dan.

— J'ai l'impression que son plus grave problème, c'est moi. Il n'arrive pas à tourner la page, et il se replie sur la boisson. Non pas que je lui cherche des excuses, au contraire. Il n'y en a pas. Mais je te promets de lui parler.

Et je lui imprimerai les conséquences de ses actions sur le crâne s'il le faut. Je suis même prête à les lui tatouer.

Adrian me conduisit à l'entrée et m'embrassa le front.

— Je ne veux pas te refiler ma maladie. J'ai l'impression que je vais passer la majeure partie de la journée au lit demain, mais appelle si tu as besoin de quoi que ce soit.

Il m'étreignit une dernière fois avant de regagner sa voiture. Tandis qu'Adrian s'éloignait, je me fis le serment de m'attaquer au pire démon que j'aie jamais eu à affronter : l'alcoolisme de mon ex.

CHAPITRE 18

*L*e dimanche matin, je laissai Christa et Jonathan avec ma mère en leur expliquant que je reviendrais à l'heure pour me rendre à l'église, puis, avec toute la détermination que j'avais pu rassembler jusqu'ici, je fis démarrer ma voiture.

À force de ressasser ce que j'allais pouvoir dire à Dan, j'avais à peine dormi. Son scandale de la veille avait tiré une sonnette d'alarme à laquelle j'avais fait la sourde oreille trop souvent auparavant.

Je frappai à sa porte, sonnai à plusieurs reprises, puis toquai de nouveau. Peu m'importait que Dan fût en train de dormir, torturé par la gueule de bois ou fatigué d'être un connard. J'allais le réveiller même s'il me fallait entrer par effraction. Finalement, un « j'arrive ! » ensommeillé me parvint de l'intérieur.

Je restai campée devant la porte, les bras croisés sur la poitrine, jusqu'à ce qu'il m'ouvre enfin.

— Qu'est-ce que tu fiches ici ? demanda-t-il.

Les cheveux en bataille, les paupières mi-closes, il portait toujours ses chaussettes de la veille. Suffoquée par son haleine empuantie, je regrettai un instant d'être passée si tôt. Mais si je n'agissais pas dès maintenant, alors que je fulminais encore, je craignais de manquer de courage pour lui dire ses quatre vérités.

— Recule d'un bon mètre cinquante et ne t'approche pas davantage.

Je le dépassai et je me dirigeai vers la cuisine. Là, je m'emparai d'une bouteille d'eau, que je vidai à moitié avant de baisser le bras. Il se traîna jusqu'à l'évier et se remplit un verre. J'avais toujours détesté le voir boire de l'eau du robinet. Il avala un cachet, sans doute destiné à atténuer une migraine carabinée.

— Mais tu déconnes ou quoi ? demanda-t-il sur un ton infect en s'appuyant sur le comptoir, à bonne distance.

Au moins, il avait compris que je ne plaisantais pas.

— Ça ne pouvait pas attendre ?

De toute évidence, l'alcool lui avait davantage abîmé la mémoire que je ne l'imaginais. Je m'attendais presque à ce qu'il ne se rappelle rien de la veille, ce qui n'allait pas me faciliter les choses. Si personne ne lui rapportait ce qu'il avait fait, Dan ne comprendrait jamais l'étendue des dégâts qu'il avait causés.

— T'as merdé, Dan, t'as merdé à fond ! m'exclamai-je pour l'agacer, espérant que le bruit n'arrangerait rien à sa migraine.

Il ferma les yeux en plissant le front. À en croire son expression, il souffrait comme s'il venait de s'enfoncer la tête dans un broyeur.

— Mais de quoi tu parles ?

— Oh, mais je n'ai pas l'intention de te raconter ce qui s'est passé hier soir. On t'en rebattra bien assez les oreilles au boulot et en ville, quand les gens parleront de l'abruti qui a frappé un innocent, traîné sa femme à terre et fichu la honte de leur vie à toutes ses connaissances.

Il se décomposa en essayant de déglutir, la gorge sèche. J'espérais bien qu'il le sentait passer…

— Et si tu lâches ne serait-ce qu'un seul mot pendant que je parle, je m'assurerai que tu ne voies plus Christa et Jonathan qu'à toute petite dose. Je ferai de ta vie un vrai enfer et je me conduirai en vraie garce, comme j'aurais dû le faire quand tu m'as trompée. J'en ai assez de jouer les gentilles pour faire plaisir à tous ceux qui m'entourent.

Il se posa finalement sur une chaise, les yeux écarquillés, et je compris que j'avais toute son attention.

— Pas question que tu nous accompagnes à l'église aujourd'hui, parce que tu n'as pas entièrement dessaoulé et que je ne veux pas jouer les taxis pour un ivrogne. Je te confisque tes clefs de voiture jusqu'à nouvel ordre. Débrouille-toi comme tu veux pour aller au boulot, je m'en fiche. Tu as suffisamment d'argent pour prendre le taxi pendant au moins un mois. Ça te reviendra certainement moins cher que ce que tu dépenses en boissons dans des restaus de luxe, alors finalement, je te fais une fleur. Tu vas te faire aider par un professionnel et te rendre chez les Alcooliques Anonymes. Tu ne passeras plus la nuit chez moi, parce que je ne peux plus te voir en peinture. Et je ne me sentirai plus coupable d'avoir demandé le divorce, parce qu'hier, tu m'as redonné un bel aperçu de qui tu es réellement.

J'avais du mal à croire que je venais de déballer mon sac de la sorte. Je haletais, le cœur battant. Ma mâchoire inférieure me faisait mal, parce que j'avais apparemment serré les dents pendant mon discours.

Dan se palpa le menton, étonné d'y trouver une entaille. Une croûte de sang dépassait du bandage et je grimaçai en me rappelant sa blessure. Dieu merci, elle avait séché : seules les plaies sanglantes me donnaient le tournis. Son regard hébété me permit de comprendre qu'il n'avait aucune idée de ce qui s'était passé la veille.

— Je peux parler ? demanda-t-il.

— Oui.

— Explique-moi ce que j'ai fait, s'il te plaît. Dis-moi tout. Je me souviens des enchères. D'un type qui dansait avec toi, et ensuite, c'est le vide.

— Tu as bu comme un trou, Dan. Ce type avec qui je dansais,

tu lui as collé un coup de poing en sortant, en lui disant que personne ne dansait avec « ta femme ». Et pendant que tu l'injuriais en tanguant sur place, une foule s'est rassemblée. Tes amis ont fait tout ce qu'ils pouvaient pour te ramener à la raison, mais tu n'as rien voulu entendre. J'ai dû intervenir pour te calmer, mais tu as évidemment insisté pour danser avec *moi* ! Tu t'accrochais comme un pervers, tu m'as tripoté le cul, et finalement, tu t'es cassé la figure en m'entraînant avec toi. Et tu t'es ouvert le menton dans la foulée. Tyler et Iz t'ont conduit à l'hôpital, où on a dû te recoudre.

Il me dévisageait, bouche bée, comme si ce que je venais d'annoncer était le plus stupéfiant. J'imaginai qu'il ne se rappelait pas de l'hôpital non plus. Je priai pour qu'il s'en souvienne, ou au moins qu'il se remémore l'aiguille qui lui avait percé la peau, mais non, rien…

— Et ensuite, ils t'ont ramené chez toi, conclus-je.

Dan se prit la tête entre les mains et passa les doigts dans ses cheveux emmêlés. Il lui fallut un moment pour retrouver l'usage de la parole.

— Pardon, Mia. Ça ne suffit sans doute pas, ça ne suffira jamais, mais je te demande vraiment pardon.

— Je ne suis pas ta femme, Dan, mais une amie qui veut te voir aller mieux. J'ai besoin que tu sois présent pour tes enfants et que tu leur donnes l'exemple. Tu ne veux pas les voir grandir ? Que crois-tu qu'ils penseraient en te découvrant dans cet état ? Ou pire, derrière les barreaux ? Ils auront déjà bien assez à faire à cause des rumeurs, à l'école. Je suis sûre que les autres gosses entendront leurs parents en parler.

— Je ferai tout ce que tu m'as demandé.

Il marqua un temps.

— Et je ne te ferai pas de promesse, parce que mes promesses ne valent pas un clou, mais je vais m'efforcer d'être celui que tu as besoin que je sois.

Pouvais-je vraiment le croire ? Avais-je seulement le choix ?

Dan paraissait sincère, mais comment faire confiance à une personne qui passe son temps à vous trahir ? Je voulais pouvoir compter sur lui, comme autrefois. J'avais besoin qu'il joue son rôle dans ma vie et celle de mes enfants. Ne comprenait-il donc pas ? Je l'aimais toujours. Je l'aimerais toujours et me préoccuperais toujours de lui, parce qu'il m'avait donné deux des plus précieux cadeaux au monde, ce dont je lui serais reconnaissante à jamais. Il ne s'agissait sans doute pas de l'amour auquel il aspirait, ni de celui que nous éprouvions l'un pour l'autre auparavant, mais il ne me restait plus que ça à lui offrir. S'il se laissait entraîner dans cette spirale, je n'étais pas sûre de tenir le coup, parce qu'il risquait de m'entraîner au fond, et les enfants avec moi.

— Je t'en prie, Mia. Une dernière chance.

Il tourna vers moi le regard le plus honnête que j'aie vu depuis longtemps, un regard brillant et désespéré.

— Et hydrate-toi, hein ! dis-je en me dirigeant vers la porte. Et pour ton bien, prends une douche, s'il te plaît.

— Je vais le faire. Mia, je suis vraiment désolé. Je t'appellerai cette semaine pour t'aider, avec Jonathan.

— Tu devrais te concentrer sur ton travail, histoire d'avoir assez d'argent pour les trajets en taxi.

— Très drôle. J'ai quelques contrats qui se profilent et qui devraient me maintenir à flot.

Après m'être arrêtée à l'entrée pour prendre ses clefs de voiture au crochet, je me retournai vers Dan. Voyant que je grimaçais en humant son haleine, il recula d'un pas.

— Il faut que je te pose une question. Est-ce que tu transmets des affaires à Amanda ? Réponds franchement, s'il te plaît.

Il respira à fond et expira en se tournant dans une autre direction. Ses épaules s'affaissèrent et en déchiffrant sa gestuelle, je sus que mes tripes ne m'avaient pas trompée.

— Elle m'a demandé de lui refiler ce contrat sur lequel je

bosse, au nord. Elle vient de passer une sale année. Elle gagne à peine assez pour subvenir aux besoins de sa famille.

Comme si je me souciais de cette briseuse de ménage ! J'avais autant envie de m'intéresser à son sort que de participer à la prochaine mission sur Mars. Je suis convaincue que les gens doivent s'assumer, et je savais qu'elle essayait simplement de se faciliter la vie en récupérant les clients de ses collègues. J'en entendais parler depuis des années. C'était vraiment une garce de haut niveau.

— Enfin bref, je représente le vendeur et elle voulait s'occuper de l'acheteur. Mais mon client souhaite que je gère les deux. En fait, il a insisté dans ce sens. J'ai expliqué à Amanda que je ne disposais d'aucun moyen de lui faire cette fleur, même si elle me laissait un pourcentage. Ça ne lui a pas vraiment plu.

Ben voyons, pensai-je.

— Elle n'apporte que des ennuis, Dan. Tu devrais rester à l'écart de cette femme. Ce n'est pas à moi de te dire avec qui sortir ou te lier d'amitié, mais l'affaire ne se limite pas à ce qui s'est passé entre vous. Elle est malveillante, un point c'est tout. Si tu tiens à Christa et à Jonathan, tu devrais t'abstenir de lui faire cadeau de tes dossiers et prendre tes distances. Je ne sais pas si tu te souviens, mais tu as passé un bon moment avec sa copine blonde. Je crois qu'elle s'appelle Kayla, et elle me semblait très sympa. C'est bien dommage qu'elles soient amies, mais si tu veux mon opinion en tant que femme, cette fille pourrait te faire beaucoup de bien, à condition de t'éloigner d'Amanda pour qu'elle ne vienne pas semer la zizanie.

— Merci, Mia. Mais si la moitié de ce que tu viens de me raconter sur mon attitude d'hier est vraie, j'ai l'impression que toutes les femmes saines d'esprit qui m'ont vu à cette soirée vont m'éviter soigneusement.

— Tu n'es pas un mauvais bougre, Dan. La balle est dans ton camp. Je ne veux que ton bonheur et je ferai de mon mieux pour t'aider, mais il faut tirer un trait sur l'alcool. Maintenant, rends service à tout le monde et va te doucher.

Il referma derrière moi et, pour la première fois depuis des années, j'eus l'impression d'avoir réussi à lui faire entendre raison. Restait encore à voir si mon sermon s'évaporerait de sa mémoire comme l'alcool au petit matin.

CHAPITRE 19

Je n'eus pas l'occasion d'appeler Adrian avant treize heures. Dan évita l'église ce matin-là, et ma mère me travailla au corps pour que je lui relate le gala de bienfaisance de la veille en détail. Je lui racontai le scoop du jour avant d'aller à l'office, afin que les regards apitoyés et les têtes qui se tournaient vers nous ne la surprennent pas. Ma mère, en femme solide qu'elle était, n'avait absolument rien à cirer de l'opinion d'autrui. Elle en avait suffisamment bavé dans sa vie pour ne pas se soucier des ragots. Parfois, je lui enviais cette force de caractère.

— Allô ? répondit Adrian.

— Salut, j'espère que je ne te réveille pas.

— Non, je suis déjà debout, dit-il d'une voix ensommeillée qui donnait l'impression du contraire. Tout va bien ? s'enquit-il.

— En dehors du fait de te voir en première page du journal ce matin, tu veux dire ?

— Hein ? fit-il.

Je l'entendis sortir précipitamment du lit.

— Eh bien, poursuivis-je, à quoi t'attendais-tu après avoir fait don d'une petite fortune dans une minuscule bourgade ? Comment tu te sens ?

— Ça n'a rien d'une fortune, et je ne suis pas vraiment dans mon assiette.

— Suffisamment en forme pour passer, tout de même ? demandai-je. On pourrait regarder un film avec les enfants ?

— Carrément ! s'exclama-t-il, enthousiaste. Laisse-moi juste le temps de me doucher et de me changer. À quelle heure ?

— Dès que tu seras prêt. Notre porte t'est toujours ouverte.

J'adressai un clin d'œil à Jonathan, qui faisait semblant de ne pas épier ma conversation. Un sourire se dessina sur ses lèvres tandis qu'il tripotait son jeu vidéo. Ce spectacle me remplit de joie. L'iceberg que je croyais devoir escalader pour présenter Christa et Jonathan à Adrian s'était révélé n'être qu'un vulgaire glaçon. Si seulement Dan voulait bien émerger de l'Antarctique où il semblait coincé afin d'émigrer vers des régions plus tempérées, je pourrais enfin respirer.

Une heure plus tard, on sonna à l'entrée.

— Il est là ! s'écria Christa en bondissant du canapé pour s'élancer vers la porte.

Elle accueillit Adrian au moment où je passai dans le couloir et l'y entraîna en le prenant par la main.

— Salut, dis-je en souriant avant de me tourner vers Christa, qui le traînait quasiment par le bras. Qu'est-ce que tu fabriques, ma puce ?

— Il faut que Hulk voie la figure de skate que Jonathan a essayée !

Je l'arrêtai avant qu'elle ne lui arrache le bras.

— Dans un moment, ma chérie. Faisons un thé à Adrian avant de visionner le film, tu veux ?

Christa n'avait pas l'air ravie.

— Je te promets que j'irai regarder, renchérit Adrian, ce qui incita ma fille à retourner s'installer sur les coussins du canapé.

Adrian sortit de son sac une boîte de popcorn au micro-ondes.

— Je n'ai pas eu le temps de passer faire des courses.

— Tu n'es pas obligé de leur apporter quoi que ce soit, mais merci. C'est adorable. On le préparera pour la séance ciné.

— Tout s'est bien passé, après la soirée d'hier ?

— Oui, répondis-je en baissant la voix. J'ai vu Dan ce matin. Je lui ai confisqué ses clefs de voiture et nous avons eu une conversation qui n'a que trop tardé.

— Tu m'as l'air d'avoir le vent en poupe aujourd'hui ! dit-il avant de tousser en se couvrant la bouche de sa manche.

À voir ses paupières lourdes et ses yeux rouges, on avait l'impression qu'il venait de passer la matinée à nager dans le chlore. Adrian aurait certainement préféré rester chez lui et faire la sieste toute la journée.

— Je ne sais pas ce que tu prépares, mais ça sent rudement bon ! déclara-t-il.

— De la soupe de poulet, répondis-je en lui adressant le même genre de clin d'œil dont il me gratifiait toujours.

Il haussa légèrement les sourcils. À vrai dire, dès que j'avais invité Adrian, j'avais décidé de préparer un dîner à la bonne franquette, de ceux qui remettaient mes enfants sur pieds chaque fois qu'ils tombaient malades. Je le pris par la main pour le conduire à la cuisine. Ce geste m'était venu si naturellement que je ne m'en étais même pas rendu compte, mais en voyant mes petits, je lâchai lentement prise.

— Bois. C'est du thé au miel et au citron, expliquai-je en lui tendant la tasse qui l'attendait. Ça devrait t'adoucir la gorge.

— Merci. C'est exactement ce qu'il me faut.

Adrian but une gorgée avant de se rendre au salon où Jonathan s'était installé, la jambe étendue sur le canapé.

— Ça fait toujours mal ? demanda Adrian à mon fils.

— Non, mais ça me démange juste là où je ne peux pas gratter.

Regarde, ajouta Jonathan en désignant une zone vierge de son plâtre vert. Je t'ai gardé ce coin-là.

— Merci. Tu sais, je n'ai jamais signé de plâtre jusqu'à ce jour.

— C'est vrai ? intervint Christa. L'année dernière, j'en ai signé cinq !

Adrian la dévisagea d'un air stupéfait.

— Tu étudies dans une école de cirque ? demanda-t-il.

— Non ! répondit-elle en éclatant de rire.

Même Jonathan rit de bon cœur.

— Dans ce cas, comment faites-vous pour multiplier les fractures ? s'enquit Adrian.

Christa se mit à compter sur ses doigts.

— Paige a glissé sur du gravier et s'est cassé la jambe en jouant à cache-cache. Caitlyn est tombée d'un portique et s'est cassé le bras. Tori courait après son frère dans les escaliers et elle a raté la dernière marche. Elle a dégringolé tout en bas. Hmmm.

Elle réfléchit un instant.

— J'ai oublié les autres, mais il y en avait cinq.

— Eh bien peut-être que ton école est une école du cirque secrète. Je t'ai vu faire la roue dans le jardin, Christa. Je parie qu'ils t'entraînent sans te le dire.

— J'aimerais bien ! soupira Christa, mais je voyais bien qu'elle réfléchissait à ce qu'Adrian venait de dire avec plus de sérieux que ce qu'elle en laissait paraître.

Adrian fit tourner le feutre entre ses doigts avant de se pencher pour écrire. Je jetai un coup d'œil avant qu'il ne termine.

L'important quand on tombe, c'est de savoir se relever – Hulk.

— Cool ! Merci ! dit Jonathan, qui relut le message à plusieurs reprises.

— C'est comme ça que tu t'es cassé la jambe ? demanda Adrian en désignant la télé où la console rejouait en boucle la fameuse figure que Jonathan avait préparée.

— Ouais.

Il appuya sur un bouton et releva le menton.

— C'est juste là, commenta-t-il, désignant la télévision d'un geste du menton. Je ne suis pas monté assez haut.

— Aïe ! fit Adrian en plissant le nez. Et tu vas retenter le coup ?

Jonathan baissa les yeux et considéra son plâtre avant de sourire et de se tourner vers lui.

— Je crois bien, oui.

— Bien, dit Adrian en se calant dans le canapé.

On lisait l'épuisement dans chacun de ses gestes, et je me sentis coupable de l'avoir invité à venir. J'aurais dû me douter qu'il ne refuserait pas, même s'il se sentait complètement à plat.

— Je m'occupe de la soupe, et toi, tu te détends.

Christa retourna à son iPad tandis que Jonathan cherchait un film qu'ils voudraient regarder. Pendant que je versais la soupe et les nouilles dans des bols, Adrian s'assoupit un instant.

— C'est prêt, annonçai-je, et il rouvrit les yeux.

Adrian prononça silencieusement « *je suis désolé* » à mon intention et nous rejoignit à la cuisine.

— Un peu d'ail ? demandai-je.

Christa et Jonathan aimaient mettre de l'ail fraîchement écrasé et du persil dans leur soupe de poulet.

Adrian les regarda et les interrogea :

— Qu'est-ce que vous en pensez ? Je tente le coup ?

— C'est bon quand on est malade, mais après ça, pas de bisous ! gloussa Christa.

Le rouge aux joues, je lui demandai :

— Tu avais l'intention d'embrasser quelqu'un ?

Elle se couvrit la bouche pour réprimer son fou rire en répondant :

— Non, personne.

Du coin de l'œil, je vis Jonathan lever les yeux pour regarder si Adrian allait goûter.

— D'accord, envoie ! dit ce dernier.

Jonathan sourit lorsque Adrian avala la première cuillerée.

Après la soupe, je préparai du popcorn au micro-ondes et nous nous installâmes sur le canapé familial en U. Les enfants disposaient de leurs places attitrées sur la méridienne où Jonathan pouvait poser sa jambe. Christa déploya l'extension à côté de lui.

— Mets-toi à l'aise, dis-je en montrant le bout du canapé à Adrian. Il faut te reposer. Je me sens déjà bien assez coupable de t'avoir invité.

— Merci, murmura-t-il en étirant les jambes. Je ne voudrais être nulle part ailleurs.

Je me nichai entre Christa et lui avant de poser la question cruciale :

— Qu'est-ce qu'on regarde, au fait ?

— Les *Avengers*, répondit Jonathan.

Je me demandai s'il l'avait choisi parce que Hulk y intervenait.

Une fois que le film eut débuté, quand tout le monde se focalisait sur l'écran, je repliai les jambes et je me rapprochai d'Adrian, qui luttait pour rester éveillé.

— Dors, chuchotai-je.

Il ne protesta pas. Lorsque je le regardai de nouveau, quelques instants plus tard, sa tête reposait sur un coussin.

Une fois le film terminé, je portai l'index à mes lèvres pour demander aux enfants de ne pas faire de bruit. Après avoir déployé une couverture sur Adrian, je rejoignis mon ordinateur portable sur la pointe des pieds. Les enfants se réfugièrent dans leur salle de jeux, où ils restèrent tout l'après-midi, ce qu'ils adoraient faire. Pendant qu'Adrian se reposait, je mis mon site à jour pour annoncer les cours du mois à venir. Le soir, Adrian dormait toujours à poings fermés. Je préparai les enfants pour le coucher, puis je m'occupai de leurs sacs d'école et de leurs vêtements du lendemain. À vingt-et-une heures, je les bordai et je regagnai le canapé du rez-de-chaussée à pas de loup.

Assise par terre, je le regardai respirer, fascinée par sa poitrine qui montait et retombait lentement. J'aurais voulu me glisser à ses côtés pour me coller contre lui, sous la couverture, mais je savais que dans ce cas, il ne se reposerait pas beaucoup. Il ouvrit des yeux encore ensommeillés.

— Salut, chuchotai-je.

Il me sourit et se redressa lentement en position assise.

— Quelle heure est-il ?

— Vingt-et-une heures passées. Comment tu te sens ? demandai-je en m'appuyant sur le canapé.

— Mieux. Navré de m'être assoupi.

— J'adore t'avoir à la maison, même endormi.

— Ta soupe de poulet fait des miracles, dit-il en se passant la main dans les cheveux.

— Bien. Je t'en mettrai de côté pour chez toi. Mais je préférerais que tu passes la nuit ici.

Il m'attira dans ses bras. Je m'installai sur ses genoux, recroquevillée contre lui. La chaleur qui émanait de lui me fit battre le cœur. Me retrouver tout contre lui me paraissait si naturel… Je me sentais à ma place.

— Un pas à la fois, P. J'ai passé une excellente journée, même si j'ai dormi la plupart du temps.

Il me caressa le front, m'admirant comme s'il me voyait pour la première fois.

— Non, tu as raison, répondis-je. C'était une journée formidable.

— J'ai envie de t'embrasser, mais je crains de te refiler la crève.

— Tu n'as pas écouté Christa ? Pas de bisou ! dis-je en me mordant la lèvre.

Il poussa un soupir exaspéré.

— Je te revaudrai ça, fit-il en glissant une main chaude le long de ma cuisse. De toutes sortes de façons différentes.

C'est dans ces occasions qu'on se dit que l'âge adulte, c'est nul. Si nous avions été seuls au monde, ni l'ail ni la grippe ne nous auraient empêchés de nous sauter dessus. Je mêlai mes doigts aux siens et je les regardai se frôler et se nouer de plus en plus fermement. Quand nos regards se croisèrent, je n'avais qu'une envie, me retrouver seule avec lui. Je ressentais entre nous une irrésistible énergie, chargée de désir et de sensualité.

— J'ai hâte.

— C'est bien. Il paraît que les bonnes choses valent la peine qu'on patiente pour les obtenir, et j'entends bien en faire la preuve.

Il m'embrassa le sommet du crâne. En remuant dans ses bras, je le sentis durcir sous moi.

— Et si tes enfants n'étaient pas à la maison, je te prendrais séance tenante sur ce canapé.

Eh ben ça alors !

Je sentais sur mon cou le souffle chaud d'Adrian tandis que sa main me caressait la cuisse de haut en bas. Même à travers mon jean, ce contact m'excitait au plus haut point et je sentais le désir naître et enfler entre mes jambes.

Comment aurais-je pu ne pas l'embrasser ? Tout en moi fondait sous ses mots. En sentant son sexe réagir sous mes cuisses, j'éprouvai une envie presque insoutenable. La simple idée de le recevoir en moi me faisait haleter.

Mais bien sûr, le sens des responsabilités m'imposait d'attendre. Tout d'abord parce qu'Adrian était malade. Ensuite, parce que je ne parviendrais jamais à me concentrer sous ses attouchements tant que mes enfants étaient à la maison.

— Et quand prévois-tu donc de faire tout ça ?

Je déglutis, la gorge sèche.

— Le plus tôt sera le mieux. Si Fran accepte de surveiller les enfants le week-end prochain… et si ça te convient, bien sûr.

— Dans ce cas, je ferais mieux de rester dans les bonnes grâces de Fran toute la semaine.

Cela dit, une fois que j'aurais raconté à ma mère les conditions que je venais d'imposer à Dan, j'aurais sans doute droit à un ticket de babysitting gratuit avec une énorme mention « C'EST QUAND TU VEUX ! »

— Tu as une semaine chargée ? demandai-je.

— Oui, mais meilleure que la précédente. Il vaudrait mieux que j'y aille. Tu as un cours le matin et je dois assister à plusieurs réunions.

Je libérai ses jambes et, après avoir pris le thermos de soupe sur le plan de travail de la cuisine, je le reconduisis à la porte.

— Merci pour cette agréable journée, dis-je.

C'était la vérité.

Une journée si simple et relaxante. Je n'en avais pas connu beaucoup de ce genre ces derniers temps, mais le retour d'Adrian dans ma vie s'était révélé encore plus bienfaisant que je n'aurais jamais pu l'espérer.

— Merci pour la soupe, P.

— De rien.

Au lieu de m'embrasser, Adrian m'attira tout contre lui, se lova contre mon corps et m'étreignit quelques minutes. Je ressentis son désir pour moi qui me traversait, porté par cet élan physique et exprimant un amour sans ambiguïté. Je n'en revenais pas que sa gestuelle puisse communiquer tant de choses sans un mot. Je chérissais cette chaleur, cette passion, et je me rendis compte que je partageais pleinement ces sentiments. Mon seul problème consistait à ne pouvoir les exprimer à voix haute, parce qu'il n'existe rien de plus intense au monde que de transmettre les émotions que l'on a remisées au plus profond de son cœur.

CHAPITRE 20

*L*e vendredi après-midi, mon corps tremblait d'impatience comme un bol de gelée posé sur une machine à laver en marche. Le souvenir de l'étreinte vigoureuse d'Adrian, le week-end passé, me crispait encore les muscles. J'avais éprouvé une sensation de confort qui dépassait mes attentes en passant du temps avec lui et les enfants, à la maison. Il était à sa place, comme s'il avait fait partie de nos vies depuis toujours. La nuit, ses promesses ardentes envahissaient mes songes, exacerbées par une pincée d'imagination de ma part. Le souvenir de son érection, que j'avais sentie en m'asseyant sur lui, me tarauda pendant les cinq jours qui suivirent.

Cinq des jours les plus fichtrement longs de toute ma vie.

Durant la semaine, je me surpris régulièrement à remuer le derrière comme pour l'aguicher alors qu'il n'était même pas présent. Je n'arrivai à me concentrer ni pendant mes cours ni pendant les leçons privées que je donnais dans mon studio, à la maison. Et pourtant, j'avais une semaine des plus chargées. Dan avait tenu parole et dégagé du temps pour rester avec les enfants afin que je puisse enseigner. Il avait pris le taxi toute la semaine sans jamais se plaindre. Adrian, quant à lui, vivait une vraie semaine de merde. Un de ses fournisseurs s'était retiré d'un contrat à la dernière minute, imposant un retard à toute la chaîne de production. Je ne comprenais pas la moitié de ce qu'il m'expliquait, mais ça avait l'air grave.

Mais ce jour-là, je pris la route du nord dans ma voiture après avoir enfilé une longue robe flottante, boutonnée du décolleté jusqu'aux chevilles. J'avais les mains moites de stress. Sous la robe, je portais un ensemble de lingerie moulant blanc des plus sexy.

Le volant me glissait dans les mains et je dus m'essuyer sur ma robe. Plus je m'approchais de la maison d'Adrian, plus je me sentais des papillons dans le ventre. Un mélange d'angoisse et d'hormones adolescentes, accompagnées d'une tonne d'anxiété d'adulte, faisait passer en surrégime mes espérances en même temps que ma crainte de l'échec et de l'incompatibilité. Je serrais les cuisses de façon compulsive, à m'en faire mal aux muscles.

Quand je me garai devant chez lui, Adrian apparut à la porte en jean et tee-shirt, pieds nus. D'immenses pieds nus ! Je le contemplai et mes émotions bouillonnantes s'apaisèrent. Il se contenta de rester là, les mains dans les poches, braquant sur moi un regard intense.

Je commençai par hésiter et par me demander à quel point je devais me précipiter sur lui. Mais en le voyant me dévorer des yeux, appuyé contre l'encadrement de la porte, je sentis mes craintes fondre comme neige au soleil et j'éprouvai le besoin de me jeter dans ses bras. Les yeux d'Adrian étincelèrent. Ils luisaient de cet éclat spécial signifiant qu'il avait prévu le déroulement exact de sa journée dès qu'il était sorti du lit, et qu'il était prêt à gérer le moindre imprévu. Et aujourd'hui, il avait décidé de me consacrer entièrement ladite journée.

Je saisis la bouteille de vin posée sur le siège arrière et je le rejoignis à grands pas. À ma gauche, la lueur orange augmentait tandis que le soleil descendait vers l'horizon. Un écheveau de nuages jaunes prit des teintes orangées, puis roses. Un arôme de pommes au four s'intensifia à mesure que je m'approchais de la maison, bientôt couvert par les touches de santal du voluptueux parfum d'Adrian.

Je franchis le seuil et, à quelques centimètres de lui, je retirai mes chaussures puis attendis. Il se contenta de m'attirer à l'intérieur, de fermer la porte et de déposer la bouteille et mon sac sur la table du couloir.

Devant son silence, une sourde énergie me parcourut, répandant d'agréables fourmis dans tout mon corps.

De ses mains en coupe, il inclina mon visage de côté. Je fermai les yeux en humant son odeur. La bouche d'Adrian frôla la mienne, et mes mains retombèrent le long de mon corps. Ses lèvres longèrent la courbure de ma lèvre supérieure avant qu'il n'introduise sa langue. J'ouvris la bouche. Il recula lentement. Mon pied effleurait le sien tous les deux ou trois pas. Les paupières toujours closes, je me laissai guider sans crainte jusqu'à ce que je sente une surface dure contre mon dos. Ses baisers qui m'envahissaient n'avaient désormais plus rien d'innocent. Je m'entendais gémir de désir à chacun de mes souffles. Ma main s'égara vers son jean et recouvrit son érection, caressant son membre dur sous l'étoffe. Je ne savais pas ce qui m'arrivait, mais j'avais tellement envie de lui, de nous, que je ne parvenais plus à contrôler mon corps. Ses lèvres se pressèrent contre les miennes et il poussa un grognement.

Lorsqu'il s'écarta, son regard me transperça, incandescent. S'il l'avait voulu, Adrian aurait pu faire fondre d'un seul coup d'œil les boutons de ma robe. Il me prit par la taille et me souleva jusqu'au plan de travail de la cuisine. Du bout des doigts, il me caressa lentement le visage, partant du nez pour gagner les lèvres et le menton, puis poursuivant le long de mon cou et jusqu'au renflement de mes seins, jusqu'à ce qu'il arrive aux boutons de ma robe. La poitrine de plus en plus comprimée, je n'avais qu'une hâte : qu'il m'ôte mes vêtements. Chaque seconde qui passait me suffoquait davantage : j'avais l'impression d'être prisonnière d'un cercueil d'étoffe.

Mais défais ces foutus boutons ! hurlai-je dans ma tête, mais ma bouche refusait de formuler une phrase cohérente.

Nos doigts d'ados fébriles avaient toutefois acquis au fil des ans une patience langoureuse. Adrian défit le bouton du haut et je baissai les yeux pour suivre les mouvements de ses mains.

Il me vola un autre baiser furtif, puis défit un à un les boutons, traçant son chemin vers l'ourlet. Puis il écarta les pans de tissu et me contempla, examina tout mon corps.

— Tu portais du blanc la première fois où on a fait l'amour.

— Je sais.

Tout en moi s'agitait et se transformait en boules de nerfs. Sous son regard, j'eus l'impression que ma poitrine se serrait et enflait en même temps. La chaleur qui émanait de son souffle, de sa peau, était à la fois insoutenable et insuffisante. Le décolleté et le ventre exposés à Adrian, je ne pouvais m'empêcher de retenir mon souffle.

La caresse de ses doigts le long de mes bras, tandis qu'il admirait le moindre centimètre carré de ma peau, répandit dans mon corps de merveilleux picotements. Adrian prenait son temps. Je saisis sa chemise pour la soulever et la lui arrachai, puis je descendis ma robe et je l'écartai d'un geste. Elle tomba par terre, libérant mes hanches et mes jambes.

Et lorsque nous nous regardâmes, je sus que je n'avais jamais désiré un homme autant que lui. Il était l'âme sœur que j'avais perdue, mais que j'avais eu la chance de retrouver. Ce petit morceau de mon cœur où j'avais remisé son souvenir s'était mis à grandir dès qu'il avait reparu dans ma vie.

En l'observant, j'arrivais à peine à croire que son corps ait tant changé en vingt ans. Le souffle court, j'admirais cette merveille d'anatomie. Son torse au teint naturel et sa peau hâlée m'hypnotisaient. Le tatouage qui s'enroulait sur son avant-bras disparaissait derrière son épaule : je ne pouvais penser à rien d'autre qu'à suivre ces lignes sombres du bout de la langue et à embrasser ces nouveaux motifs dessinés sur sa peau. Je voulais me jeter contre ses hanches, me lover autour de lui et le sentir plonger en moi. Mais comment faisait-il pour manifester autant de retenue, de son côté ? Ou peut-être se maîtrisait-il à dessein ? J'avais l'impression qu'il exhibait ses pectoraux, ses abdominaux et cette flèche de pilosité discrète qui s'étendait au-dessus de sa boucle de ceinture rien que pour m'exciter. Je dévorai des yeux son corps ferme lorsqu'il se pencha, posant ses mains à plat sur le plan de travail, de part et d'autre de mes cuisses. Ses pouces frôlèrent la peau de mes hanches. Les muscles de ses bras et cette façon qu'il avait de se focaliser sur moi, en me regardant vraiment, avec toute son attention, me donnaient envie d'autre chose que de simples pommes au four.

— Voilà, c'est beaucoup mieux comme ça, dit-il en m'embrassant. Salut, Poucelina.

— Bonjour.

— Tu veux un peu de ma tarte ? demanda-t-il avec un haussement de sourcils suggestif.

Je gloussai, renvoyée à l'âge de l'adolescence, une écervelée sans responsabilités ni soucis.

— Pourquoi pas, mais de *cette* tarte-là, répondis-je en désignant le four.

— C'est bien ce que j'entendais par là. À quoi tu pensais ?

Il me lâcha la taille et leva les mains dans un geste innocent.

— Tu mijotes quelque chose, dis-je.

— Bien sûr ! C'est l'heure du dessert.

Adrian plongeait déjà vers mon cou, mordillant la peau en direction de mon lobe d'oreille. Les mains en appui sur le plan de travail, j'inclinai la tête. Ses lèvres ardentes empruntèrent un sentier descendant le long de mon décolleté, jusqu'à la pointe du V entre mes seins. Puis il remonta vers mon oreille, si délicat que je sentais sa bouche me chatouiller le cartilage et frôler le pavillon. Ses mains restaient sur le comptoir, mettant ma patience à rude épreuve, parce que je n'avais qu'une envie : les sentir sur ma peau, sur tout mon corps.

Il se retira et tourna vers mes yeux un regard pénétrant.

— Te dire combien j'ai envie de toi ne suffit pas.

Ses lèvres m'effleurèrent de nouveau l'oreille tandis que son souffle chaud me caressait la peau.

— Je me souviens de nous deux comme si c'était hier. Et te voilà encore, devant moi, et c'est à peine si j'arrive à y croire. On dirait que je fais un de ces rêves dont je ne veux pas me réveiller, de crainte que tu n'aies disparu au moment où j'ouvrirai les yeux.

Je déglutis et je portai la main à son visage, tout contre sa joue.

— Je suis là pour toi. Pour nous. Et je n'ai pas l'intention de partir où que ce soit.

Je m'avançai pour appliquer ma bouche sur la sienne et rester contre lui, sentant la température de mes lèvres qui changeait. Les siennes étaient plus chaudes, bien plus chaudes, et j'en savourai le contact jusqu'à ce que le four se mette à sonner.

— Putain de tarte aux pommes, dit-il tout contre ma bouche.

Il pivota sur ses talons pour enfiler ses maniques.

Bon sang qu'il était sexy, torse nu, simplement vêtu de son jean et de ces gants de cuisine ! Sa vitalité m'attirait vers lui comme un papillon vers une flamme. Je n'avais jamais rien ressenti de tel jusqu'alors. Et pourtant, sur l'instant, je ne pus que rester immobile en le fixant du regard. Adrian ne perdit pas de temps : il retira vivement le moule à tarte, laissa tomber ses maniques sur le plan de travail, éteignit le four et se retourna vers moi pour me saisir et me soulever. Sa bouche s'écrasa contre la mienne, et j'enroulai les jambes autour de sa taille. Tout en me serrant tout contre sa poitrine, Adrian m'emmena hors de la cuisine, vers une destination que je ne voyais pas, et peu m'importait.

Il se baissa jusqu'à ce que je sente un coussin sous mon dos. Nous étions arrivés dans un salon, sur une méridienne beige prolongeant le canapé. Un aquarium projetait sur le mur une lumière mouvante et fluide. Le son discret des bulles qui se formaient à la surface offrait un fond sonore délicat à cette pièce douillette.

Lorsqu'il m'attira vers les délices de ses lèvres sensuelles, je perdis la notion du temps et de l'espace. La pièce se mit à tourbillonner autour de nous, et nous devînmes le centre d'un vortex dont je n'avais aucune intention de m'extraire. En fait, je voulais m'y noyer avec lui. Ses mains rêches glissèrent le long de mon corps, couvrant chaque centimètre carré de peau, comme quand nous étions jeunes. Nous nous étions aimés fougueusement cette première fois, et au bout de vingt ans, la sensation d'origine aurait pu s'émousser et disparaître. Mais voilà que j'éprouvais la même euphorie dans les bras d'Adrian que si j'avais toujours quinze ans, parce qu'il était mon premier. La passion que nous avions partagée autrefois était restée enfouie en nous, prête à ressurgir un jour.

Ses lèvres dominaient ma bouche et m'excitaient plus encore que dans mes rêves les plus fous. Sa peau ferme et sa langue experte, la pression de son corps contre le mien, libérèrent mon désir. Il me possédait et me guidait, m'inspirant des sensations que je n'avais plus éprouvées depuis des années. Un appétit dévorant s'éveilla et se répandit dans tout mon corps tel le serpent du péché, avide de goûter au fruit interdit qu'il m'offrait du bout de la langue. Et je l'accueillis tout entier, plongeant mes doigts dans ses cheveux, puis les égarant sur sa poitrine et ses côtes, explorant du bout des doigts des sentiers familiers et inédits.

À l'issue de cet unique baiser, si semblable et différent à la fois de notre premier, je sus que je n'embrasserais plus jamais personne de la même manière. Impossible d'atteindre une si parfaite harmonie, avec quiconque.

Lorsqu'il s'écarta, je haletais en me demandant si je trouverais la force de me relever, mais ça n'avait aucune importance.

— Je n'arriverai pas à monter à l'étage, déclara-t-il en déposant des baisers le long de mon cou et de ma poitrine tout en rajustant son pantalon à l'entrejambe.

Je n'avais encore jamais vu un jean se déchirer sous une érection, mais je commençais à croire que je risquais d'être témoin de cette prouesse ce soir même.

— Je crois que je ne te laisserais même pas essayer.

Ma voix tremblait.

— Tu es nerveuse, dit-il.

Je hochai la tête.

— Moi aussi, ajouta-t-il en baissant les yeux vers moi.

— Vraiment ?

— Oui. On ne savait pas ce qu'on faisait, dans le temps. À présent, il faut s'accommoder de toutes sortes de critères et d'attentes.

Ce sourire en coin qui me fascinait reparut.

Je tendis la main pour poser ma paume sur sa joue et caresser sa mâchoire rasée de près.

— Pas d'attentes spécifiques. Je ne veux que toi. Je nous veux, nous, même si on était aussi maladroits que les ados d'autrefois.

Pourtant, quelque chose au fond de mon ventre me soufflait que cet homme élégant allait offrir à mon corps des voluptés inattendues.

Adrian défit sa ceinture et fit glisser son pantalon le long de ses hanches, ce qui n'était pas si facile compte tenu de la bosse qu'il recouvrait. Je restai sur la méridienne, passant ma langue sur ma lèvre inférieure en regardant ses muscles robustes onduler à chaque mouvement. Son désir pointait visiblement dans son boxer. Tandis qu'il s'étendait sur la méridienne, j'admirai son nouveau corps splendide, dont je ne me lassais pas. Presque nu, il se coucha à mes côtés et braqua ses yeux sur moi, promenant ses doigts le long de mon ventre, autour de mon nombril. Ma peau électrisée se hérissa de chair de poule, du centre vers l'extérieur.

Un doux gémissement d'impatience m'échappa, mais il

l'apaisa d'un baiser. Devant l'insistance de ses lèvres pleines, j'ouvris la bouche et il me pénétra de sa langue, suscitant de ma part un geignement. L'embrasser me semblait encore tout à fait irréel. Finalement, mes mains remontèrent le long de ses bras, jusqu'à sa nuque, frôlant la naissance de ses cheveux pour ensuite redescendre dans son dos. Sous mes paumes, ses omoplates tressaillirent tandis que ses doigts caressaient tout mon corps. Adrian cambra les reins en poussant un grognement de désir contre ma bouche.

Il pressa son front contre le mien.

— J'adore t'embrasser, déclara-t-il en passant ses lèvres sur ma joue et mon cou, puis en descendant vers ma poitrine. Partout, ajouta-t-il en levant les yeux vers moi.

Pantelante, je le laissai puiser de ses lèvres brûlantes tout le désir qu'exsudait ma peau. Avec une lenteur insoutenable, il écarta la dentelle de mon soutien-gorge du bout du doigt et frôla le bout de mon sein. Un spasme troublant me parcourut. Je me cambrai pour presser ma poitrine contre sa bouche, m'abandonnant enfin à l'instinct et à l'expérience. Le contact de sa langue qui roulait contre mon téton durci apaisa le désir lancinant qui montait dans tout mon être. Ses lèvres réveillèrent en moi cette femme qui brûlait d'être désirée et chérie.

Un grognement d'impatience m'échappa et il plaça sa main en coupe sur mon autre sein, sa paume en épousant la forme rebondie.

Après m'avoir agacé le mamelon du bout de la langue, il le mordilla doucement et l'aspira entre ses lèvres. Lorsque le téton lui échappa, je ressentis une délicieuse fulgurance. Je m'efforçais de me concentrer sur ce qui m'arrivait, mais je n'y parvenais pas. Tout ce que je savais, c'est qu'il explorait mes sens et titillait les courbes délicates d'une main ferme. Chaque centimètre carré de ma peau lui appartenait depuis toujours, même s'il l'ignorait.

Sa bouche s'aventura de nouveau vers mon cou en remontant le long de ma poitrine. La douce brise qui rentrait par une fenêtre ouverte sécha la salive là où il m'avait embrassé, et il retrouva finalement mes lèvres. Comment parvenait-il à me désorienter entièrement rien que par un baiser ? Il prit mes lèvres entre ses dents, les mordilla doucement, puis me caressa la bouche avec sa langue, par petites touches délicates. Plus rien n'avait d'importance. Nous étions seuls dans l'univers tout entier.

La paume à plat, il glissa la main de mon épaule jusqu'à ma hanche. Ses doigts se faufilèrent sous l'élastique de ma culotte, qu'il retira d'une main tout en prolongeant son baiser. Je me sentais comme une gamine, capable de l'embrasser des heures durant sans reprendre mon souffle, mais quand sa main se glissa entre mes cuisses pour caresser l'intimité de ma chair, je dus respirer à fond. Ce contact incandescent était irrésistible. J'ouvris aussitôt les jambes. Il me regarda en remontant peu à peu, jusqu'à atteindre mes lèvres humides. Je poussai un hoquet de plaisir.

Pressant sa bouche contre la mienne, Adrian m'embrassa profondément, ses doigts entre mes cuisses imitant les mouvements de sa langue. Il la glissa sous ma lèvre supérieure tout en me massant à l'aide du majeur pour me lubrifier. Lorsqu'il explora mes gencives, son doigt suivit l'autre côté de mes lèvres gonflées, et dès qu'il enfonça sa langue dans ma bouche, je le sentis insérer lentement ses doigts, puis les faire ressortir. Du pouce, il remontait vers le haut de mon pubis épilé, et je ne parvins plus à penser au baiser ni à ce qui se passait dans ma bouche : je ne songeais plus qu'à Adrian me pénétrant et à mon sexe de plus en plus mouillé.

Au moment où sa bouche se détacha de la mienne pour se diriger vers le bas, j'inspirais à fond, me préparant à cet impact. Il traça le long de mon torse un sentier brûlant et, une fois arrivé à mes hanches, remarqua ce que je dissimulais généralement sous l'élastique de ma culotte.

— Comment ai-je pu manquer ça ? demanda-t-il.

— Tu fermais les yeux, sous la cascade, lui rappelai-je.

— Je commence à adorer découvrir chaque recoin de ton

corps. J'aime les pommes, ajouta-t-il tout contre ma peau en embrassant le motif.

Je l'avais fait tatouer l'été de notre séparation, pour me souvenir de notre rencontre : moi qui le regardais, juché dans un pommier pour en ramasser les fruits, et lui qui interrompait sa cueillette pour me sourire depuis son perchoir.

— Ça a un sens particulier ? m'interrogea-t-il.

— Oui, murmurai-je.

Il n'en demanda pas plus et je sus qu'il avait compris.

— Voyons un peu quels autres secrets tu caches là-dessous.

Adrian écarta mes lèvres avec ses doigts, glissant lentement de bas en haut pour les humidifier. Il maintint son regard fixé sur le mien tandis qu'il observait les réactions de mon corps à ses caresses et que je me contractais, me tortillant sur le coussin, guidée par chacun de ses attouchements uniques. Lorsqu'il porta ses doigts à ses lèvres pour les lécher, je me sentis fondre de désir.

— Parfait.

Sous l'effet de sa voix rauque, fascinée par son geste, je sentis mes cuisses se contracter tandis que mon ventre brûlait d'envie.

Il m'embrassa de nouveau, suçant délicatement mes lèvres avant de se redresser puis de retirer son caleçon. Il n'y a rien de plus sexy qu'un homme en caleçon moulant… à part peut-être un homme sans aucun sous-vêtement. Bouche bée, je fixai son sexe raide et dressé. Une goutte brillait au bout de son gland. Je me léchais les lèvres, impatiente de sentir sa chaleur dans ma bouche.

Adrian tendit le bras dans mon dos et, d'un petit geste vif, détacha mon soutien-gorge. Les bretelles glissèrent de mes épaules et m'exposèrent à son regard.

Je le regardai dans les yeux et nos bouches furent brusquement attirées l'une contre l'autre. Je ne me lassais pas de son contact, et de ce baiser qui avait attendu des années que nous puissions le savourer tous les deux : un élan de sensualité brute, lancinante et délicieuse torture qui répondait à tous mes besoins. De nos bouches entrées en collision s'échappait un souffle brûlant de désir mutuel. Mes mains s'égarèrent sur ses bras tandis qu'il me soutenait le cou et me collait tout contre lui. Je sentais son érection contre mon ventre. Nos corps se couvraient de sueur. Quand notre étreinte cessa, je sus que plus rien ne nous arrêterait désormais.

Il tendit le bras vers le sol et tira de sa poche un paquet argenté. D'un geste vif, il déroula le préservatif sur son sexe.

Je pris son cou pour l'attirer vers moi. Sentant toujours sa queue serrée entre nous, je repris le baiser avec ferveur, cherchant à lui montrer combien il comptait pour moi. Je voulais qu'Adrian sache à quel point je lui faisais confiance et j'avais besoin de lui. Je le serrai à m'en faire mal, mue par une pulsion irrépressible. Tout en me maintenant de ses bras robustes, il rehaussa ses hanches. J'écartai les jambes. Le bout de son gland se pressa contre mon sexe humide. Pendant qu'il entrait en douceur, je me rappelai la première fois, et la douleur qui l'avait accompagnée. Mais lorsque Adrian me pénétra, cette fois, je n'éprouvai que du plaisir.

— Oh, c'est tellement bon.

Sa mâchoire se crispa tandis qu'il se retirait en partie, puis glissait de nouveau en moi, plus vigoureusement et plus profond, comme s'il avait besoin de me sentir palpiter autour de lui.

À l'époque où nous sortions ensemble, nous n'avions pas compris la satisfaction que procure une pénétration lente. Nous nous précipitions pour nous arracher nos vêtements : nos mains partaient à l'exploration de nos corps et tout ce qui comptait pour moi, c'était d'éprouver ce lien qui nous unissait et de le sentir me prendre comme une bête. Mais à présent, à voir Adrian me titiller avec le rythme lancinant de ses hanches, en me palpant et en m'embrassant les seins, j'aurais juré qu'il n'avait qu'un but : me faire jouir sur commande. Ce qui ne manquerait pas de se produire dès qu'il me le demanderait.

J'embrassai sa mâchoire et son cou, passant mes mains sur sa poitrine, griffant du bout des ongles les muscles contractés.

— Ça faisait longtemps, dis-je en sentant son sexe volumineux aller et venir en moi.

— C'est comme dans mon souvenir.

Il s'empara de ma bouche et je me perdis de nouveau, m'agitant contre lui et m'empalant à chacun de ses coups de reins.

Tout en me tenant fermement dans ses bras, Adrian projetait son bassin contre le mien, mettant au supplice mon clitoris en feu. Mais j'avais besoin de le sentir encore plus profondément et plus fort. Comme s'il s'en était rendu compte, Adrian me hissa en position assise sur lui en soutenant mon dos. Je lovai mes jambes autour du sien pour continuer à le chevaucher pendant qu'il s'asseyait sur la méridienne. Il s'accrocha à moi et moi à lui. Ses bras enserraient les miens pour me maintenir, une main sur l'omoplate et l'autre derrière ma taille, tandis qu'il s'enfonçait en moi avant d'attendre un instant, comme s'il voulait s'assurer d'avoir atteint l'extrémité de mon tunnel.

Nous nous agitâmes plus vite. Une nouvelle vague de chaleur m'envahit. La tête appuyée sur sa poitrine, je sentais l'excitation qu'il exsudait par tous les pores, et le goût de sa peau salée que je goûtais du bout des lèvres. Ses mains s'égaraient sur moi, caressant mon dos, mes bras et ce petit point chatouilleux juste au-dessus de mes fesses. Mais cette fois, elles ne suscitaient pas que de légères chatouilles, plutôt des picotements électriques et sensuels dont l'énergie me stimulait l'entrejambe.

Mon clitoris sensible frottait contre son pelvis au rythme exquis de nos oscillations. Nous n'avions jamais essayé cette position dans notre jeunesse. Il se trouvait toujours au-dessus tandis que je restais sous lui, les jambes écartées. Mais cette posture où je me retrouvais assise sur lui, lui faisant un étui de mon corps tout en me centrant entièrement sur sa personne, se révéla bien plus intime. Mes seins s'écrasaient contre ses pectoraux en sueur. Le bruit mouillé de notre corps à corps, mêlant peau humide et souffles rauques, emplit la pièce. Je m'agrippai à ses bras en sentant monter la première vague de plaisir.

Chaque expiration portait en elle tout mon désir, que venait dérober la brise passant par la fenêtre. Je gémissais contre sa peau, frémissant tandis que la passion montait. Je ne croyais pas pouvoir le ressentir avec davantage d'intensité qu'auparavant, mais c'était pourtant le cas. Il me saisit les fesses pour m'attirer vers lui en plongeant dans ma peau des doigts insistants. Effectuant des cercles avec ses hanches tout en gardant ce rythme extraordinaire, il me regarda dans les yeux et dit :

— Je ne te laisserai jamais partir.

Sous l'effet de cette déclaration, je me resserrai autour de lui et il écarquilla les yeux. Je rejetai la tête en arrière quand sa bouche, effleurant ma clavicule, y traça un sentier ardent. Ce fut alors seulement que je remarquai le velux de la pièce. Les étoiles brillaient au-dessus de nous comme elles le faisaient vingt ans plus tôt. Je redressai la tête pour plonger le regard dans ses yeux d'émeraude et savourer ce rythme intime qui nous reliait comme un seul être.

La nuit changea de parfum, les odeurs de la ferme laissant la place à celle de deux amants fougueux qui se frottaient l'un contre l'autre, enivrés par leur odeur charnelle. D'un bras, il me soutenait le dos tandis que son autre main me tenait le visage. Il n'avait pas besoin d'exprimer ce qu'il pensait : tout était déjà là. Il rayonnait d'amour, de passion et d'envie.

J'avais besoin de lui comme on a besoin d'oxygène, et je m'abandonnai corps et âme à son étreinte, sentant que le tempo accélérait. La vigueur de ses coups de hanches et l'humidité qui se propageait entre nous avaient fait enfler ma chair à un point insoutenable. Mon clitoris frottait contre lui et cette zone sensible qu'il touchait en moi me transportait au point de non-retour. Je me contractai autour de lui ; j'en voulais plus encore, j'avais besoin de me laisser aller…

Mes doigts s'emmêlèrent dans ses cheveux et je refusai de lâcher prise. Je ne pouvais plus. Il fallait que je fasse durer le plaisir. Je fermai les yeux et je me mordis la lèvre au point de craindre de saigner. Adrian me redressa la tête d'un doigt sous mon menton pour que je le regarde.

— Ouvre les yeux, P., je veux te voir jouir pour la première fois dans mes bras.

Je m'exécutai en criant son nom à la face de l'univers entier. Je laissai la tension se dissiper, tremblant dans son étreinte, me pressant contre lui et profitant enfin de ce moment que j'attendais depuis plus de vingt ans. Le choc dénoua un nœud de plaisir intense en moi, répandant dans tout mon corps un écheveau de délice qui s'évacua par mes doigts et mes orteils crispés.

Les spasmes m'agitèrent comme une soudaine pluie d'étoiles filantes. J'ouvris les yeux et je les imaginai, averse stellaire passant par le velux pour illuminer mon extase. Et finalement, peu à peu, l'orgasme cessa.

Il ralentit ses mouvements, s'enfonça une fois, deux fois en moi, pour s'immobiliser à la troisième, pendant que je sentais son sexe palpiter dans le mien.

— Tu es tout pour moi, murmura-t-il, et nous nous laissâmes tomber sur la méridienne.

Il me fit un écrin de ses bras, son souffle rauque s'harmonisant avec le mien, sans se retirer de moi. Il était mon amant, mon meilleur ami et l'homme dont j'avais toujours rêvé.

— C'était mieux que la première fois ? demanda-t-il finalement.

Je gloussai.

— Ah oui, carrément mieux.

Les vingt ans n'avaient pas passé en vain.

— C'était époustouflant.

— *Tu* es époustouflante, dit-il en m'embrassant l'épaule. Je n'avais jamais autant pris mon pied de toute ma vie.

$\mathcal{N}$ous restâmes enlacés jusqu'à ce que nos cœurs se calment. Le courant d'air de la fenêtre me donna la chair de poule. Adrian déplia une couverture pour me protéger du froid.

— Ça va, toi ? s'enquit-il.

— Mieux que jamais. Et toi ?

— Moi aussi.

— Mais il faut que je passe aux toilettes et j'ai faim, ajoutai-je.

Avant même que j'esquisse le moindre mouvement pour me lever, Adrian se retira de moi. Il me souleva du canapé et me prit dans ses bras.

— Mais qu'est-ce que tu fais ? gloussai-je en serrant la couverture contre ma poitrine.

— La salle de bain de l'étage est rénovée et je n'ai vraiment pas envie de te lâcher, répondit-il en me portant au premier.

Je me nichai contre sa poitrine, dont je sentais les muscles rouler sous moi.

— Les serviettes propres, dit-il en désignant un panier en osier. Et tu trouveras tout ce dont tu as besoin sous l'évier.

— D'accord, et où vas-tu ? demandai-je sans dissimuler ma déception évidente.

J'avais vaguement espéré qu'il prenne une douche avec moi.

— Il faut que je laisse Rocky sortir du sous-sol et que je fasse réchauffer cette tarte. Tu me rejoins quand tu seras prête ?

— D'accord.

Il prit mes lèvres entre les siennes pour me gratifier d'un délicieux baiser, puis enfila une chemise et un pantalon de jogging avant de redescendre.

Je me hâtai de faire ce que j'avais à faire et procédai à une rapide toilette avant de me souvenir que tous mes vêtements étaient restés en bas. J'aperçus un panier à linge plein d'habits propres posé sur une chaise près du placard. Ça faisait une éternité que je n'avais pas vu de chemises pliées au carré, à la perfection. Je m'approchai et je humai longuement, sentant une odeur de lavande et son parfum à lui. La chemise blanche que je pris me tombait sous les genoux, et je dus faire un nœud à son caleçon le plus étroit pour qu'il ne me glisse pas des hanches.

Lorsque je descendis au rez-de-chaussée, l'odeur de pommes cuites et de cannelle s'intensifia. J'accourus auprès d'Adrian pour l'enlacer par-derrière au moment où il retirait un couvercle. Une vapeur sucrée s'en échappa.

— Je crois que je pourrais m'habitude à ça, murmurai-je dans son dos.

— Moi aussi, P.

— Tu sens bon.

— J'ai fait un petit arrêt à la salle de bain du sous-sol.

— Tu aurais pu me rejoindre, fis-je remarquer.

— Si je l'avais fait, je t'aurais prise sous la douche. Et il y a encore quelque chose que j'ai envie de te montrer ce soir avant qu'on ne soit épuisés par une nuit de sexe ininterrompu.

Il retira ses maniques.

— On va recommencer ? demandai-je, impatiente de le sentir

de nouveau entre mes jambes, le cœur battant et les muscles des cuisses se contractant.

— Plutôt deux fois qu'une, répondit-il en passant sa main derrière ma tête, qu'il inclina afin de m'embrasser goulument.

En sentant une langue humide sur mes chevilles, je gloussai contre la bouche d'Adrian.

— Le pitbull est réveillé, dit-il.

— Tu n'es pas un pitbull, tout de même ? Mais où étais-tu passé ? fis-je en m'accroupissant pour saluer Rocky.

Le petit chihuahua se mit à danser autour de moi en agitant la queue.

— Je l'avais enfermé au sous-sol. De toute façon, il dormait, et je ne voulais pas te faire l'amour devant lui.

Je grattai Rocky sous le menton.

— Tu es tellement mignon, on devrait t'appeler ChiChi.

Adrian s'esclaffa.

— Avec un nom comme ça, ses couilles tomberaient d'elles-mêmes.

— Qu'est-ce qui te déplaît dans ChiChi ?

— C'est un nom de fille.

Rocky aboya pour participer à la conversation.

— Ne t'inquiète pas, mon pote, je ne te donnerai pas de nom castrateur.

— Eh bien en tout cas, il n'a rien à voir avec ton Rocky d'autrefois. Où sont les assiettes ?

— Deuxième tiroir à gauche, répondit Adrian en se dirigeant vers le réfrigérateur, pieds nus sur le carrelage.

Pendant que je déposais la tarte sur une assiette, il y ajouta des boules de crème glacée et en profita pour me voler quelques baisers au passage. La glace se répandit sur le dessert en exhalant un arôme délicieux, et je me pourléchai les babines.

— Vanille, c'est ma préférée, déclarai-je.

— Je sais. Mais je te promets de te faire goûter d'autres parfums, me taquina-t-il.

Je sentis le rouge me monter aux joues. Ça faisait si longtemps que personne ne m'avait plus échauffée les sens rien qu'avec des mots !

— Ta mère est une femme formidable, au fait, de nous avoir permis de profiter de la soirée. Je regrette de ne pas l'avoir rencontrée quand nous étions plus jeunes.

— C'est une vraie romantique et elle sait à quel point…

Je m'interrompis avant de finir ma phrase.

— À quel point ? fit-il en se retournant avec cet enthousiasme dont je me souvenais bien.

— À quel point je t'aime, murmurai-je.

Son sourire à cet instant me mit bien plus à l'aise que je ne m'y serais attendue.

— On a passé des années extraordinaires, pas vrai ? dit-il.

— Oui, on peut le dire.

Et sur le moment, j'avais l'impression de les revivre.

— Sortons, proposa-t-il en prenant les deux assiettes et en me conduisant vers le porche d'entrée.

La nuit était douce. Je m'installai sur l'une des chaises du patio. Adrian leva les mains dans une curieuse posture tout en observant un point au loin avant de s'asseoir confortablement à mes côtés. Rocky se pelotonna à un coin de la balancelle pour reprendre son somme. Je n'avais jamais vu un chien dormir autant que ce petit bonhomme. Il compensait peut-être pour Adrian, auquel les réveils matinaux et les soirées tardives laissaient sans doute peu de temps pour se reposer.

L'odeur sucrée des pommes chaudes me mettait l'eau à la bouche. Je piochai un peu de dessert. Le sucre brun se fondit avec le fruit sur ma langue lorsque je pris une deuxième bouchée. La crème glacée ajoutant une couche supplémentaire pour me stimuler les papilles, je pouvais dire en toute honnêteté qu'il s'agissait de la meilleure tarte aux pommes que j'aie mangée depuis des années.

— Je te connaissais des dons, mais j'ignorais que tu étais si doué pour la pâtisserie, dis-je finalement.

— On peut partir de la campagne, mais la campagne ne vous quitte jamais vraiment. Ce n'est que l'un de mes nombreux atouts.

Il lécha sa cuillère. Je m'attardai sur ses lèvres tandis que mon esprit vagabond songeait aux « talents » qu'il venait de manifester plus tôt. Il avait sans doute remarqué l'étincelle dans mes yeux, car il posa l'ustensile dans son bol, se cala dans son siège et étira ses jambes, qui me frôlèrent les pieds. Des frissons d'excitation remontèrent le long de mes mollets lorsque je me concentrai sur son regard pénétrant.

— Viens là, dit-il en se levant et en me conduisant vers la balancelle.

Rocky en sauta pour aller se rouler en boule sur une chaise en osier. Les pieds repliés sous moi, je me nichai tout contre Adrian. Il tira une couverture de derrière la balancelle pour me protéger de la fraîcheur.

J'inspirai une bonne bouffée d'air de la campagne.

— Quel bel endroit, commentai-je. Pourquoi avoir décidé de loger ici plutôt qu'en ville ?

— Ça fait partie des choses qui me permettent de conserver ma santé mentale. L'endroit me rappelle mon enfance et une vie plus simple. Ça évacue le stress du boulot.

Je n'avais pas eu l'impression que le travail stressait Adrian jusqu'ici. À le voir toujours si posé et à l'aise, je m'étais figurée que tout se passait bien, mais diriger une société ne devait pas être si facile qu'on aurait pu le croire en le regardant.

— Je n'imagine même pas combien ça a dû être difficile pour toi de déménager. Tu as quitté ton fils, ta vie tout entière…

— Mais regarde ce que j'y gagne, répondit-il en m'embrassant le sommet de la tête. Et puis, Matt est à la fac. Il a une petite amie. Il n'a pas besoin d'un vieux ronchon comme moi.

Je me pressai contre lui.

— Tu n'es pas un vieux ronchon.

— Ah bon ?

— Non, tu es un mec canon et sexy qu'on a envie de dévorer tout cru.

— Tout cru ? s'esclaffa-t-il.

— Et délicieux, avec ça.

Je fixai l'horizon et je remontai le temps. Des images de nos meilleurs moments ensemble défilèrent dans mon esprit. La vie semblait tellement simple et facile, comme maintenant. Je n'aurais jamais imaginé retrouver cette impression un jour. Méritais-je seulement une seconde chance de trouver le bonheur ? Tout fonctionnait tellement bien ! Il devait bien y avoir un souci quelque part.

— Dis-moi ce que tu penses, demanda-t-il.

Je me levai pour m'approcher de l'escalier du porche et scruter les champs envahis par l'obscurité. Les derniers rayons du croissant de lune découpaient les blés et je me rendis compte qu'il s'agissait de l'endroit qu'Adrian regardait lui aussi. Les tiges qui oscillaient sous la brise me rappelaient ce champ où nous avions fait l'amour pour la première fois.

— Je me dis que j'ai une chance incroyable de t'avoir dans ma vie, répondis-je.

Je sentis derrière moi ses bras qui me serraient. Le contact de sa peau nue contre la mienne était extraordinaire. Il se pencha vers mon oreille pour chuchoter :

— Je t'excite ?

Ce murmure délicat me parcourut comme une brise érotique qui vint me chatouiller jusqu'aux tréfonds de moi, tandis que je me demandais la raison de cette question. Mais ça n'avait pas vraiment d'importance. Ce que j'aimais chez lui, c'était sa franchise sans fard.

Oui ! Je pinçai les lèvres sans rien dire. Je détachai ses bras de ma taille, à sa grande stupéfaction, en répondant :

— Il faut que j'y réfléchisse.

Je dévalai les marches du porche pour courir dans la pénombre vers le pommier. Sous ses branches agitées par le vent, je m'adossai au tronc. Adrian s'approcha à grandes enjambées, comme un prédateur. Une fois devant moi, il prit mon visage entre ses mains et suivit du bout des lèvres le contour de ma bouche. Son souffle au parfum de vanille et de pomme s'infiltra en moi, comme un tourbillon se déployant peu à peu dans mes membres. Adrian se colla contre moi, me pressant entre son corps musculeux et le tronc. Appuyé contre l'écorce, le dos appuyé contre la surface rugueuse, comme vingt ans auparavant, je me rappelai le bonheur et le désir qui avaient afflué dans mes veines toutes ces nuits où nous nous embrassions.

— Il y a un endroit où je veux t'emmener.

Ses paumes glissèrent de mes épaules jusqu'à mes mains, laissant sur ma peau leur souvenir chaud jusqu'à ce que ses doigts se mêlent aux miens.

Je ne répondis pas, car j'en étais incapable. Mon corps parlait pour moi. Ma poitrine bombée, mes tétons durcis, mes lèvres pleines et mon souffle haletant devaient lui dire que je l'aurais suivi jusqu'en enfer s'il le fallait.

Nous retournâmes à la maison. Adrian prit la couverture de la balancelle et une lampe-torche.

Le chihuahua leva la tête.

— Reste ici, Rocky, lui dit Adrian, et nous fîmes le tour de la maison.

Derrière le jardin, un champ de blé susurrait sous le vent, les tiges généreuses oscillant doucement. Si le temps se maintenait, on les couperait d'ici quelques jours.

Adrian me guida parmi les blés dorés. Les épis me caressèrent les bras et me donnèrent la chair de poule. Nous arrivâmes à une zone dégagée.

Je retins mon souffle. C'était comme si notre première nuit se reproduisait à l'identique. Adrian déploya la couverture par terre et nous nous y installâmes, levant les yeux vers le firmament.

Nous restâmes immobiles un moment, main dans la main, les bras en contact. Les étoiles étaient les mêmes que celles que nous contemplions vingt ans plus tôt. Avions-nous changé, quant à nous ? La vie semblait se précipiter alors que l'univers avançait si lentement… J'étais jalouse de ces astres qui brilleraient des millions d'années, alors que notre vie sur Terre ne durait que quelques secondes à l'échelle de l'univers.

— P. ?

— Oui ? répondis-je en me tournant vers lui.

Les pâles rayons de lune dessinaient le contour de sa mâchoire.

— Tu voulais que je sois ton premier… (Il marqua un temps.) Et je veux que tu sois ma dernière.

J'en eus presque le souffle coupé. Les mots me manquaient pour exprimer à quel point il comptait pour moi, et combien il me rendait heureuse. Le regret d'avoir passé ces années sans lui s'estompait. Il m'avait tellement manqué que l'affliction m'avait rongée, mais maintenant que je savais ce qui me taraudait depuis vingt ans, la douleur finissait par disparaître. La gratitude que j'éprouvais à l'avoir retrouvé m'illumina le visage. Nos chemins se croisaient finalement comme nous l'avions toujours espéré.

C'était juste lui et moi, comme avant. Plus rien d'autre ne comptait.

En appui sur le coude, allongé sur le côté, il me regarda, passant ses doigts le long de mon front et dans mes cheveux.

— Tu es tellement belle. Exactement comme dans mon souvenir.

Si le temps s'était arrêté à cet instant précis, je serais morte heureuse. Il passa la main dans la chemise que je lui avais empruntée pour la poser contre mes seins nus et les palper délicatement, allant et venant sur les pointes avec son pouce.

— J'avais prévu que nous fassions l'amour ici ce soir, dit-il.

— Tu veux dire que ton self-control est passé par la fenêtre ?

— Mon self-control a mis les voiles au moment où tu es entrée.

Il fit rouler mon téton entre ses doigts. Ce délicieux pincement répandit en moi des vrilles de désir et je me tortillai sous sa main.

— À vrai dire, je crois que j'ai apprécié qu'on reste à l'intérieur un peu plus longtemps, déclarai-je. Au moins, on s'est épargné les moustiques.

— Et les fourmis. J'avais des piqûres plein les fesses le lendemain de cette nuit-là.

J'éclatai de rire. Sous ses caresses, je m'interrompis toutefois, ouvrant la bouche, le souffle court, tandis que ma poitrine se soulevait pour rejoindre ses mains.

— Et si on continuait à l'intérieur ? demandai-je.

— Carrément !

Il se redressa d'un bond, m'enroula dans la couverture et me souleva de nouveau.

— Je peux marcher, tu sais, murmurai-je.

— Et je n'arrive pas à te lâcher, répondit-il.

Je me collai contre lui tandis qu'il me transportait dans la maison, puis à l'étage, dans sa chambre, comme si je ne pesais pas plus lourd qu'une plume. Rien dans son souffle ni dans sa démarche ne trahissait son effort. Seules les contractions de ses muscles en témoignaient.

— Ne bouge pas, me dit-il en me déposant sur son lit.

Il fila dans la salle de bains. La lumière qui en émanait se réduisit et j'entendis l'eau couler. Trois minutes plus tard, Adrian en ressortit. Il retira son pantalon de jogging et me rejoignit nu, dans toute sa splendeur. Il m'arracha couverture, chemise et caleçon pour me soulever dans ses bras, peau nue contre peau nue. Je ne me serais jamais lassée du contact de son corps.

Dans la salle de bains, je découvris une baignoire démesurée remplie d'eau fumante. Des dizaines de bougies éclairaient la pièce en répandant un parfum de vanille qui se mêlait à une odeur florale.

Des bulles se détachèrent et s'envolèrent lorsqu'il m'installa sur le bord.

— Ça te dit, de prendre un bain avec moi ?

— J'adorerais ça.

J'enfonçai les pieds dans la mousse au parfum de lilas avant de m'immerger entièrement.

Adrian s'assit derrière moi, ses jambes entourant les miennes. Je m'adossai contre sa poitrine.

— Ça aussi, c'est une première, lui dis-je. Nous n'avions encore jamais pris de bain ensemble.

— C'est la première d'une grande série de premières. Nous devrions commencer à les recenser dans un carnet. Notre premier baiser, la première fois où nous avons fait l'amour, la première fois où tu as joui dans mes bras…

— La première fois où mon rêve s'est réalisé, dis-je en lui prenant la main et en mêlant mes doigts aux siens.

— Tu rêvais de moi ?

— Tout le temps.

Je tournai la tête sur le côté pour le regarder.

— En particulier durant les moments les moins… enthousias-mants de ma vie.

— Pourquoi à ces moments-là ? demanda-t-il en tendant les mains vers mes épaules pour me masser.

Ses doigts me pétrirent le cou, dénouant lentement les contractions.

— Parce que tous ceux que j'avais passés avec toi étaient heureux. Ils étaient devenus mon refuge.

Je fermai les yeux en laissant ma tête basculer en avant. Ce qu'il me faisait au cou et à la colonne vertébrale se répandait dans mon corps comme une potion soporifique… jusqu'à ce qu'il s'arrête et que j'ouvre brusquement les yeux.

— Pas question que je te laisse t'endormir sur moi, dit-il en tendant la main vers le savon doux.

Il en tamponna une éponge.

— Vraiment ? Qu'est-ce qu'on va faire, alors ? demandai-je sur un ton sarcastique.

— Eh bien, je crois que j'ai eu ma dose de sucré pour la journée.

Il me passa l'éponge sur les bras et le torse, au-dessus des seins, traçant de délicieux motifs. Ce frottage fit resurgir le désir de ma rêverie vaporeuse.

Les mains posées sur ses cuisses, je reproduisis du bout des doigts le mouvement circulaire qu'il effectuait sur ma peau, faisant naître des motifs crémeux parmi ses poils bruns. Il passa l'éponge dans mon cou et j'inclinai la tête de côté. L'eau tiède dégoulina en cascade sur mes seins. Mes tétons se dressèrent comme deux petits récifs.

— J'aime le sucré, murmurai-je. Surtout quand il vient de toi.

— Hmm, je crois que tu n'as pas dû essayer les autres parfums.

Il tendit la main vers un de mes seins pour en pincer le bout. Le tiraillement voluptueux fit naître dans mon estomac une pulsion qui me chatouilla l'entrejambe.

— Qu'est-ce qui te fait dire que ce n'est pas le cas ?

Je me penchai de l'autre côté tandis qu'il passait l'éponge sur la partie la plus douce de ma poitrine pour atteindre l'autre épaule. Lorsqu'il change de main, je ressentis le même pincement sur l'autre téton. Et la sensation qui s'ensuivit entre mes cuisses me mit littéralement le feu. Je remuai les fesses contre son membre qui durcissait.

— Même les desserts saupoudrés de décorations en sucre ? dit-il en me mordillant l'oreille.

Je sentis son souffle chaud sur ma joue. Le contact de ses lèvres sur ma peau m'empêchait de me concentrer. Je fermai les yeux tandis qu'il ajoutait :

— Ces vermicelles multicolores qui ont un goût de feux d'artifice.

— Quel est le goût des feux d'artifice ? demandai-je, en songeant que je venais d'en ressentir les premiers bouquets sous l'eau.

— Un goût très très orgasmique, répondit-il en faufilant sa main sur mon ventre en direction de ma chatte.

Je posai ma tête contre lui pendant qu'il écartait mes lèvres et s'infiltrait dans mes cavités pour remonter vers mon clitoris. Il effectua de lents cercles et je gémis sous ces caresses. Sa queue se dressait déjà sous moi, pressée entre nous, et la posture devint bientôt inconfortable pour nous deux.

— On va au lit ? m'interrogea-t-il.

— S'il te plaît.

Cette voix en pâmoison n'était quand même pas la mienne, si ?

Adrian me sécha avec une serviette avant de me porter jusqu'à sa chambre pour me déposer sur le lit.

— Si on s'occupait de ces feux d'artifice ?

— Feu à volonté ! répondis-je en riant, mais je ne m'attendais pas à ce qu'il plonge sous les draps et se glisse aussitôt entre mes jambes.

— Ahh !

Je ne pus réprimer un long soupir d'extase, et je dus m'accrocher aux draps des deux mains.

Adrian écarta mes genoux et passa sa langue le long de ma fente, d'un bout à l'autre. La caresse exquise entre mes lèvres éclipsa le reste du monde et Adrian, tel un chasseur expert, se rua à la curée. Il referma les lèvres sur mon clitoris et en suça le bouton, léchant par petits à-coups. Il me maintenait toujours les jambes écartées, forçant mes cuisses à se crisper dans son étreinte. Il s'arrêta un instant pour me regarder en retroussant les couvertures.

— Une autre première pour nous… enfin, dans un lit, déclarat-il avant de reporter son attention sur mon clitoris.

Il avait raison. À l'époque, passés la pénétration et les massages mutuels, nous n'avions aucune idée des autres méthodes permettant de susciter le plaisir. Nous nous étions livrés à quelques expériences, mais sans succès. Mais cette fois, j'étais prête à parier qu'il m'arracherait un orgasme en me suçant en quelques secondes.

Adrian referma ses lèvres autour de mon bouton, qu'il frottait à petits coups désormais. Mais lorsque ses doigts s'aventurèrent en moi et me massèrent à l'intérieur, m'intimant de jouir à son contact, je perdis le contrôle. Mes hanches se déchaînèrent, suivant le rythme des coups de langue pour frotter mon sexe contre sa bouche. La langue qui m'avait gratifiée de baisers si sensuels se transforma en instrument impitoyable destiné à me rendre folle. Portant les mains à sa tête, je le maintins sur le point central. Il retira ses mains et se mit à me pétrir le cul. Du bout des doigts, il me chatouilla entre les fesses et effleura mon petit trou. Je me liquéfiai de l'intérieur, électrisée par ce qui n'était qu'un frôlement, comme foudroyée, au point de lâcher un cri. Mes genoux retombèrent et mes bras s'avachirent de part et d'autre.

Il remonta le long de mon corps, ses lèvres s'attardant sur les hanches, une par une, puis se rapprochant de mon nombril, s'aventurant entre mes seins pour finalement atteindre mon visage. De sa bouche humide de ma liqueur intime, il s'empara de mes lèvres. Je me sentais encore sous l'effet des derniers spasmes d'extase.

— Ça va ? s'enquit-il en passant le dos de la main sur ma joue.

— Oui, répondis-je en respirant à fond, soulevant ma poitrine et cherchant l'oxygène. C'était quoi, ce parfum ?

— Une commande personnalisée.

J'étais prête à en faire le plat du jour, à jamais.

— Tu devrais te reposer. Il nous reste encore quelques heures.

Adrian éteignit la lumière et rabattit les couvertures sur nous.

Il se pelotonna dans mon dos, en cuillère, et me prit entre ses bras.

Je souris, béate, et je me serrai contre lui, me moulant contre son corps comme s'il s'agissait d'un cocon conçu spécialement pour moi. Tandis que je m'endormais, je me rendis compte que nous vivions une autre première fois : la première nuit que nous passerions ensemble jusqu'au matin.

CHAPITRE 22

Je me réveillai au moment où le soleil commençait à se lever. Il était six heures du matin et ma vessie me pressait de sortir du lit.

Adrian dormait sur le dos, les draps le couvrant à peine jusqu'aux hanches. Mue par l'envie de le toucher, je me redressai pour admirer ce corps qui avait possédé le mien trois ou quatre fois. J'avais plus ou moins perdu le compte. Pendant la nuit, entre deux siestes, j'avais savouré chaque moment où il me désirait, m'abandonnant à nos besoins.

La pression croissante dans ma vessie me poussa à me glisser hors du lit. Je me faufilai à pas de loup jusqu'aux toilettes, puis revins sans réveiller Adrian.

Je m'installai sur les draps chiffonnés, assise à côté de lui, pour le regarder. Adrian ne s'était pas encore réveillé, et je fis le vœu de passer tous les matins de cette façon. Mon regard s'aventura plus bas. Son alléchante érection matinale, sous les draps, m'excitait déjà. L'envie de le toucher me faisait trembler les doigts. Je promenai ma main sur sa cuisse, puis, lentement, sur son membre. Une douce caresse de la paume le raidit encore davantage. À l'exception des yeux, il ne bougea pas, et l'envie de le satisfaire, même pendant qu'il rêvait, s'accentua davantage. Mieux encore, je voulais sentir entre mes doigts ce membre épais qui m'avait pénétrée la nuit dernière, et je dirigeai donc ma main vers son entrejambe pour le caresser, d'abord une fois, puis de nouveau, suscitant un mouvement involontaire dans son rêve. Du moins supposai-je qu'il était en train de rêver, compte tenu des mouvements de ses yeux sous ses paupières et de sa bouche qui venait de s'entrouvrir.

Le caractère un peu pervers de mon geste me durcit le bout des seins, et je sentis une chaleur moite entre mes cuisses. Peut-être aurais-je dû le réveiller ? Mais je continuai à masser la peau fine de sa queue de haut en bas, sentant son sexe grossir peu à peu dans ma main. Plus il épaississait et durcissait sous mes doigts, plus la texture de la peau parcourue de veines épaisses s'adoucissait. Je l'avais déjà pris en main auparavant, mais maintenant qu'il était adulte, son membre me paraissait plus gros et appétissant. Une goutte étincela au sommet du gland. Je m'humidifiai les lèvres et je m'approchai du bout de sa queue. Ses hanches tressaillirent de plus belle lorsque j'appliquai mes lèvres autour de son gland tout en continuant à le masturber lentement. Je passai la langue sous le pourtour du gland, sentant contre mes lèvres le contact de la peau douce, avant de le lécher sur toute sa longueur, de la base du pénis jusqu'au bout du gland, puis de le reprendre dans ma bouche tout en continuant à le branler. Le goût de sa chair ne fit qu'attiser le feu entre mes cuisses.

Adrian poussa un gémissement et fronça les sourcils, troublé, mais sans se réveiller. Je le serrai davantage, l'avalant un peu plus à chaque passage. Entre mes lèvres, il se déploya dans toute sa taille délicieuse. Je sentais palpiter sa veine contre ma lèvre inférieure. Ma main en coupe accueillit ses couilles pesantes et chaudes.

Et il se figea.

Je levai les yeux en battant des paupières. Il sortit de ma bouche avec un petit bruit mouillé.

— Qu'est-ce que tu fais ? murmura-t-il.

— Une autre première fois ? répondis-je avec un clin d'œil.

— Tu es plus débauchée que dans mon souvenir, dit-il en souriant.

— Et plus douée.

Je nettoyai d'un coup de langue le liquide pré-séminal au bout de sa queue.

— Oh mon Dieu.

Il s'accrocha aux draps et je refermai délicatement la bouche sur lui, juste assez pour obtenir la réaction que j'attendais. Dans ma main, ses testicules se contractèrent. Je fis des allées et venues au rythme de ses hanches. Sentir son sexe qui enflait dans ma bouche m'excitait. Les coups de reins se firent plus vigoureux et le rythme qu'imposaient ses hanches accéléra. Je sentais son sexe qui me touchait le fond de la gorge tous les deux ou trois passages. Je décontractai ma mâchoire pour le laisser s'enfoncer aussi loin qu'il le voulait.

— Oh, putain, t'es incroyable.

Ces mots prononcés d'une voix rendue rauque par le désir ne lui ressemblaient pas. Je le suçai de plus belle, appuyant ma langue contre la veine qui palpitait et y ajoutant la pression de mon pouce ; son tempo accéléra. Les gémissements qu'il émettait sonnaient comme des louanges. Adrian tressaillait dans ma bouche à chaque succion, à chaque va-et-vient, tandis que je le pompais frénétiquement. Ses mains se tendirent vers ma tête pour m'imposer un rythme régulier, ses doigts s'enchevêtrant avec mes cheveux.

— Comme ça, P., m'implora-t-il.

Les pénétrations étaient désormais peu profondes mais intenses, un coup plus lent s'intercalant entre deux secousses rapides.

Sentant sa verge de plus en plus rigide à l'approche de l'orgasme, je refermais ma paume sur ses couilles, appliquant une pression par en dessous aux bourses douces et charnues. Adrian se figea et retira sa queue de ma bouche. Sa mâchoire se contracta tandis qu'il saisissait son membre pour lui imprimer trois autres va-et-vient avant de se laisser emporter et de jouir. Il rabattit aussitôt les draps pour intercepter le jet de sperme épais, extrayant jusqu'à la dernière goutte de l'autre main qui se contractait sur son sexe. Je scrutai son regard, hypnotisée, tandis que sa prise se relâchait et que ses épaules retombaient. Je n'avais jamais vu un homme aussi pleinement satisfait.

Lorsqu'il ouvrit les yeux, il s'avachit dans les draps, la tête en appui contre la tête de lit.

— Bonjour, dis-je en souriant.

— Ça, pour une bonne journée… soupira-t-il.

— Tu ne voulais pas me jouir dans la bouche ?

— Si, mais comme il s'agissait d'une nouvelle première, je ne savais pas si tu aimais ça.

Je m'étendis à ses côtés, minuscule à côté de son grand corps musclé. Cette fois, ce fut moi qui lui embrassai le nez.

— Si je n'aimais pas ça, je ne t'aurais pas sucé jusqu'au bout : je t'aurais retiré de ma bouche pour te laisser repeindre le plafond. Mais merci de ta sollicitude.

En vérité, bien peu d'hommes auraient eu suffisamment de volonté pour le faire…

— Eh bien je suis ravi de l'apprendre, P. C'était carrément époustouflant.

— Tu as poussé, dis-donc, dis-je en baissant les yeux.

Puis je portai la main à ma bouche, passant par toutes les couleurs de la gêne et écarquillant les yeux. Mais d'où me venait cette audace ?

— Et tu n'as pas changé. Toujours d'une honnêteté et d'une franchise époustouflantes.

Je gloussai.

— Désolée. Tout est différent, dans ton corps. Et en mieux.

— Continue comme ça et mon ego va prendre son pied encore plus que moi.

Il jeta les draps souillés hors du lit.

La lueur orange s'intensifia à la fenêtre. Adrian se leva pour se rendre à l'autre bout de la pièce et fermer les rideaux avant de prendre des draps frais dans le placard.

Il les déploya et m'attira à lui pour nous emmitoufler tous deux dans la couette.

— Mais pourquoi as-tu gardé ce truc-là ? demanda-t-il en passant les mains sous le tee-shirt que je lui avais emprunté, remontant le long de mon ventre jusqu'à mes seins pour me pincer un téton, et suscitant une fulgurance de désir entre mes jambes. Et que fais-tu debout si tôt ? ajouta-t-il en se lovant autour de moi pour se coller contre chaque centimètre de ma peau nue.

Soufflant des vagues de sérénité dans mon cou, il referma la main sur mon sein comme si tous deux étaient faits l'un pour l'autre. Enchâssée dans l'écrin de son corps immense, je sentis mes paupières s'alourdir.

— Ma vessie, répondis-je en me retournant pour lui faire face.

— Nous n'avons pas beaucoup dormi. Encore quelques heures, ou je me contente de ça ?

Sa main glissa vers mon ventre pour couvrir mon sexe et se frotter contre ma peau gorgée de désir.

— Je choisis ça, murmurai-je en m'abandonnant contre lui.

Ça ne prendrait pas longtemps. Ça ne pouvait pas prendre longtemps. Son pouce expert demeura pressé contre mon clitoris tandis que ses doigts investissaient ma chatte. Il me mordilla l'oreille et m'embrassa le cou pendant que je le respirais tout entier, et je perdis le contrôle. Adrian me déchaîna et, au bout de quelques secondes, je jouis sur commande, haletant contre sa poitrine et m'accrochant à ses bras pendant que les spasmes me prenaient.

Nichée contre son corps, ses doigts encore en moi, je fermai les yeux, dérivant déjà sur mon petit nuage.

CHAPITRE 23

J'étais assise sur la balancelle du porche, occupée à siroter une tasse de café chaud. Adrian était parti se doucher. Vêtue de sa chemise blanche et de son caleçon, je profitais de la quiétude matinale. Le brouillard s'était presque entièrement levé. Les rayons du soleil arrachaient aux champs des nuages de buée blanche qui nappaient le paysage comme un décor de spectacle de magie.

Rocky jouait avec son canard jaune sur le porche. Je me balançai doucement, savourant mes dernières heures de sérénité mentale avant de rentrer à la maison. Mes enfants me manquaient certes énormément, mais je me serais habituée sans problème à rester là, avec Adrian, je ne pouvais le nier. Je n'aurais préféré passer la matinée avec personne d'autre que lui. Après cette nuit, quelque chose avait changé en moi. Je rayonnais d'assurance. Adrian faisait ressortir la femme que j'étais, celle qui s'efforçait de s'épanouir depuis toutes ces années.

Au loin, une voiture en approche soulevait un nuage de poussière diffus. Je ne lui prêtai pas vraiment attention au début, mais quand la Miata s'engagea dans l'allée, je me figeai sur place. Mon instinct me disait de courir me réfugier à l'intérieur, mais il était déjà trop tard.

Oh, merde !

Craignant de lâcher ma tasse, je la posai sur la petite table en rajustant ma chemise. Me remarquerait-il si je me cachais immédiatement sous la couverture ? Mon ex-mari filait sur la route de terre comme s'il avait le feu aux fesses, voiture décapotée, la radio hurlant au vent. Mais que diable venait-il faire ici ? Et où avait-il récupéré ses clefs de voiture ?

Rocky aboya à tue-tête, comme s'il était le plus énorme chien de garde du monde, mais quand Dan sortit de la voiture, côté passager, une enveloppe en papier kraft à la main, il se recroquevilla sous la balançoire. Pour une fois, j'aurais bien voulu échanger ma place avec celle du chihuahua.

Kayla était au volant : pas question d'espérer un moment de répit où j'aurais copieusement engueulé Dan parce qu'il avait conduit malgré sa promesse. Elle me fit timidement signe de la main.

Relevant ses lunettes de soleil sur le sommet de son crâne, Dan s'arrêta net lorsqu'il me vit. Après un bref moment de stupeur, il me reconnut et s'approcha de moi à grands pas. Je me demandai si c'était ma coiffure spéciale « je viens de me faire baiser par un autre » qui m'avait trahie, ou plutôt les vêtements d'Adrian que je portais. Je croisai les bras pour couvrir ma poitrine.

— C'est lui, le type avec qui tu sors ? demanda-t-il en montant les trois marches.

— Ce n'est pas qu'un « type », Dan.

— Vraiment ? insista-t-il, sarcastique.

— Ce n'est pas ce que tu crois. Encore que… Non, c'est ce que tu crois, mais pas la façon dont je voulais te l'annoncer.

Mes jambes tressaillirent inconfortablement.

— Écoute, tu ne me dois aucune explication. Je… Je ferais mieux de partir.

Il laissa tomber l'enveloppe sur la chaise où, une minute auparavant, je profitais d'une matinée sereine. Mon cœur se serra autant que le jour où j'avais découvert qu'il me trompait. D'où venait cette sensation ? Et pourquoi se comportait-il comme si Adrian était bien la dernière personne que j'aurais dû fréquenter ?

— Dan, je suis désolée. Mais tu savais que je sortais avec quelqu'un…

— Sortir et baiser, ce n'est pas la même chose.

— Va te faire foutre, rétorquai-je. Tu n'as aucun droit…

— Pardon, Mia. Mais tu risques des ennuis avec ce gars-là, crois-moi.

Hein ?

— Ne t'attache pas trop, c'est tout. Tous les hommes ont une idée derrière la tête.

— Mais qu'est-ce que tu racontes ? demandai-je.

Dan ne connaissait pas Adrian. Il ne savait pas de quoi il parlait… Si ? Je connaissais le côté calculateur d'Adrian en affaires, mais c'était différent. Adrian était différent.

— C'est tout ce que je peux dire, Mia. Méfie-toi, c'est tout. Je te verrai demain, grommela Dan avant de partir.

Qu'est-ce que ça signifiait, bon sang ? La voiture avait déjà bifurqué au coin quand Adrian sortit sur le porche, une serviette blanche autour des reins. Je m'avachis sur la balancelle.

— Ça va ?

— Je ne sais pas trop.

— Qui était-ce ? s'enquit-il.

— Mon ex-mari. Il t'a laissé ça, ajoutai-je en lui tendant l'enveloppe, les larmes aux yeux.

— Hé, viens par ici, P.

Adrian s'installa auprès de moi et me prit dans ses bras.

— Pourquoi pleures-tu ?

— Je ne voulais pas que Dan l'apprenne comme ça. Je m'imaginais au moins que je porterais mes propres vêtements, dis-je en reniflant bruyamment.

— Tu aurais dû venir me chercher.

Il m'embrassa le sommet du crâne. Je levai les yeux pour le regarder.

— Crois-moi, ça n'aurait fait qu'aggraver les choses.

— Désolé que ça ait saboté ta matinée.

— Il est parti comme s'il avait le diable aux trousses. Et il m'a mise en garde.

— Pourquoi ça ? s'enquit Adrian.

Je me contentai de hausser les épaules.

— Allez, viens prendre le petit déjeuner avec moi avant de rentrer.

— C'est grave si j'ai envie de rester ici, genre jusqu'à la fin de mes jours ?

Il me serra dans ses bras avant de répondre :

— Non, pas du tout, parce que j'adorerais que tu restes ici pour toujours, moi aussi. Mais j'ai beau te vouloir rien que pour moi, je sais qu'il faut que je te partage. Christa et Jonathan vont commencer à se poser des questions.

— Connaissant ma mère, elle aura déjà trouvé une bonne excuse pour mon absence de ce matin.

Il eut un petit rire.

— Voilà une conversation qu'il faudra me raconter, fit-il.

— Et que je n'ai pas vraiment hâte d'avoir.

Après avoir pris un déjeuner tardif, il fallut se dire au revoir. Tandis que je m'éloignais à bord de ma voiture, cette aura éblouissante que je ressentais en moi avec Adrian se réduisit à une pâle lueur.

CHAPITRE 24

Dimanche après l'église, Dan nous rejoignit les enfants et moi pour le déjeuner. Nous mangeâmes dans un silence gênant ; c'était à croire que nous jouions à qui baisserait les yeux en premier, et il n'était pas question que je cède. Il se traîna dans la cuisine. L'ambiance pesante commençait à me rendre dingue, et je me demandai si je m'y étais mal prise dans mes efforts pour présenter Adrian à Dan : en voulant ménager les sentiments de ce dernier, j'avais au contraire creusé un fossé entre nous.

Quand les enfants eurent quitté la table pour aller jouer au badminton, Dan finit par lever la tête en déclarant :

— Écoute, je te demande pardon pour hier. Je me suis comporté comme un connard.

— En effet, soupirai-je. Mais j'aurais dû te prévenir plus tôt qu'il s'agissait de choses sérieuses. Je ne voulais pas te blesser.

— Je sais bien. Alors… C'est vraiment du sérieux ?

Je me tordis les mains que j'avais pressées l'une contre l'autre.

— Je n'ai pas ressenti ça depuis longtemps. Il compte beaucoup pour moi.

— Je vois ça. (Dan marqua un temps.) Tu es une des femmes les plus responsables que je connaisse, et je ne veux que ton bonheur. Tu le mérites.

Il ouvrit une canette de thé glacé et avala une longue gorgée.

— Merci, dis-je tandis qu'un sourire s'épanouissait sur mes traits. Navrée que tu m'aies vue comme ça, tu sais, en chemise…

Mon cœur battait la chamade. J'avais soudain l'impression de me livrer au genre de confession qui me vaudrait une pénitence prolongée. Mais pour la première fois depuis longtemps, le fait de m'ouvrir à Dan me débarrassa d'une bonne partie du stress qui me crispait les épaules. Peut-être qu'à présent, il parviendrait lui aussi à tourner la page.

Il leva les yeux en plissant les paupières, puis se massa le cou. Avec une moue crispée, il demanda :

— Tu es sûre de lui ? Tu le connais vraiment bien, je veux dire ? Et épargne-moi les détails, s'il te plaît.

Je percevais dans sa voix un mélange de doute et de conflit caractéristique, et tout à fait sincère. Je fronçai les sourcils en tentant de déchiffrer son expression. Je n'y lus pas de la jalousie, mais plutôt un instinct protecteur.

— Oui, je le connais bien. Pourquoi ai-je l'impression que tu as envie de me dire quelque chose ?

Dan hésita, tambourinant du bout des doigts sur le plan de travail.

— Je ne t'avais simplement jamais imaginée avec quelqu'un comme lui, tu vois, si riche et sûr de soi. Tu as toujours mené une vie tranquille, alors ça me surprend, c'est tout.

— Nous nous connaissons depuis très longtemps et c'est un homme d'affaires efficace. Ceux avec qui il travaille ont besoin d'autorité, mais il ne mélange pas le travail et la vie tous les jours.

Comment expliquer autrement qu'il n'existait pas beaucoup de gens semblables à Adrian dans le monde ? Les riches étalaient leur fortune, alors qu'Adrian cachait son succès avec pudeur.

Tout l'argent du monde ne pouvait pas lui donner ce qu'il voulait vraiment. Voilà pourquoi il était venu me chercher. C'était pour moi qu'il avait déménagé ici, pas pour le business qu'il aurait pu continuer à mener en Europe.

— Il m'a dit que vous pourriez travailler ensemble, alors je suis sûre que tu vois surtout son côté professionnel, déclarai-je pour sa défense.

— D'accord. Je te fais confiance. Tu as l'œil pour juger les gens. Mais les hommes sont des salauds. Fais-moi confiance, j'en sais quelque chose. Je ne m'attacherais pas trop si j'étais toi. Je ne veux pas que tu sois blessée, c'est tout.

Je lisais sans difficulté entre les lignes : il s'efforçait de me mettre en garde en insinuant que les hommes comme Adrian ne restaient pas. Qu'il s'agissait de coureurs qui ne tenaient pas en place. Mon estomac se noua à cette idée, car même si la déclaration de Dan contenait un fond de vérité, je ne pouvais plus me permettre de perdre Adrian à présent.

Le verre que je tenais m'échappa et tomba dans l'évier où il faillit se briser. Dan me prit les bras et me serra doucement.

— Je ne dis pas qu'il est pourri, mais ouvre l'œil malgré tout et ne tire pas de plans sur la comète, d'accord ? Ça ne fait que deux semaines, pas vrai ?

Oui… Deux semaines durant lesquelles mes sentiments pour Adrian s'étaient renforcés au-delà de toute compréhension. Ils avaient resurgi en un clin d'œil lorsque je l'avais vu entrer dans ce bar, et brûlaient depuis avec l'intensité d'une flamme olympique.

— Notre contrat avec lui sera signé d'ici un ou deux jours, et nous verrons bien de quoi il est réellement fait.

Dan *savait* bel et bien quelque chose. Adrian lui avait-il déjà parlé ? Dans quelle mesure Dan pouvait-il me parler ? Je me tournai pour faire face à mon ex-mari.

— Tu parles du contrat immobilier ?

— Oui, bien sûr. Je devrais obtenir les dernières signatures d'ici jeudi. Et j'imagine que tu sauras s'il reste ou s'il part.

Adrian lui avait-il fait part de toute la situation ? À ma connaissance, Adrian avait déjà signé les contrats relatifs à sa société. S'il n'achetait pas cette maison, cela voulait-il dire qu'il ne resterait pas ici ?

Pourquoi avais-je l'impression que ma relation avec Adrian allait être mise à l'épreuve, et plutôt deux fois qu'une ?

orsque je me garai devant Platinum Inc., il était onze heures tout juste passées. Les vitres du rez-de-chaussée et de l'étage reflétaient le ciel gris, les arbustes verts et la fontaine, tel un écran de cinéma pendant une projection. Priant pour que le bureau d'Adrian se trouve de l'autre côté, je scrutai brièvement les fenêtres, sans parvenir à voir au travers. Où aurait été la surprise s'il me voyait traverser le parking ? En particulier vêtue d'une parka qui me descendait jusqu'aux genoux… mais sans grand-chose d'autre dessous.

Arriver sur le lieu de travail d'Adrian une heure avant le déjeuner aurait dû me donner le temps de rassembler le courage nécessaire pour mener cette opération à bien. Aujourd'hui, j'étais bien décidée à lui montrer que la fille audacieuse qu'il était venu chercher ici existait toujours en moi. Je voulais qu'il sache que je n'étais pas qu'une maman. J'avais besoin qu'il puisse attendre chaque nouveau jour avec impatience sans jamais douter de sa décision de rester avec moi. Je voulais qu'il me considère toujours comme une femme digne du voyage de plusieurs milliers de kilomètres qu'il avait effectué pour me retrouver. Et j'espérais bien que le genre de déjeuner que je lui avais préparé serait l'un des meilleurs de toute sa vie. Après ça, la bite d'Adrian se dresserait au garde-à-vous tous les jours à midi, réglée comme une horloge, au souvenir de cette mémorable journée. Tout au fond de moi, je ne pouvais m'empêcher de me féliciter d'avoir réellement eu le cran de venir ici. Il restait encore à savoir si je mènerais mon plan à exécution jusqu'au bout.

Les mains soudées au volant, je venais de passer quinze minutes assise dans ma voiture, à écouter la pluie tambouriner sur le toit. Peut-être que ce n'était pas une bonne idée, au bout du compte. La dernière fois que j'avais rendu visite à un être cher au bureau, je l'avais trouvé occupé à culbuter une autre femme comme s'il prenait sa queue pour un marteau piqueur.

J'écartai cette image de mon esprit. Non, je ne pouvais pas me permettre d'y repenser. Adrian ne m'aurait certainement jamais fait ça, ni à moi ni à personne d'autre. Même si tout se mélangeait dans ma poitrine – mon cœur qui battait la chamade, la nervosité, l'impatience de voir sa réaction et l'espoir qu'il ne me jette pas dehors –, il fallait je surmonte mes appréhensions.

Si je n'y parvenais pas, si je ne pouvais pas être cette femme que je savais enfouie au plus profond de moi, alors je ne méritais pas Adrian. Il avait renoncé à tout pour me retrouver. Il avait pris des risques, ce dont je lui serais toujours reconnaissante, et je ne pouvais donc pas le décevoir. Je devais lui montrer que nous pouvions vivre le genre de relation dont il rêvait, même sans mariage. Je me sentais liée à lui sans anneau ni vœux, parce qu'il resterait toujours présent dans mon cœur.

Je jetai un coup d'œil dehors, aux nuages bas. Le temps idéal pour ma tenue. Ma parka dissimulait le peu de vêtements que je portais en dessous ainsi que mes intentions indécentes.

Je secouai la tête.

Ça ne me ressemblait vraiment pas, mais au plus profond de moi, je ne pouvais m'empêcher de ressentir de la fierté. J'éprouvais la même assurance que lorsque j'étais encore jeune, célibataire et prête à me jeter dans le grand bain de l'amour.

Une poussée d'adrénaline et de désir me traversa les veines. Elle me donna le coup de pied aux fesses nécessaires pour ouvrir enfin ma portière et passer à la suite de mon plan. Après tout, Adrian m'avait affirmé que je pouvais lui rendre visite n'importe quand…

En poussant la porte vitrée de l'entrée, je découvris une jeune fille qui pleurait à l'intérieur. Elle portait un carton qui contenait apparemment ses objets personnels.

Venait-on de la licencier ?

— Je n'arrive toujours pas à croire qu'il faille déménager, sanglotait-elle.

— On garde le contact, Sara, la consola son amie. Désolée pour ton travail. Mais tu sais que si M. Reed pouvait faire quoi que ce soit pour nous, il n'hésiterait pas. On se revoit bientôt.

Déménager ? La société d'Adrian déménageait ? Non, impossible.

— Excusez-moi, où se trouve le bureau de M. Reed, je vous prie ? demandai-je.

— Prenez l'ascenseur pour l'étage. La secrétaire vous renseignera.

— Merci.

Je pressai le bouton de l'ascenseur d'une main qui tremblait visiblement à présent. Les trois secondes du trajet me parurent durer une heure. Quand la porte s'ouvrit, je me retrouvai devant un autre employé porteur d'un carton plein d'objets, y compris quelques cadres photo. Il se contenta de baisser la tête, de hausser les épaules et d'entrer pendant que je sortais.

Qu'est-ce qui se passe ?

Je traînai les pieds jusqu'à l'accueil où une jeune femme d'une petite vingtaine d'années était assise à un bureau, les yeux rougis et des traces de mascara mal essuyé sur les joues. Elle venait manifestement de pleurer. Allait-elle aussi faire ses bagages ?

— Bonjour, M. Reed est-il disponible ? demandai-je.

— Oui. Vous êtes Mia ?

— En effet, répondis-je en me penchant vers elle. Il ne s'attend pas à me voir, si ?

— Non, dit-elle en secouant la tête. Mais il nous a tellement parlé de vous ! Et il a posé votre photo sur son bureau.

— Oh, fis-je en sentant mes joues s'échauffer.

— À gauche au bout du couloir. Il est au téléphone, mais je lui signale que vous êtes arrivée.

— Pouvez-vous éviter de lui annoncer que c'est moi ? Dites-lui plutôt qu'il s'agit de…

— D'une livraison ? proposa-t-elle avec un clin d'œil.

Je décidai à cet instant précis que j'avais affaire à une femme très bien.

Pourquoi avais-je l'impression qu'elle n'avait aucun mal à comprendre mes intentions ?

— Oui, merci.

Elle tapa rapidement sur son ordinateur et je me dirigeai vers la salle d'attente. Le cœur battant de plus en plus fort, je passai mentalement en revue ce que j'allais dire à Adrian en le voyant. Je m'imaginai – de nombreuses fois – ouvrant ma parka pour révéler l'ensemble de lingerie en dentelle le plus sexy que je possédais. Restait à savoir si j'arriverais à me livrer à un acte aussi frivole.

Avant même d'arriver à la salle meublée de canapés et de fauteuils en cuir, j'aperçus Adrian au travers de la vitre, et je restai sans voix devant cette vision. Il me tournait le dos, les manches de sa chemise roulées, passant de temps à autre la main dans ses cheveux. Il n'avait pas l'air satisfait ; à vrai dire, son front se plissait de plus en plus et je n'avais jamais vu son cou si tendu.

— Hum.

Derrière moi, quelqu'un venait de se racler la gorge.

Je me retournai et tombai des nues. Là, sur le fauteuil romantique d'Adrian, se trouvait Amanda. Les jambes croisées, elle feuilletait un magazine. Son maquillage était impeccable, comme toujours, et quant à sa minijupe ultracourte… Eh bien, elle aurait aussi bien pu s'abstenir d'en porter : il suffisait sans doute qu'elle respire un peu trop fort pour dévoiler ce que je n'avais aucune envie de voir. Et ce chemisier décolleté… Je ne pouvais en détacher le regard. Je devais porter davantage de vêtements sous ma parka qu'elle n'en avait sur elle.

— Mais qu'est-ce que tu fiches ici ?

Je ne me rendis pas compte immédiatement que j'avais parlé tout haut.

— Je viens déjeuner, répondit-elle d'un air arrogant.

Les souvenirs des dernières années affluèrent brusquement, et parmi eux l'image de ses jambes blanches et charnues lovées autour de la taille de mon mari.

Non, ça ne pouvait pas se reproduire. Adrian n'était pas Dan. Il n'allait tout de même pas… Il ne pouvait pas… Je n'allais pas laisser faire ça !

— Fous le camp d'ici, murmurai-je.

Ou avais-je parlé tout haut ?

— Je te demande pardon ?

Je m'approchai pour m'assurer qu'elle m'entende, cette fois.

— Si tu crois que je vais te laisser poser tes sales griffes sur mon homme, tu ne sais pas ce qui t'attend.

— Personne ne pose ses griffes nulle part, répondit-elle en me reluquant de la tête aux pieds avant d'ajouter : en tout cas pas pour le moment.

Elle décroisa les jambes, me donnant un bref aperçu de ce que cachait sa jupe. Oh non ! Je croyais qu'il n'y avait plus que les actrices de Hollywood pour faire le coup de la culotte absente…

Ce fut à cet instant précis que je perdis les pédales. Le souvenir de toutes ces années passées à supporter les conneries d'Amanda et l'idée de la voir toucher Adrian avaient trop macéré dans les recoins de mon esprit : je me transformai en une garce néanderthalienne capable de traîner Amanda par ses extensions capillaires et de la jeter du haut d'une falaise. Adrian était à moi, et plutôt crever que de la laisser échanger ne fût-ce qu'une poignée de main avec lui.

Mon cerveau projetait mes pensées au ralenti tandis que j'imaginais la scène. En m'approchant, je la vis entrouvrir la bouche, manifestement choquée par mon attitude agressive.

Tu ne l'avais pas vue venir, celle-là, hein ? songeai-je tout en me jetant sur elle, mais un corps robuste m'intercepta aussitôt.

— Salut, ma chérie. Qu'est-ce qui se passe ? demanda Adrian sur un ton un peu amusé.

Je tentai de me soustraire à son étreinte, mais ses mains me maintenaient comme des menottes.

— Qu'est-ce qu'*elle* fiche ici ? répondis-je.

— Je ne sais pas, P. Madame ? s'enquit Adrian, attendant qu'elle lui dise son nom.

— Navrée Adrian, fit une voix derrière nous, mais j'ai demandé à Amanda de se joindre à nous pour déjeuner afin de passer en revue quelques annonces immobilières. Je ne voulais pas causer de problème.

— Ce n'est rien, Blair. Aucun problème.

Amanda se laissa retomber dans le canapé, soulagée.

— Blair cherche une maison, murmura Adrian. P. ? Voudrais-tu me rejoindre dans mon bureau ?

Il ne s'agissait pas d'une requête, et j'acquiesçai donc quand Adrian me guida jusqu'à une porte en bois qui donnait apparemment sur son bureau.

— Ce que c'était sexy ! dit-il dès qu'elle se fut refermée derrière nous, avant d'écraser sa bouche contre la mienne.

Eh ben ça alors !

Il me maintint la tête en l'inclinant légèrement pour me gratifier d'un baiser profond et délicieux. Non, on ne pouvait plus parler de simple baiser : on se suçait littéralement la pomme. Et toute ma tension, y compris celle issue du spectacle des secrétaires en pleurs et d'Amanda sur le lieu de travail d'Adrian, se dissipa. Il était canon et n'avait d'yeux que pour moi, et rien d'autre n'avait plus d'importance à présent.

— Quoi donc ? demandai-je lorsqu'il me laissa reprendre mon souffle.

— Toi, en train de me protéger, dit-il contre ma bouche en pressant ses lèvres contre les miennes.

— À quoi tu t'attendais ?

Je tournai la tête sur le côté en l'inclinant pour lui laisser l'accès qu'il cherchait à mon cou. Lorsqu'il posa sa bouche ardente sur ma peau et se mit à la mordiller, je me sentis fondre entre les cuisses. Ses lèvres me procuraient de telles sensations de bien-être que je commençais à oublier que c'était moi qui étais venue ici le séduire.

— Je ne sais pas à quoi je m'attendais, mais certainement pas à voir ma petite Poucelina se jeter à la gorge d'une autre, dit-il en riant tout contre moi.

Je sentais la fierté poindre dans sa voix. Adrian se colla tout contre moi et je sentis le désir qui montait dans mon ventre. Le voir si excité en un rien de temps me donnait des envies furieuses.

— Je voulais te faire une surprise, dis-je en commençant à haleter.

— C'est réussi, répondit-il en descendant vers mon décolleté et en s'interrompant une fois arrivé à la pointe du col de ma parka.

Adrian recula et contempla ma tenue. Il retira lentement la ceinture qui maintenait mon manteau fermé. La boucle se défit, révélant la tenue légère en dentelle rouge que je portais dessous.

— Merde. Tu vas me rendre fou.

— C'est bien ce que j'escomptais.

Je me mordis la lèvre en le regardant rajuster son pantalon moulant. La bosse à son entrejambe grossissait à vue d'œil. Adrian retira la parka de mes épaules et la fit tomber. Puis il tendit la main derrière moi, verrouilla sa porte et me dévora de nouveau des yeux. Pour la première fois de ma vie, j'avais réussi à le rendre sans voix.

Je m'approchai et défis sa fermeture éclair, extirpant son sexe volumineux de son pantalon. Tout en caressant la peau douce, je passai la langue sur mes lèvres. D'un geste vif, Adrian déchira ma culotte en tirant dessus.

Nom de Zeus, ce que ça m'excite !

Il me souleva alors dans ses bras. Je m'accrochai à son cou tandis qu'il me guidait pour s'enfoncer en moi jusqu'à ce que son pelvis touche mes cuisses. Je l'attirai encore plus près, cherchant sa bouche, mais il me refusa ce baiser. Il sourit en me voyant froncer les sourcils.

— Tu ne peux pas venir comme ça, dans mon bureau, à moitié nue, et me faire l'amour comme si de rien n'était.

Cet avertissement de sa part me prit de court.

— Tiens donc ? Et qu'est-ce que je peux faire, alors ?

— Baiser. Je veux te baiser. J'ai besoin de te baiser. Comme une bête.

Il projeta ses hanches en avant. La froide boucle métallique de sa ceinture se colla contre ma peau brûlante.

— Comme une brute, ajouta-t-il en donnant un autre coup de reins.

— Ah ! criai-je, tournant les yeux vers la porte.

Je me trouvais désormais adossée au mur. Les manches de sa chemise blanche retroussées sur ses bras musclés, il me soutenait les fesses avec ses mains et ses mots s'insinuaient dans mon ventre pour y attiser un désir ardent.

— Jusqu'à ce que tu ne tiennes même plus debout. Et je n'en ai rien à carrer qu'on nous entende.

Adrian plongea de nouveau en moi, la passion obscurcissant ses yeux verts.

L'appel lancinant de la chair devenait insoutenable. C'était exactement pour ça que j'étais venue. J'avais besoin de lui tout comme il avait besoin de moi. Sans délicatesse ni prudence.

J'avais besoin qu'il me prenne comme il ne l'avait encore jamais fait, qu'il me baise, qu'il me baise réellement, pour la première fois… et j'espérais bien que ce ne serait pas la dernière.

Il s'interrompit un instant pour me dévisager et je murmurai :

— S'il te plaît, baise-moi.

Il serra les mâchoires et je le sentis palpiter en moi : il se mit à effectuer des va-et-vient de plus en plus rapides, heurtant chaque fois mon clitoris en feu, me plaquant contre le mur.

— Tu es si chaude, P.

Je me serrai autour de lui. Le bruit humide de ma chatte et l'odeur de nos corps mêlés, associés aux grognements d'Adrian, m'amenait déjà au bord de l'orgasme. Je pressai mon front contre le sien. Il n'y aurait ni baiser ni caresses, juste du sexe sauvage.

Et juste avant de jouir, Adrian me regarda droit dans les yeux, comme s'il cherchait à m'arracher un orgasme rien qu'en me fixant… et il y parvint bel et bien. Comme si Adrian venait de presser un bouton, mon corps tressaillit contre le sien et mes parois se crispèrent sur sa queue tandis qu'il répandait en moi sa chaleur.

Lentement, Adrian me déposa et se retira. Il tendit la main vers une boîte de mouchoirs en papier puis sécha la semence qui me coulait entre les cuisses avant de s'essuyer à son tour. Je ne remarquai qu'à cet instant que nous nous trouvions à côté de son bureau en acajou.

— Tu ne cesseras jamais de m'épater, P.

— Je voulais te faire une surprise.

— C'est réussi, dit-il en m'embrassant enfin. Ça va ? Je n'ai pas mis de préservatif.

— Ce n'est pas cette période du mois.

— Eh bien, encore une première, non ? fit-il en riant et en retirant sa chemise.

— Qu'est-ce que tu fais ? demandai-je pendant qu'il enfilait les longues manches sur mes bras.

— Je ne vais pas te laisser sortir de mon bureau sans rien sous ta parka.

— Personne ne saura.

— Les hommes, si. Ils savent toujours.

J'en doutais, mais je ne voulais pas le contester, j'étais trop heureuse pour ça. Il se dirigea vers un placard mural et en retira une chemise impeccable.

Adrian prit ensuite mon visage entre ses mains et déclara :

— Je t'aime, P. Je t'aime tellement.

— Je t'aime aussi, Adrian.

Et c'est ainsi que nous fîmes un autre de nos premiers pas ensemble. Avec un peu de courage, je pouvais effectivement être davantage qu'une mère ou une petite amie. Je pouvais redevenir une amante.

CHAPITRE 26

J'avais compté les jours jusqu'à ce que je revoie Adrian. Ma mère avait accepté de rester auprès des enfants vendredi pour que je puisse profiter d'une « soirée d'adultes ». Cette expression me sentir de nouveau adolescente. Et comme toujours, ma mère sous-entendit que je n'avais pas intérêt à revenir avant le lendemain. J'avais l'impression que le week-end n'arriverait jamais.

Le mardi après-midi, je rendis ses clefs de voiture à Dan. Apparemment, il disposait d'un double et avait demandé à Kayla de le véhiculer pour tenir la promesse qu'il m'avait faite. Il ne les avait pas demandées et ne s'était pas plaint, mais je savais que les trajets en taxi lui avaient donné du mal. En outre, compte tenu des gros contrats qu'il préparait, je ne voulais pas compromettre une belle rentrée d'argent pour lui. Il s'était également inscrit au groupe local des Alcoolique Anonymes et avait cherché à se soigner.

Couchée dans mon lit, le mardi soir, je ne pouvais m'empêcher de penser que le temps ne passait pas assez vite. J'aurais voulu fermer les yeux et me réveiller trois jours plus tard. Comment allais-je réussir à tenir jusqu'à vendredi ?

Un gémissement sonore m'arracha à mes pensées et je bondis aussitôt. Je me précipitai dans le couloir, tendant l'oreille entre les chambres de Christa et Jonathan, quand un autre râle douloureux me parvint.

J'allumai la veilleuse de la chambre de Christa et je m'installai sur le bord de son lit. Elle avait les yeux larmoyants, les joues rouges et les lèvres desséchées. J'appliquai la main sur son front et le trouvai bouillant. Son pyjama était trempé, sa respiration laborieuse et irrégulière.

— Je me sens pas bien, geignit-elle douloureusement.

— Tu as de la fièvre, ma puce. On va retirer ça un instant.

J'ôtai son duvet, lui fis enfilai un pyjama propre et la couvris d'un drap.

— Je vais chercher des médicaments et je reviens, d'accord ?

— OK, maman.

Je me précipitai au rez-de-chaussée pour fouiller le placard à pharmacie au-dessus du frigo en quête du Tylenol et de l'Advil des enfants. Je passai en revue chaque bouteille, chaque boîte, mais en vain.

— Allez, allez. Du sirop pour la toux, des antihistaminiques, des antivomitifs, des pastilles pour la gorge… Mais où est passé ce foutu Tylenol ?

Je me rappelai alors avoir demandé à Dan d'en prendre un paquet en passant à la pharmacie une semaine auparavant. Apparemment, il ne s'en était pas occupé. Munie du thermomètre et d'une poche de glace, je remontai à l'étage en toute hâte, priant pour que la fièvre ne soit pas trop forte. Mais en voyant ses joues rouges et ses lèvres enflées, je me rendis compte que j'aurais aussi bien pu croire au Père Noël.

— Tourne la tête sur le côté.

J'insérai le thermomètre dans son oreille. 103 degrés. Hein ? Mon cœur s'arrêta le temps que je me rappelle de le régler sur les degrés Celsius : 39,4.

Merde !

— Bon, reste couchée et garde ça contre ta tête. Il faut que j'aille à la pharmacie chercher ton médicament, mais Mme Mayfield va venir pour rester avec toi. Tu crois que tu peux faire ça pour moi ?

— Oui, maman.

Mme Mayfield faisait heureusement partie de ces voisins que les enfants adoraient. Mieux encore : il ne lui fallut que trente secondes pour venir chez moi. Vêtue d'une robe bouffante, elle s'assit auprès de Christa et lui prit la main.

— Je reviens dans un quart d'heure, promis-je en enfilant un sweat-shirt.

Puisque je n'avais pas le temps de me changer ni de mettre un soutien-gorge, je comptais sur une tenue ample pour me couvrir.

Des cônes orange et des bandes jaunes entouraient le parking de la place centrale. Des engins et du matériel de travaux occupaient les dernières places, et je dus me garer au coin de la rue. Tout en murmurant des jurons, je m'arrêtai à l'ombre du bâtiment, coupai le contact et me ruai à l'intérieur.

Le temps que j'arrive au drugstore, il était déjà vingt-trois heures. La pharmacie non-stop était la seule ouverte à cette heure de la nuit. Je m'emparai du Tylenol et de l'Advil, réglai mes achats et me précipitai vers ma voiture. J'aurais voulu pouvoir courir encore plus vite.

Jetant un bref coup d'œil sur le côté, j'avisai deux jeunes hommes qui se dirigeaient vers moi. Je me pressai, mais ils s'adaptèrent à mon allure. Chaque pas semblait m'éloigner de ma voiture plutôt que de m'en rapprocher. Lorsque j'arrivai enfin, ils me devancèrent et me barrèrent le passage.

— Je peux vous aider ?

Mes nerfs venaient de passer en mode « séisme ». Je n'avais pas de temps à consacrer à ces conneries, il fallait que je rejoigne ma fille, et vite. Je cherchai mon téléphone dans ma poche, mais l'un des hommes me saisit aussitôt la main.

— Lâchez-moi ! criai-je en m'arrachant à sa prise.

— Wow, wow ! Donne ton portefeuille et on te laisse tranquille.

Le plus grand s'approcha de moi. Il n'avait sans doute pas plus de vingt ans. Et à cet âge audacieux et irresponsable, ses intentions ne faisaient aucun doute.

— Écoutez, j'ai payé avec ma carte. Je n'ai pas de liquide sur moi et il faut que j'aille soigner ma fille.

Je tentai de me faufiler entre eux pour entrer dans ma voiture.

— Mais une dame comme toi peut nous dédommager autrement.

Ils échangèrent un regard entendu avant de se rapprocher encore, et je me retrouvai écrasée entre eux comme un sein victime d'une mammographie-surprise.

J'en eus la chair de poule et l'estomac retourné. Ils n'oseraient tout de même pas ? J'étais trop âgée pour eux deux. Mais je sentis durcir contre moi leurs entrejambes. Gagnée par une terreur sourde, j'entendis une voix grave.

— Fichez-lui la paix, vous deux !

Adrian ?

— Qu'est-ce que ça peut te foutre, ducon ? Occupe-toi de tes oignons, c'est privé.

Il faisait doux, et Adrian portait un tee-shirt blanc ainsi qu'un jean déchiré. Son tatouage dépassait sous une manche, et je dois ajouter que le piercing à son sourcil et ses cheveux ébouriffés lui conféraient une allure menaçante tout à fait appropriée. Il fallait croire que mon ange gardien me l'avait envoyé pile au bon moment.

Papa, si tu m'entends, je te remercie.

— Je peux savoir ce que vous avez à faire en privé avec ma femme ? demanda-t-il d'une voix forte en s'approchant à grands pas.

Il serrait les poings et ses muscles tendaient l'étoffe du tee-shirt.

Je retins mon souffle. La déclaration d'Adrian sonnait à la fois si faux et si juste… Les deux voyous qui m'encadraient n'eurent pas le temps de bouger : Adrian décocha un coup de poing au premier et enchaîna avec le second avant même que j'aie le réflexe de crier. Un claquement sec résonna dans la rue, et j'espérai qu'il ne s'agissait pas de sa main. Ils s'effondrèrent tous deux et se tortillèrent sur le béton.

Mais Dumb et Dumber n'allaient pas renoncer si facilement. Ils se relevèrent pour nous barrer la route. Adrian prit ma main et la serra.

— Dégagez d'ici, ou je vous jure devant Dieu que je vous mets une raclée et que je vous fais bouffer vos burnes à tous les deux.

Il avait parlé sur un ton sans appel. Lorsqu'il serra de nouveau les poings et s'avança vers eux, ils s'écartèrent, puis s'enfuirent en courant.

— Oh mon Dieu !

Pendant ce temps, je me mettais à trembler et mon cœur palpitait comme si on lui avait fixé une bombe à retardement.

— Ça va ? demanda Adrian en posant ses mains sur mes joues.

J'acquiesçai, fébrile, en fouillant ma poche à la recherche de mes clefs.

— Tout va bien, maintenant, P. Partons d'ici. C'est moi qui conduis.

Il me prit les clefs sans attendre ma réponse, s'installa au volant et mit le contact. Mes mains tremblaient tellement que j'eus du mal à boucler ma ceinture. Adrian tendit le bras pour m'aider, plein du calme dont j'avais désespérément besoin.

— Tout va bien. Personne ne va te faire de mal, tu m'entends ?

Je hochai vivement la tête avant de demander :

— Et ta voiture ?

Il s'affaira brièvement sur son téléphone avant de s'attacher à son tour.

— Garée devant la banque, en face. Ne t'inquiète pas pour elle.

Adrian démarra ma Sienna et sortit du parking, puis accéléra en s'insérant dans le trafic.

— J'ai envoyé un SMS à la police pour qu'ils inspectent le coin. Ces gars cherchaient à faire un mauvais coup et maintenant qu'ils ont échoué, ils risquent de s'en prendre à quelqu'un d'autre.

Envoyé un SMS à la police ? Depuis quand peut-on faire ça ?

— Tyler travaille au poste de police ce soir, expliqua-t-il, répondant à ma question muette.

Je ressentis une curieuse impression. Adrian et Tyler avaient dû échanger leurs numéros à la soirée de bienfaisance.

— Qu'est-ce que tu fais là ? demandai-je tandis qu'il s'engageait dans Main Street.

— Je me suis coupé la main en pelant un citron et j'avais besoin de bandages.

Je remarquai effectivement la profonde plaie.

— Et toi ? Tout va bien ? s'enquit-il.

— Non, fis-je en secouant la tête. Christa a de la fièvre. Mme Mayfield surveille les enfants.

— Tu aurais dû m'appeler, P.

Il bifurqua dans notre quartier.

— Mme Mayfield habite juste en face. J'avais besoin de me procurer du Tylenol rapidement.

— Et ça va, toi ? Après ce qui s'est passé là-bas ?

— Je ne suis pas sûre de vouloir y repenser pour le moment. Il faut que je rejoigne Christa, c'est tout.

Adrian ne dit pas un mot de plus et se concentra sur la route, dépassant de beaucoup la vitesse autorisée. Je priai pour que celui qui l'avait envoyé à mon secours sur la place éloigne les flics de notre trajet afin qu'on ne se fasse pas arrêter.

Une fois à destination, j'ouvris brusquement la porte, sautant presque hors du véhicule avant qu'Adrian ne se soit arrêté dans mon allée.

— Fais comme chez toi ! criai-je avant de me ruer à l'étage.

Mme Mayfield s'était installée sur une chaise au chevet de Christa. Ma fille, éveillée, tremblait sous l'effet d'une fièvre carabinée. J'assurai la voisine que je m'en sortirais et elle rentra chez elle. Christa avala le médicament et se recoucha, recroquevillée en position fœtale.

— Ça ne me fait rien, se plaignit-elle. Et j'ai mal dans la bouche.

— Attends quelques minutes, ma chérie. Ouvre, fais-moi voir.

J'examinai sa bouche. D'un côté, ses gencives supérieures étaient rouges et sensibles. Une pointe blanche effectuait une percée.

— C'est ta dernière dent qui pousse, ma puce. Voilà pourquoi tu as de la fièvre.

J'espère que c'est tout.

— Reste couchée, tu te sentiras bientôt mieux.

— Mais tu vas t'en aller.

— Non, je reste ici.

Une demi-heure plus tard, les tremblements de Christa cessèrent et elle s'endormit enfin. Je poussai un gros soupir, les paupières terriblement lourdes.

Quand je me réveillai, à trois heures du matin, je me retrouvai couverte du duvet de Christa et je vis Adrian qui dormait dans l'inconfortable chaise de princesse de ma fille, les jambes tendues devant lui. Le front de Christa avait un peu refroidi, et la fièvre semblait être tombée.

En m'étirant, je réveillai Adrian.

— Tu vas bien ? demanda-t-il aussitôt.

Je sortis du lit de Christa et pris sa main pourvue d'un bandage récent.

— Oui, suis-moi, dis-je, encore à moitié endormie.

Une fois dans ma chambre, je chuchotai :

— Écoute, ça ne rime à rien pour toi d'aller récupérer ta voiture à cette heure.

Debout devant mon lit immense, je me rendis brusquement compte que la présence d'Adrian me paraissait toute naturelle. J'aurais voulu qu'il reste ici tout le temps.

— Tu dis ça uniquement pour m'attirer dans ton lit, répondit-il d'un air coquin, les yeux à peine entrouverts.

Il avait dû subir le martyre sur cette chaise à peu près aussi confortable qu'une planche à clous.

— Oui, aussi.

Je défis la ceinture de son jean.

— Il faut que tu reprennes le boulot tôt ?

— Non, j'ai reporté mes rendez-vous à l'après-midi.

Son pantalon tomba et mon nombril frotta contre son membre qui bandait déjà un peu.

Adrian me saisit le poignet avant de poursuivre.

— P., je ne sais pas comment je pourrais me contenter de dormir dans le même lit que toi. Pour le moment, en tout cas. Dès que je sentirai le contact de ta peau, j'en voudrai davantage.

— Je ne veux pas que tu prennes le volant si tard. Tu es crevé et c'est dangereux.

— Je peux dormir sur le canapé du rez-de-chaussée, proposa-t-il. Je sais déjà qu'il est très confortable.

Je retirai mon jean et mon sweat-shirt et je me retrouvai debout en culotte et en tee-shirt, les pointes de mes seins dures comme le roc pointant au travers du tissu.

— J'ai besoin que tu me prennes dans tes bras. S'il te plaît, reste avec moi.

Adrian ne répondit rien. Il écarta les couvertures et je me glissai dans mon lit pour me pelotonner contre lui. Il ne fallut pas longtemps pour que mes fesses se rapprochent et s'appuient contre son érection.

— Adrian ?

Il s'immobilisa, et je continuai donc.

— Pourquoi as-tu dit que j'étais ta femme dans le parking ?

— Je… Je suis navré. J'avais juste réfléchi à plusieurs trucs et ça m'a échappé. N'y accorde pas trop d'importance. Je n'aurais pas dû.

— Tu as réfléchi à notre mariage ?

— Oui. Je suis simplement curieux de savoir comment ça se serait passé et je me suis dit que ce serait vraiment agréable de t'avoir à mes côtés, comme ça, tous les jours. Tu ne veux même pas y réfléchir ?

— Je ne me remarierai pas, Adrian.

Je serrai l'oreiller. Pourquoi cette réponse sonnait-elle si faux, en particulier face à lui ? Faisais-je preuve de trop d'obstination ?

— Bon, eh bien je crois qu'il me faut me résigner à rester célibataire toute ma vie.

Je me retournai aussitôt pour lui faire face.

— Désolée si je t'ai donné cet espoir…

— Ce n'est pas toi qui devrais me donner l'espoir, P. C'est plutôt moi qui devrais ranimer le tien. Et je suis navré d'avoir échoué. Navré que tu n'arrives pas à nous imaginer ainsi. Et je te promets de ne rien faire qui puisse te nuire, te blesser ou te forcer à sortir de ta zone de confort.

— J'ai simplement besoin de temps, soupirai-je.

— Je sais, ma chérie. Je sais, dit-il en me caressant la joue avec la paume de sa main.

Il n'existait qu'un moyen pour me faire pardonner, à ma connaissance. Je pris son visage entre mes mains en lui murmurant :

— Fais-moi l'amour.

À peine avais-je prononcé ces mots qu'Adrian retirait ma culotte et se jetait sur moi. Ses mains vagabondèrent sur mes seins, son souffle chaud et rauque me caressa l'épaule. Tandis qu'il réprimait ses grognements, sa voix retenue vibra contre ma peau. Je guidai sa main vers mon sexe, impatiente de me libérer de la tension qui s'accumulait. Ses doigts s'affairèrent vivement. Je mordis les draps, étouffant un cri, et je jouis contre ses doigts qui s'agitaient, envahie par une vague de chaleur, avant de m'effondrer dans le lit.

Le contact de son corps musclé me détendit et je m'abandonnai au sommeil.

CHAPITRE 27

Jeudi matin, le ciel couvert et la brume qui m'attendaient au réveil sapèrent mon énergie. Chaque fois que je voulais appeler Adrian ou lui envoyer un texto, un imprévu m'en empêchait. Il était parti mercredi matin après que j'eus emmené Jonathan à l'école, et je ne l'avais pas revu depuis. Nous avions parlé la veille au soir, mais la nervosité perçait dans la voix d'Adrian, qui sonnait comme des cordes de guitare trop tendues.

Ayant appris par l'intermédiaire de Dan qu'une grosse journée attendait Adrian, je pris mentalement note de le laisser respirer jusqu'à cet après-midi. Après avoir conduit rapidement les petits à l'école, je regagnai mon studio, plein à craquer jusqu'au soir. J'eus à peine le temps de rentrer chez moi et de commander une pizza pour les enfants, mais au moins la journée s'était-elle écoulée rapidement. Une fois à la maison, je pourrais m'asseoir et peut-être analyser notre conversation de l'avant-veille.

J'allumai la télé où les infos rabâchaient les mêmes bulletins au sujet de la récente éruption solaire… Comme si on y pouvait quoi que ce soit. Les chaînes de télé avaient trouvé un sujet inédit et n'avaient pas l'intention de le lâcher sans nous exposer dans les moindres détails la structure du soleil, la description détaillée des rapports concernant les UV et la possibilité d'une multiplication des cas de cancer de la peau.

Juste avant que les enfants ne rentrent de l'école, quand je croyais disposer d'une minute pour envoyer un SMS à Adrian, des coups urgents frappés à ma porte me firent sursauter. Je me précipitai à l'entrée, pour y trouver un Dan hors d'haleine. On aurait cru qu'il venait de courir le marathon. Pendant un moment, je m'attendis à ce qu'il crache ses poumons : les mains sur les genoux, l'air épuisé, il cherchait son souffle.

— Tu as les clefs, dis-je. Qu'est-ce qui t'est arrivé ?

— Désolé, je n'avais pas les yeux en face des trous. Ça va ?

— Oui. Pourquoi ? répondis-je en me dirigeant vers la cuisine pour lui servir un verre d'eau.

— Je croyais que tu serais en pétard.

Il vida son verre d'un trait et s'en versa un autre.

— Pourquoi serais-je en pétard ? Tu es venu en courant ?

Il s'affala sur le tabouret de la cuisine, le front ruisselant de sueur.

— J'ai essayé de t'appeler, mais je tombais immédiatement sur ta boîte vocale, et je ne voulais pas te l'annoncer sur répondeur. Ton petit ami n'a pas cessé de marmonner des histoires de mariage brisé, de contrats ratés et d'espoir enfui en feuilletant les dossiers ce matin. Il était complètement déboussolé, ce gars-là. Pourquoi tu sors avec un type qui s'apprête à quitter le pays ?

— Quoi ?

— Il prend l'avion dans deux heures.

— Oh mon Dieu !

Je portai la main à ma bouche.

— Tu es sûr ? Tu lui as dit quelque chose ? ajoutai-je d'un air accusateur, sachant mon ex-mari capable de faire des coups en douce.

— Évidemment que j'en suis sûr, et non, je n'ai rien dit, Mia.

Tu sais que les affaires, pour moi, c'est du sérieux. Tu es toute pâle. Assieds-toi.

Avais-je poussé Adrian à bout ? L'avais-je de nouveau perdu ? Idiote que j'étais, à toujours m'imaginer que j'allais tout rater ! Je ne pouvais même pas envisager d'épouser quelqu'un que j'avais aimé toute ma vie ? Et puis, ce n'était pas comme s'il me proposait le mariage à l'instant… Mais ses employés faisaient déjà leurs cartons. Ils parlaient de déménager. N'était-ce que le début ? Oh mon Dieu ! Le problème venait forcément aussi du travail d'Adrian.

Merde !

— Je ne peux pas m'asseoir, il faut que j'y aille. Attends, je ne peux pas. Les enfants !

Mes genoux tremblaient et j'avais les jambes en coton. Je sentis une chaise glisser sous moi tandis que Dan m'aidait à me poser. Mon cœur me martelait les côtes. La pièce devint floue, et je dus m'appuyer la tête contre le plan de travail.

— Ça va aller, murmura Dan en me caressant doucement le dos.

Je relevai la tête pour fixer son visage inquiet.

— Non, ça ne va pas aller, dis-je. Je ne peux plus subir ça.

Mon regard erra le long du plan de travail.

— Et je ne le subirai plus. Où est mon téléphone ?

Je renversai la chaise en me levant brusquement pour chercher mon téléphone dans mon sac à main. Je composai rapidement le numéro d'Adrian. Comme il ne répondait pas, je rédigeai un texto.

Mia : *Tu pars vraiment ? Je t'en prie, appelle-moi !*

J'attendis une minute entière avant de saisir mes clefs de voiture en demandant :

— Tu peux rester avec les enfants, s'il te plaît ? La pizza arrive.

— Bien sûr. Où vas-tu ? Mia, tu ne devrais pas conduire dans cet état.

— À l'aéroport. Ça ira. Je reviens dès que je peux.

— Sois prudente, s'il te plaît. Et appelle-moi.

Ces dernières paroles résonnèrent derrière moi tandis que je montais dans ma voiture.

Je conduisis pied au plancher, bien au-dessus de la vitesse autorisée. Priant pour avoir un tant soit peu de chance, j'espérai que la police ne patrouille pas sur mon trajet sur l'autoroute. Comment avais-je pu manquer de délicatesse à ce point ? Adrian ne s'était jamais marié : pas étonnant qu'il éprouve une certaine curiosité et veuille en discuter, en particulier avec quelqu'un qu'il aimait. Et je savais qu'il m'aimait. Il m'aimait, et j'avais soumis son cœur à une pression affreuse, jusqu'à le briser, en lui affirmant par mégarde que nous ne serions jamais unis.

T'es vraiment une abrutie, Mia ! Je cognai du poing contre le volant.

Les larmes roulaient sur mes joues. Je combattis toutefois les sanglots que je sentais monter, pour me concentrer sur la route. L'aéroport se trouvait à une heure de chez moi. Selon l'horaire prévu, je ne disposerais que de trente minutes avant le décollage. Adrian risquait d'être déjà à la porte d'embarquement, voire dans l'avion, et je n'aurais aucun moyen de le rejoindre. Chaque fois que j'appelais, son téléphone passait sur sa boîte vocale. Quant aux textos, pas de réponse. Bon sang ce que je détestais les éruptions solaires !

En entrant dans le garage de l'aéroport, j'eus l'impression de m'être traînée sur le chemin. Je klaxonnai à plusieurs reprises et, pour la première fois depuis des années, j'adressai un doigt d'honneur à un type qui me barrait la route et ne voulait pas bouger. Après avoir enfin réussi à me garer, j'abandonnai mon sac sur mon siège et je me précipitai entre les voitures. Franchissant la passerelle vitrée, j'arrivai au terminal. Dans un concert de bruits de roues de valises, je scrutai les moniteurs pour trouver la mention d'un vol pour Vienne.

Je n'avais pas réussi à le retenir. Il m'avait quittée. Après tout ce que nous avions traversé, toutes les promesses mutuelles de nous redonner une chance, il était parti, tout simplement. Sans un mot ni un coup de fil, même pas une lettre d'adieu. Ça ne lui ressemblait pas. Et pourtant je me retrouvais là, de nouveau seule, envahie par le vide assourdissant qui venait de se creuser dans mon cœur. Tout le corps endolori, je me sentais écrasée par ce sentiment que je connaissais bien, celui d'une séparation qui, cette fois, durerait toujours.

J'avais tout gâché.

Au moment où Adrian m'avait fait confiance, je l'avais laissé tomber. Il m'avait attendu pendant vingt ans, et je n'étais même pas capable d'envisager l'idée du mariage. Et au cas où le destin me permettait de me rattraper, j'aurais de la chance s'il me laissait l'implorer de rester à genoux. Et le supplier de m'épouser, parce que sans Adrian, ma vie n'avait aucun sens.

J'aurais dû écouter mon cœur, mais j'avais choisi à la place de suivre une voie toute tracée par la vie. Bouleversée, je restai interdite, les larmes roulant sur mes joues, exsangue et incapable de bouger. Chaque fois que j'entendais décoller un avion, je me demandai si c'était le sien, qui l'emmenait loin de moi.

Fais quelque chose ! me hurla mon cerveau.

Je ressentais des douleurs au cœur, des élancements lancinants dans tous mes membres. Je n'arrêtais pas de pleurer et j'avais de plus en plus de mal à respirer. Les brèves inspirations ne suffisaient plus. La salle se mit à tourner. J'avais besoin d'air et, en reculant d'un pas, je me cognai contre quelqu'un.

— P. ? Qu'est-ce que tu fais là ?

Au début, cette voix familière me semblait trop belle pour être vraie. M'étais-je évanouie ? Étais-je en train d'halluciner ? Avais-je juste imaginé les mots que je désespérais d'entendre ? Craignant de me retrouver face au vide en me retournant, je fermai simplement les yeux pour chasser les dernières larmes.

Ce n'était pas lui. Impossible. Il était parti.

— P. ? Tout va bien ?

Le contact de sa paume sur mon épaule était plus qu'insoutenable. Tout d'abord parce qu'au moment où je me figurais avoir complètement déraillé, je sentais sa chaleur contre ma peau. Ensuite, parce que cette petite étincelle que je conserverais à jamais dans mon cœur pour Adrian alluma aussitôt un véritable feu de joie. Je fis volte-face pour confirmer ce que je ne pouvais qu'espérer.

Il était bien là, les yeux braqués sur moi, avec ce visage juvénile que j'aimais tant. Le piercing à son sourcil s'éleva imperceptiblement, nouant autour de mon cœur un ruban de joie : plus je le regardais, plus son sourire s'épanouissait. C'était le visage d'un homme auquel je ferais confiance jusqu'à la fin de mes jours, d'un homme sans lequel je ne pourrais plus vivre. S'il avait dû partir à l'instant, je me serais effondrée et personne n'aurait jamais pu recoller les morceaux de mon cœur brisé.

— C'est toi ? demandai-je, tendant avec précaution la main vers sa joue.

Il était chaud, réel, vivant.

Adrian fronça les sourcils et posa sa main sur la mienne.

— Bien sûr que c'est moi. Mais toi, pourquoi es-tu là ? Qu'est-ce qui t'arrive ?

Il tira un mouchoir de sa poche pour me tamponner une joue, puis l'autre. Ses épaules s'affaissèrent comme s'il voulait continuer à me regarder dans les yeux sans que notre différence de tailles ne nous gêne.

— Je te croyais reparti. Pour Vienne.

— Quoi ? Mais où es-tu allée chercher une idée pareille ? Tu es toute pâle. Viens, sortons.

Je m'accrochai de plus belle à ses bras. Pas question de le laisser partir cette fois. Il me conduisit vers les portes coulissantes et nous nous assîmes sur un rebord, près d'une fenêtre. Des passants me fixaient, moi, la femme de trente-cinq ans qui sanglotait comme une gamine. Je me retrouvai soudain dans ses bras de grizzly, complètement perdue, mais protégée des regards indiscrets.

— Je t'épouserai quand tu voudras. Mais je t'en prie, ne pars pas. Je ne survivrais pas à ton départ.

— Je t'ai promis que je ne partirais pas et je tiendrai parole. Quant au mariage, eh bien… Je comprends tes craintes, ma chérie. Pas la peine de paniquer. Je te l'ai dit, je ne commets pas deux fois les mêmes erreurs. Et que j'aie ou non l'occasion de prononcer ces vœux devant témoins, ça n'a pas d'importance. Je veux rester auprès de toi pour le meilleur et pour le pire, dans la joie et dans la peine, quoi qu'il advienne.

— Mais tu as signé les documents aujourd'hui. Tu marmonnais au sujet du mariage et de l'espoir perdu. Et tes employés… Je les ai vus faire leurs affaires et partir.

— Mais de quoi parles-tu ? Quels papiers ? Quand ai-je marmonné ? Qui t'a dit ça ?

— Dan m'a dit que tes contrats n'avaient pas abouti et que ça t'avait secoué. Il m'a affirmé que tu partais en avion.

Je le vis froncer les sourcils un moment, puis reprendre son expression habituelle tandis qu'il s'éclairait, saisissant tout à coup quelque chose qui m'échappait manifestement.

— Ah ! Je sais ce qui s'est passé ! Chris, l'ami dont je garde la maison, a rencontré Dan ce matin pour signer les papiers de la vente. Il déménage définitivement aux États-Unis. Il vient d'apprendre que son père a été diagnostiqué comme schizophrène. Son état s'aggrave, ses parents parlent de divorcer, et il doit partir pour redonner un peu d'espoir à sa mère. Sans parler du fait qu'il doit gérer des problèmes au boulot. Rien d'inhabituel. C'est pour ça que je l'ai conduit à l'aéroport. Et deux de mes employés quittaient la province cette semaine. Tu les as certainement vus au bureau.

— Attends, mais alors, comment vas-tu faire ? Où habiteras-tu ? demandai-je.

— C'est moi qui ai acheté sa maison, P. J'ai rencontré officiellement Dan pour la première fois ce matin, à son bureau, et j'ai accepté les termes de la vente. Dan devait parler de Chris.

Et Dan devait également penser que c'était avec l'ami d'Adrian que je sortais. Sa mise en garde ne s'appuyait donc sur rien, ce qui signifiait en outre qu'il ne connaissait pas mon Adrian.

— Alors, tu restes ?

— Bien sûr que je reste. Pas question que je parte, désormais. C'est pour ça que tu es venue ici ?

— Je croyais que tout recommençait. J'ai cru que j'étais en train de te perdre. Je me figurais que je t'avais effrayé en t'affirmant que pour moi, le mariage était hors de question.

Adrian m'attira tout contre lui en disant :

— Je suis là pour de bon, P. Toi et moi, c'est du solide. Avec ou sans anneau. Ne va pas t'imaginer que je pourrais te quitter, s'il te plaît. Je comprends qu'il s'agisse d'un sujet sensible pour toi, et je patienterai jusqu'à la fin de mes jours s'il le faut. Tu es à moi. Depuis toujours. Aucun vœu, aucune promesse ne compte davantage à mes yeux que nos conversations quotidiennes et ce que je ressens auprès de toi. Bon, que dirais-tu de rentrer chez nous ? Je te suis en voiture.

— D'accord.

En me dirigeant vers le parking, j'ignorais que ce bonheur ranimé allait être de courte durée. Sinon, je ne serais pour rien au monde montée dans cette voiture.

CHAPITRE 28

Je pris l'appel sur mon haut-parleur Bluetooth. La voix d'Adrian m'était plus douce que n'importe quelle chanson.

— Comment te sens-tu ? demanda-t-il.

— Beaucoup mieux. Je t'ai déjà dit que je détestais conduire sous la pluie ?

— Non, jamais. Ne te précipite pas, P. Je crois que le temps ne va pas s'arranger de sitôt.

Les nuages noirs, au loin, donnaient l'impression que l'enfer était sur le point de nous avaler d'un coup. Nous circulions déjà sous une pluie battante, mais j'avais l'impression de me diriger vers une zone de mousson.

— Je reste sur la file de droite, annonçai-je en allumant mon clignotant.

Conduire par mauvais temps me stressait autant que de me retrouver sur le siège passager avec un conducteur ivre. En fait, prendre le volant suffisait à m'angoisser depuis l'accident de voiture avec mon père.

— Je reste juste à côté de toi, répondit Adrian. Tu sais, Dan est un excellent agent. Il s'est montré très professionnel.

— Parce qu'il pensait que c'était Chris qui sortait avec moi, dis-je en riant et en plissant les paupières pour mieux distinguer la route malgré la pluie.

Les essuie-glaces, réglés au maximum, balayaient de véritables torrents sur le pare-brise.

— Ça m'étonnerait. Mais tu sais, je crois que je ferais mieux de me présenter officiellement. Au moins pour éviter toute confusion concernant l'homme auquel tu appartiens.

— Auquel *j'appartiens* ?

— Oui, P. Tu es à moi. Je sais que j'ai l'air d'un homme des cavernes en l'affirmant, mais c'est bien le cas depuis toujours, et ça ne changera jamais. Et je vais m'assurer que tout le monde soit au courant.

— Et notre projet de progresser à petits pas ?

— Les petits pas ne nous ont valu que des soucis. Je ne veux plus jamais te voir au trente-sixième dessous. Les petits pas, on n'en a rien à foutre.

Je m'esclaffai nerveusement de plus belle.

— D'accord, rien à foutre !

Mais mon assurance n'empêchait pas mes bras de trembler. Le pare-brise devenait aussi trouble qu'un cul de bouteille et le va-et-vient des essuie-glaces n'y changeait pas grand-chose.

— Écoute, P., arrête-toi au prochain relais routier. Nous passerons un coup de fil chez toi et nous attendrons la fin de la pluie, d'accord ?

— Oui, si tu veux bien.

— Bon. Concentre-toi sur la route. Je t'aime.

— Je t'aime au…

Brusquement, la camionnette qui roulait devant moi se mit à déraper. Je freinai, mais je n'avais aucune chance de m'arrêter sans la percuter. Des phares m'éblouirent lorsque le véhicule partit en vrille et qu'une autre voiture lui rentra dedans par le côté juste avant que je ne m'y écrase, dégageant ma voie. Des débris s'abattirent sur mon pare-brise. Un ululement de klaxon me perça les tympans.

Je poussai un cri tandis que les deux voitures faisaient plusieurs tonneaux avant de finir au fossé. Je ne savais pas comment j'avais fait pour m'arrêter, mais j'étais incapable de conduire après avoir assisté à ce carambolage. Je composai le 911 pour signaler l'accident, puis je sortis de ma voiture. Adrian avait-il été témoin de la scène ? J'espérai qu'il s'était arrêté lui aussi.

Depuis le fossé en contrebas, le hurlement constant d'un klaxon couvrait le bruit de l'averse. Mon cœur s'arrêta lorsque je vis les phares de la Jeep d'Adrian clignoter à plusieurs reprises avant de s'atténuer, n'émettant plus qu'un vague halo. De la fumée émergeait du capot enfoncé, mais Adrian ne sortait pas. Je me précipitai dans la boue, persévérant alors que mes pieds s'enfonçaient jusqu'aux chevilles. La plupart des vitres de la voiture s'étaient brisées. Je portai la main à ma bouche en le voyant, coincé contre l'airbag. Du sang coulait de son oreille et sur son visage. Ses yeux étaient fermés. Je luttai contre la nausée et le vertige naissant. Pas question que je m'évanouisse maintenant.

— Adrian ! Adrian, tu m'entends ? Tiens bon, l'ambulance est en route. Je t'en prie, tiens bon. Au secours ! Je vous en prie, au secours !

Je m'étais mise à hurler. Au loin, j'entendis un autre cri étouffé.

Je palpai le visage d'Adrian, cherchant un signe de vie.

— Je ne vais pas te perdre à nouveau, tu m'entends ? C'est hors de question.

Je tendis l'oreille pour l'entendre respirer, mais en vain. À cet instant, je me pris à souhaiter que le dernier soupir s'éternise, pour que je puisse en profiter, égoïstement, une dernière fois. Je me penchai contre le visage d'Adrian, cherchant la chaleur de son souffle, sans la trouver. Appliquant une main tremblante sur sa peau encore tiède, je cherchai désespérément son pouls sur son cou, mais je n'y sentis aucune palpitation. Je restai là, tout contre son visage ensanglanté, jusqu'à ce que quelqu'un m'arrache à son corps inerte.

CHAPITRE 29

— Je t'en prie, ne me quitte pas ! m'écriai-je. Tu ne peux pas m'abandonner ! Je t'aime ! Je t'en prie.

Je pleurai toute la nuit jusqu'à ce que les larmes se tarissent, puis je sombrai dans un état comateux. Au début, je ne pouvais même plus répondre quand on me parlait ; je restais immobile, le regard perdu dans le vide. Quelques heures plus tard, je parvins enfin à acquiescer ou à faire non de la tête. Quand ma mère amena les enfants à l'hôpital, le choc se dissipa. Je basculai immédiatement en mode maternel, me forçant à étreindre mes enfants et à leur affirmer que tout irait bien. Alors pourquoi n'arrivais-je pas à m'en convaincre moi-même ?

Est-ce que quelqu'un pouvait me le confirmer ? N'importe qui ?

Quoi qu'il advienne, je garderais Adrian dans mon cœur jusqu'au jour de ma mort, voire après.

Des paniers de fleurs ornaient le porche d'Adrian. Les nombreux bouquets bloquaient l'entrée, répandant une odeur qui me submergea les sens. Je dus les écarter pour atteindre la porte. Tout au fond de moi, je persistais à espérer que par un quelconque miracle, Adrian m'attende sur le seuil, mais bien sûr, il n'était pas là.

Rocky m'accueillit et me sauta contre la jambe avant de se mettre à gémir comme s'il cherchait Adrian. Le pauvre chiot s'était retrouvé tout seul pendant vingt-quatre heures, mais grâce à la fenêtre légèrement entrouverte du rez-de-chaussée, au moins il avait pu sortir.

— Tu vas venir habiter avec nous maintenant, dis-je en le prenant dans mes bras.

À cet instant, l'odeur d'Adrian me parvint. Je franchis le seuil d'un pas tremblant dans le but de vérifier s'il fallait jeter une partie des provisions du réfrigérateur, mais en pénétrant dans la cuisine, je doutai d'y parvenir. Je passai le doigt sur le plan de travail où je m'étais assise quelques jours plus tôt. Je n'avais pas encore complètement digéré ce qui s'était passé. Quelque chose avait cédé en moi et, depuis l'accident, je me comportais comme un robot, poussée par la nécessité de me montrer forte pour tous ceux qui m'entouraient. Je ne pouvais pas craquer. Pas maintenant. J'attendrais plutôt d'être seule. Je refusais également de pleurer. Je laissais ça pour les nuits.

Isabelle et Tyler m'avaient conduite à l'aéroport pour y chercher Matt ce matin. J'avais appelé le fils d'Adrian pour le mettre au courant de l'accident, et il avait pris le premier vol pour le Canada. Quand je l'avais vu passer la porte de l'aéroport, j'avais eu l'impression de remonter le temps. Il ressemblait tellement à son père ! Mon cœur s'était serré. Comment allais-je pouvoir l'aider à traverser cette épreuve ?

Nous étions aussitôt partis chercher Rocky, et j'avais presque regretté de ne pas avoir accepté l'aide de Dan, qui m'avait proposé de récupérer le chiot pour moi. Je craignais toutefois que le chihuahua n'accepte pas de suivre quelqu'un d'autre. Mon ex-mari était malgré tout resté à mes côtés jusqu'au bout. Refusant de me laisser conduire ou travailler, il avait annulé mes cours de la semaine et géré toutes mes responsabilités parentales concernant la maison et les enfants.

— Matt, c'est la maison de ton père, mais j'aimerais que tu séjournes un moment avec nous, dis-je en tendant Rocky à Christa.

Je ne voulais pas qu'il se retrouve seul dans un pays inconnu, en particulier dans ces circonstances. Et je ne souhaitais pas être seule non plus. Il fallait que je m'occupe, que je fasse n'importe quoi pour éviter de penser à l'accident et aux dizaines de messages qui encombraient ma boîte vocale. Qu'étais-je censée dire, excepté qu'Adrian m'avait sauvé la vie ? Il s'était sacrifié pour moi, tout comme mon père avant lui. C'était à lui que je devais de respirer, de marcher et de penser… même si, la nuit, je le regrettais. J'aurais donné n'importe quoi pour l'avoir encore à mes côtés.

— Merci, j'en serais ravi.

Matt baissa les yeux. Il semblait aussi perdu que moi, et le jet lag n'arrangeait rien. Sa voix ressemblait tellement à celle d'Adrian ! Chaque fois, je croyais entendre son père et j'éprouvais une douleur d'autant plus profonde en me rendant aussitôt compte que ce n'était pas lui.

— Tu n'es pas seule, Mia, dit Dan en me prenant la main.

J'en avais pourtant l'impression.

— Merci.

Dan s'en voulait de m'avoir laissée me rendre à l'aéroport. Il n'avait cessé de me présenter ses excuses. Mais ce n'était pas sa faute. Comment aurait-il pu savoir que c'était avec Adrian que je sortais, et pas avec Chris, l'ami qui lui avait vendu cette splendide ferme ?

Je me rendis sur le porche et je m'assis sur la balancelle. Les hommes étaient censés récupérer quelques affaires d'Adrian avant que nous rentrions en ville. Christa et Jonathan avaient quant à eux pris le nécessaire pour Rocky et jouaient avec lui dans la cour. Je sentis mon cœur se serrer. La pression sous mes paupières fut la plus forte et je fondis en larmes.

Je me recroquevillai, les jambes pliées sous le corps, pour m'étendre sur la balancelle. Quand Matt me rejoignit, il m'étreignit et embrassa le sommet de ma tête comme Adrian en avait l'habitude. Bon sang, il sentait même comme lui.

— Vous l'aimez, mon père ?

— Oui, sanglotai-je. De tout mon cœur.

— Alors ce n'est pas une fracture, un poumon perforé ou même un rein déchiré qui vous l'enlèvera. Il m'a dit combien il vous aimait aussi. Il s'en sortira, vous savez.

— Les docteurs ont dit…

— On s'en fout, des docteurs. Il s'en sortira, plus fort que jamais.

— C'est Hulk, m'man, renchérit Jonathan en s'installant de l'autre côté.

Je ne l'avais même pas vu s'acheminer vers le porche.

— Que dirais-tu qu'on aille à l'hôpital, Mia ? dit Dan, appuyé contre le porche. Je vous y déposerais tous les deux et je ramènerais les enfants et Rocky à la maison.

Jusqu'à présent, personne, excepté les membres de sa famille immédiate, n'avait été autorisé à se rendre au chevet d'Adrian. Il était toujours dans un état critique, et les médecins ne lui accordaient que cinq pour cent de chances de survie. Avec Matt à mes côtés, je pourrais au moins le voir un instant.

— Ce serait avec plaisir.

Cinq jours avaient passé depuis l'accident. Les médecins avaient maintenu Adrian dans un coma artificiel pour permettre à son corps de récupérer. Ses signes vitaux s'étaient améliorés dans l'heure où Matt et moi avions reçu l'autorisation de nous asseoir auprès de lui dans l'unité de soins intensifs. Une fois qu'on l'eut transféré dans une chambre privée, les infirmiers y installèrent un lit d'appoint et nous nous relayâmes, Matt et moi, au chevet de son père.

Lors du cinquième jour, après avoir déposé les enfants à l'école, je rejoignis le fils d'Adrian à l'hôpital pour prendre le relai comme tous les jours. Matt passait la nuit sur place, puis revenait chez pour étudier pendant que je m'occupais de veiller durant la journée. Il se tenait à jour grâce à des cours et à des devoirs transmis par internet, mais il ne lui restait plus qu'une semaine avant d'être obligé de rentrer à Vienne. Il avait pu emporter avec lui tous ses cours pour ne pas prendre de retard.

Ce gosse était un futur Einstein.

Dan ou ma mère s'arrangeaient pour emmener Christa et Jonathan rendre visite à Adrian après l'école. Voyant qu'on avait posé un plâtre au bras gauche d'Adrian, les enfants avaient entrepris de le décorer. Sur une moitié, on voyait désormais des arcs-en-ciel, des papillons et des fleurs, et sur l'autre, des dessins stylés en nuances de vert. « Parce que c'est Hulk », avait expliqué Jonathan.

À présent, je veillais avec Matt au chevet de son père. Je tenais la main froide d'Adrian, que je caressais doucement.

— Vous allez l'épouser ? s'enquit le jeune homme.

— Quoi ?

D'où sortait cette question ? La perspective du mariage était la seule barrière qui m'avait séparé d'Adrian.

— C'est vous qu'il attendait. C'est pour ça qu'il est venu ici.

— Matt, il n'est là que depuis quelques semaines.

— Et c'est important ?

Non.

Je baissai la tête, admettant mes craintes pour la première fois.

— Je ne veux pas le décevoir.

— Il vaut la peine de prendre le risque, non ?

J'ouvris la bouche pour prononcer ce discours d'adulte habituel, évoquant sagement la nécessité de prendre son temps, mais j'aurais menti. Au moment où j'avais cru que nous nous étions enfin trouvés et que nous avions tout l'avenir devant nous, je l'avais presque perdu. Le peu de temps passé ensemble n'avait donc pas d'importance, en effet. J'étais éperdument amoureuse d'Adrian et je ne pouvais pas m'imaginer vivre sans lui.

— Mme Claring…

— Mia.

— Mia, tout ce que je sais, c'est qu'il s'agit de la première fois que je me retrouve loin d'Emily et que ça me déchire.

Matt parlait tous les jours avec sa petite amie, par Skype. Ils me rappelaient tellement Adrian et moi quand nous étions plus jeunes !

— Dès que je rentre à Vienne, je lui passe la bague au doigt et je ne la lâche plus. Je lui demanderai sa bénédiction dès qu'il se réveillera.

— Pour qu'il fasse une crise cardiaque ? gloussai-je. Tu es tellement jeune, Matt.

— Non, répondit le jeune homme en riant. Le plus grand regret de mon père a toujours été d'avoir perdu son premier amour. Il comprendra. Je ne commettrai pas la même erreur, parce que la vie est trop courte. Et le voir penser à vous durant toute la sienne m'a enseigné la meilleure leçon possible. On ne trouve son âme sœur qu'une fois, et si on la laisse partir, le bonheur nous échappe à jamais. Je ne veux pas attendre une seconde chance. Je vais plutôt saisir la première.

Matt s'interrompit en regardant son père.

— Il est heureux avec vous. Je ne l'avais jamais vu si heureux.

— Je suis heureuse avec lui aussi, Matt.

— Si vous vous aimez autant que je crois tous les deux, je ne vois vraiment pas ce qui pourrait s'interposer entre vous, bon sang.

— J'aurais aimé être aussi dégourdie à ton âge, répondis-je. Mais oui, si ton père me le demandait, je l'épouserais sans hésitation, même demain.

Je sentis une légère pression sur ma main. Les yeux d'Adrian bougèrent légèrement.

Mon cœur se mit à battre la chamade et je sursautai.

— Je te le rappellerai, dit Adrian, la gorge desséchée.

— Salut ! Hé, ne parle pas.

J'appuyai sur le bouton rouge destiné à prévenir l'infirmière qui nous avait demandé de l'avertir dès qu'il se réveillerait. Les médecins avaient réduit ce matin la dose des médicaments qui le maintenaient dans le coma et nous avaient expliqué qu'il pouvait en sortir d'un instant à l'autre.

— Qu'est-ce qui s'est passé ? demanda-t-il. Matt ?

— Salut papa. Tu es en de bonnes mains, mais tu nous as fichu la trouille.

Je lui serrai la main.

— Repose-toi, Adrian. Tu as eu un accident de voiture et tu as besoin de repos.

— Raconte-moi tout.

Rien que d'entendre sa voix rauque, j'en avais mal à la gorge.

Naturellement, nous fûmes interrompus par l'infirmière, qui avertit aussitôt le médecin d'Adrian, et il nous fallut sortir de la chambre quelques minutes.

Après qu'il eut subi un bref examen, je m'installai auprès d'Adrian, je lui racontai laborieusement les détails de cette fameuse journée, puis je lui expliquai que Blair gérait efficacement sa compagnie, que Rocky était devenu le meilleur ami de Christa et Jonathan, et que Matt avait sauté dans le premier vol pour venir le voir quand il avait appris la nouvelle de l'accident.

Adrian écoutait attentivement, hochant la tête de temps à autre. Quelqu'un frappa à la porte.

— Je peux entrer ? demanda Dan en passant la tête.

— Oui, il vient de se réveiller.

Je les regardai tour à tour en souriant, enfin capable de faire les présentations auxquelles j'aurais dû procéder des semaines auparavant.

— Dan, voici Adrian. Adrian, Dan.

Mon ex-mari tendit la main pour serrer celle d'Adrian.

— Ravi de faire enfin ta connaissance, dit-il.

— C'est réciproque, répondit Adrian.

Dan nous tendit, à Matt et à moi, des tasses de café qu'il avait apportées.

— Je t'en aurais pris une aussi si j'avais su que tu étais réveillé, expliqua-t-il, nerveux.

— Je crois qu'il n'aura pas droit au café avant un bout de temps, Dan.

L'infirmière repassa pour effectuer des vérifications de routine.

— Je ne sais pas comment vous faites pour vous en remettre si bien, Adrian, dit-elle en prenant son pouls, et il faudra attendre la confirmation du docteur, mais si vous continuez à cette allure, vous pourrez rentrer chez vous d'ici quelques jours.

— J'ai déjà tout perdu une fois. Pas question que ça se reproduise ! répondit Adrian en me lançant un regard appuyé.

— Une infirmière passera chez vous tous les jours pendant un moment, ajouta-t-elle.

— Si j'étais toi, intervint Dan avec un rictus, je prendrais mon temps pour guérir, alors.

Je lui donnai un coup de poing dans le bras.

— Aïe ! gémit-il. Bon, cela dit, je l'ai mérité.

Les paupières d'Adrian s'affaissèrent.

— Dors, lui dis-je. On n'ira nulle part.

— P. ?

— Oui ?

— Merci, dit-il en jetant un bref regard en direction de Matt.

— À ton service. Ça sert à ça, la famille.

Il se rendormit avec un sourire.

— Tu es complètement fou ! hurlai-je pour couvrir le vrombissement de l'hélicoptère.

— Fou de toi, répondit Adrian avant de m'embrasser.

Christa et Jonathan, assis en face de nous, regardèrent le décollage depuis la fenêtre en adressant des signes à Dan, qui tenait Rocky dans ses bras. Kayla s'efforçait de maintenir sa robe de printemps, que les bourrasques de l'hélico soulevaient. Elle et ma mère avaient insisté pour préparer un dîner de famille pour tout le monde, et elles s'étaient affairées en cuisine toute la journée.

Adrian avait engagé un pilote pour atterrir devant notre ferme, où nous vivions désormais, afin d'emmener les enfants en balade. Bien qu'opposée à cette idée depuis des mois, j'avais finalement cédé quand les petits m'avaient suppliée à genoux.

Après Noël, Adrian m'avait demandé de venir habiter avec lui. Nerveuse au début, je craignais que Christa et Jonathan préfèrent rester dans la maison où nous avions toujours vécu. Mais quand Dan avait proposé de la racheter pour s'y installer avec Kayla, j'avais compris que les enfants pourraient retrouver leur foyer d'origine en rendant visite à leur père. Et après avoir passé quelques mois à effectuer des allers-retours entre la ferme et la ville, et à les voir sourire chez Adrian, la perspective de les voir grandir à la campagne me séduisait davantage. Une fois que je leur en eus parlé, ils s'acharnèrent jusqu'à ce que je cède.

— Hulk, c'est génial !

— Et attends un peu de voir la ville, répondit Adrian avec un clin d'œil, que lui rendit Jonathan.

— Je ne comprends toujours pas ce que vous lui trouvez, à cette ville, grommelai-je.

J'aurais adoré voler au-dessus de la campagne, mais Adrian avait promis aux enfants au moins deux heures de tourisme aérien.

Nous bifurquâmes vers la droite et Adrian se colla contre moi en passant son bras autour de mes épaules. Je sentis son souffle chaud sur ma joue.

— Détends-toi, P. Jason est un excellent pilote.

— J'attendrai qu'on se soit posés pour en juger.

S'il y avait bien quelque chose que je détestais presque autant que de conduire, c'était voler. Mais le sourire sur le visage de mes enfants en valait la peine, même si sur le moment, j'aurais préféré nager avec des requins. Bon, peut-être pas, quand même.

Au bout de trente minutes, la tension se dissipa dans mes épaules tandis que les couleurs du printemps égayaient l'horizon. Au loin, des nuances de vert frais éclaboussaient les champs, mais j'y aperçus également une curieuse zone blanche.

— Qu'est-ce que c'est ? demandai-je.

— Notre destination.

— On ne va pas en ville ?

— Non, léger changement de programme.

En me retournant vers lui, je surpris Adrian à adresser un clin d'œil à Christa et Jonathan, qui nous fixaient tous les deux plutôt que de profiter du paysage.

— Qu'est-ce que vous mijotez ? demandai-je.

— Regarde dehors.

Adrian desserra son étreinte et m'orienta vers la vitre. Entre temps, nous étions déjà arrivés à la zone blanche qui m'avait intriguée auparavant. L'hélicoptère descendit. En contrebas, dans une prairie verte, des massifs de pâquerettes formaient la phrase :

P., VEUX-TU ÉPOUSER HULK ? C. ET J.

Je poussai un hoquet de surprise. En me retournant vers Adrian, je le découvris un genou à terre, une bague sertie d'un diamant à la main. Mes enfants, tout sourire, attendaient ma réponse.

— Je serais honoré si tu voulais bien être ma première et dernière épouse. P., veux-tu être ma femme ?

— Quand avez-vous préparé tout ça ? C'est magnifique, elles sont toutes en fleurs !

— Le jour où je me suis réveillé à l'hôpital, répondit Adrian. Quand tu as dit que tu serais prête à m'épouser dès le lendemain s'il le fallait. Les enfants m'ont aidé à les planter.

— Et ils ont gardé le secret tout ce temps ? m'étonnai-je en regardant Jonathan et Christa.

— Ils sont épatants, ces gosses. Alors ? Feras-tu de moi l'homme le plus heureux du monde ?

Les larmes roulaient sur mes joues quand je hochai la tête.

— Oui, je veux t'épouser !

— Ouais ! Je peux être ta demoiselle d'honneur ? demanda aussitôt Christa.

— Et Rocky pourra porter les anneaux, ajouta Jonathan.

— Je croyais que c'était le job du témoin ? fit Adrian en regardant mon fils. Tu ne veux pas t'en charger ?

— Sérieux ?

Jonathan écarquilla les yeux.

— Si ça ne t'ennuie pas de partager cet honneur avec Matt.

— Cool, fit Jonathan.

— Attendez un peu, tous. J'accepte, mais à une condition…

Tous se figèrent, les yeux braqués sur moi.

— Je voudrais que la cérémonie se déroule à la ferme, au milieu du champ.

— Tu aurais pu me demander un mariage sur les flancs d'un volcan en éruption, voire sur la lune, que j'aurais fait de mon mieux pour réaliser ton souhait.

Ses yeux verts pétillaient d'amour et d'adoration, et à cet instant, j'éprouvai la certitude que l'homme qui avait volé mon cœur le premier serait également le dernier.

Chères lectrices,

J'espère que ce récit vous a plu. Si vous appréciez les histoires de deuxième chance, *Only You* est un roman bouleversant de ce genre. La vie d'Alex et de Jackson s'écroule lorsque Jackson est enlevé. Alex, forcée de s'en remettre, découvre quinze ans plus tard que Jackson est toujours vivant. Que feriez-vous si votre premier amour resurgissait dans votre vie ? Et si vous aviez déjà tourné la page et entamé une vie de couple avec quelqu'un d'autre ? Êtes-vous prête à tenter l'aventure de *Only You* ?

Bonne lecture !
Lacey Silks

À PROPOS DE L'AUTEUR

Lacey est une auteure de romance érotique et contemporaine avec une touche de suspens. Quand elle ne pense pas à écrire des histoires torrides, ce qui se présente rarement, Lacey aime le camping et skier avec sa famille (pas en même temps bien sûr). C'est une femme mariée, mère de deux enfants, qui se sert de son mari pour mettre à l'épreuve les scènes les plus intimes de ses romans – ce qui ne semble pas le gêner du tout.

Elle aime le rose sur les joues d'une femme, les hommes avec de grands pieds et la lingerie sexy, surtout quand elle est arrachée du corps. Son vêtement préféré est le costume de naissance.

~

https://LaceySilks.com/Livres-Français

~

REMERCIEMENTS

Je n'aurais pas pu écrire ce roman sans deux hommes de ma vie, qui ont joué des rôles différents, chacun ayant influencé à sa façon celle que je suis devenue aujourd'hui, au point qu'ils font désormais partie de moi pour toujours. Vous vous reconnaîtrez, et je vous serai toujours reconnaissante à tous les deux de m'avoir laissé écrire cette histoire et de m'avoir témoigné votre compréhension, vos encouragements et votre soutien. Merci d'être mes amis. Vous comptez bien plus pour moi que je ne saurais l'exprimer.

Mon voyage dans l'édition s'est révélé être l'expérience la plus formidable au monde. Il y a eu des larmes, des rires et beaucoup de nuits blanches. Je ne sais vraiment pas d'où vient toute cette adrénaline, mais je suis ravie qu'elle me coule dans les veines chaque fois que j'en ai le plus besoin.

Je suis reconnaissante d'être entourée de tant de gens affectueux, qui m'ont aidée et soutenue. Je mets toujours un peu de ma vie, de mes rêves et de mes fantasmes dans mes récits, et je me sens réellement privilégiée de pouvoir les partager avec mes lectrices.

J'adore vos e-mails et votre enthousiasme. Vous pouvez me croire quand je vous dis que je n'écris pas que pour moi, mais aussi pour vous. Il n'y a rien de mieux au monde que de savoir que vous appréciez mon travail.

Merci à ma famille, sans laquelle je ne pourrais pas faire ce que j'aime. Merci pour votre soutien constant, votre confiance et vos encouragements.

Maman, ton attitude de fonceuse a déteint sur moi. Papa, ton humour est contagieux. Mike, « tout ce qu'il te faut, c'est de l'amour ». Désolé de me servir de toi comme barman dans la plupart de mes livres. Maya et Alex, c'est pour vous que je vis. Vous êtes ma vie.

Je suis également reconnaissante à mes relecteurs, mes bêta-lectrices ainsi que mes amis sur Facebook et Kboards pour leurs précieux retours, leurs critiques constructives, leur soutien et leur amour.

9 781927 715949